高寶書版

天生嫩骨

[餐桌邊的成長紀事]

Tender At The Bone

Growing up at the Table

Ruth Reich

紐約時報暢銷榜冠軍作家　露絲・雷舒爾

宋碧雲【譯】

全球媒體好評推薦

紐約時報書評：

「高明的食評家都有幽默感，但像露絲・雷舒爾這樣滑稽自然、妙趣橫生的卻不多，而且她詼諧、無偏見又勇氣十足，是個了不起的作家。」

出版人周刊：

「雷舒爾描述食物的本領使人對上桌用餐的樂趣有了全新的領會。」

華盛頓郵報「書本世界」版：

「讀露絲・雷舒爾的食評幾乎跟享用佳餚一樣過癮。她深具鑑賞力和包容加，所以她筆下的一切變得十分可親，就連克里特島遙遠山麓的一頓餐食也不例外，雷舒爾讓讀者自覺同在現場分享那種經驗。」

美國書商雜誌：

「了不起的記事，讀來像一本緊湊的小說。」

芝加哥太陽時報：

「《天生嫩骨》是一本尖銳卻熱鬧的故事集，描述作者所知所愛的人物，他們知情或不知情地引導她一步步走入世界頂尖食評家的天命。」

奧勒岡週日報：

「雷舒爾描述食物的準備、外觀香味，期待和最後口嘗的過程，吃得再飽的讀者看了都會飢腸轆轆。」

科庫斯評論：

「紐約時報餐館評論家打理出一部色香味俱味全的學徒生涯回憶錄。雷舒爾描寫出自己的經驗，幽默動人，描述每一道絕佳的美味清晰得叫人流口水，而全書散列的食譜更恰當反映了作者個人的探索歷程，果真是道十分均衡的回憶燉品。」

書單雜誌：

「雷舒爾說故事的絕技使得每個人物都生動突出了起來，她的散文樸實無華，所以她的紐約時報專欄非常成功，她的回憶錄也同樣令人滿意。」

紐約時報暢銷食譜作者——露絲・亞當斯・布朗茲：

「雷舒爾寫得很簡單，連回憶錄中所附的食譜都剝枝去葉，只剩精華。本書描寫一個堅強的小孩克服許多障礙和危險，成為她自己所擅長領域的傑出女性。萬歲！」

目錄

〈推薦序〉

有滋有味故事——天生嫩骨

謝忠道

你可以從很多角度讀這本書：作者的成長自傳、戰後的美國社會演化、一個美食作者評論廚師的養成、母女間的親情糾葛。如果你願意，還可以讀到歷史、救贖、種族、宗教、性別、現實與虛構、想像與記憶的交錯互置……等等大角度大議題的文本或切面。

當然，你也可以只讀作者在自序裡所說的：一則好故事。

作者露絲・雷舒爾是美國近代影響美食評論的重要人物之一。早期（一九七四到一九七七）與人合夥開餐廳，一九八四年起為《洛杉磯時報》（Los Angeles Times）撰寫美食評論，以其過去主掌餐廳的經驗當背景（這一點很重要，絕大多數的美食評論都不會自己下廚，遑論瞭解專業廚師這一行。這也讓她書中列出的食譜都非常有可看性和實用性），獨特的觀點與幽默的筆調讓過去一向以男性為主的偏於嚴肅的美食評論出現全新的氣象。一九九三年起她接受全美影響力最大的報紙《紐約時報》之邀，成為該報的美食評論主筆。後來她將一九九三到一九九九年在《紐約時報》這段時間喬扮化妝密探餐廳的故事寫成暢銷書《千面美食家》（Garlic and Sapphires: The secret life of a critic in disguise），譯成十四種語文出版。紐約時報之後，她成為權威的美食雜誌Gourmet的主編，同時也經營自己的食譜出版事業。

她的評論與報導獲獎無數，光是美食界的奧斯卡獎——詹姆斯・博爾德獎（James Beard Awards）就拿過四次，也榮列《美國飲食名人堂》（Who's who of Food and Beverage in America）。

不過早在《千面美食家》出版之前，她就以《Mmmmm: A Feastiary》、《天生嫩骨》、《蘋果撫慰我的心》（Comfort me with apples）等作品成為全美知名的美食作者，其中《天生嫩骨》尤其是她的代表作品，也最具個人感情的自傳體作品。

本書由十八則故事組成，作者露絲・雷舒爾以自身敘述，從小時候說起。而無庸置疑的，作者是個絕佳的說書人。

故事不是自傳，不是歷史，不必實事求是。在自序裡，作者就事先言明「每件事都是真的，但不見得千真萬確」，而且必要時可以稍微調整一下事實，「總比讓觀眾無聊到睡著了好多了」。就是從這個帶著輕鬆幽默的述說前提開始，讀者被安放在一個如孩子仰頭傾聽童話的角度，聽故事。

書中要表現的是人，不是那些食譜作法或菜餚材料，而是人與人之間各種感情——親情、友情、愛情，以及生命裡各種的所得與失落。食物，只是人的靈魂和情緒生命的載體。也是因為如此，書中所附的食譜幾乎都以人物為名。人，賦予食物靈魂與感情，也在味道香氣裡探索記憶，尋找定位。

親子感情是書中至始至終環繞不絕的主題。我們在醃牛肉火腿、焦糖蘋果丸子和油炸小牛排中讀到作者露絲和母親、小鳥姨婆和女兒荷丹絲、皮威太太和兒子們、碧翠絲和父親、賽拉菲娜和其養父母，這些人物有趣又帶點感傷的故事。

我們讀到小露絲第一次說要做菜給媽媽吃：「我要做媽媽最愛吃的菜，讓她佩服我」（59頁）時完全可以感受到小女孩想討好母親歡心的心情；同樣在稍後的「置身火星」（85頁）一章中，讀到碧翠絲做蛋奶酥給父親慶生時說：「我歷年送的禮物，這大概是他頭一次真心喜歡」也同樣叫人感動。

成長離開父母後，渴望愛情取代了親情，讀者開始在檸檬蛋奶酥、歐樂榮乳酪、椰奶菜肉飯和糖醋烤牛肉裡讀到成長的苦澀，友誼的甘美和戀情的幻滅。作者用一句簡單的話，無奈地道出親情與友情的重要性在成長歲月中無形地彼此易位：「什麼東西都能打動我的朋友，卻沒有一樣能打動我父母的心」（89頁）。

但是作者從不是簡單地平面敘述一個故事或一個人物，她總是很技巧地讓讀者在別人的故事裡說她自己，或是在她自己的故事裡說側寫他人。比如第十一章「愛的故事」中，表面上敘述的是露絲和道格間的相戀，故事底下暗藏的卻是作者與父母，作者父母之間，以及作者男友父親之間的關係。這個愛的故事裡的「愛」，層巒疊峰，交叉互現，編織著人生中不同類型的愛，讀來豐富而深刻。

除了故事主軸與人物外，作者對於場景與細節，特別當時的時代背景與氛圍的描述非常下功夫。「置身火星」一章裡，為了描述在匆忙被推入陌生環境裡的恐慌心情，作者不斷地用嗅覺——「消毒水和地板打蠟的氣味互爭風采」（69頁），「鼻孔中充滿洋蔥和次氯酸鹽消毒水的味道」（70頁），「日夜發出水煮牛肉的氣味」（71頁），「屋裡有蒸汽暖氣、濕羊毛和汗水的味道」（71頁）來表現對語言障礙的陌生環境裡的恐懼與探索。一如常人進入黑暗中嗅覺聽覺變得更敏銳一樣，這種動物對恐懼的原始反應成為作者出色的書寫技巧。而也是熟悉的氣味——「蒔蘿、辣椒和大蒜的氣味撲鼻而來」（73頁）——讓人物最終安心於這個陌生環境的命運。

作者善用各種氣味細節來豐厚故事和人物，幾次出現電影蒙太奇的效果和畫面也非常精彩：「我努力讓腦袋清醒，設法回憶，頭好痛，突然間我腦中清清楚楚浮現在路上駕車飛馳的畫面」（93頁）；「我不知道我們能不能活著開完這趟路，我醉茫茫地朝坐在我旁邊的比爾說……」（93頁）。這一段舉重若輕地在兩個場景兩段時空，在回憶與現實間，一進一出，絲毫不顯痕跡，寫得實在漂亮。

嚴肅中帶有幽默，荒唐裡顯現哲思，作者讓每一則故事聽起來輕鬆有趣，無論是當主角還是旁觀，處處透著人生的體悟與無奈。或許基於這個原因，作者讓每則故事的結尾都彷彿未完。

一則好故事和一道好菜一樣，需要好的材料，精彩的搭配，出色的料理和細節的呈現。而好故事讀起來也跟品嘗一盤佳餚一樣：味覺的和諧均衡，口感的承接轉合，飽滿豐盈的滋味和令人深深著迷的意猶未盡。

作者在自序裡說：我從小就知道：人生最重要的莫過於一則好故事。《天生嫩骨》確實是個有滋有味的好故事。

〈作者序〉

說故事在我們家頗受重視。爸爸下班走回家，總要一路把當天發生的事情重新整理，弄得妙趣橫生，我媽更可以把一趟超市之旅說得像奇遇一般。若因此有必要稍微調整一下事實，誰也不會太在意的：總比讓觀眾無聊到睡著好多了。

當然啦，好故事一說再說，最後會自成風貌。我從小常聽的一個故事跟我有關，簡直是家族傳奇，重點是說明我兩歲就成熟無比。爸爸的說法如下：

「初秋的一個禮拜天，我們坐在鄉間的屋子裡靜看觀景窗外的樹葉。突然間電話響了：是米麗安的媽媽從克里夫蘭打來的，說她爸爸病重，她只得立刻前往，留下我一個人照顧第二天要開始上托兒所的小露絲。」

「禮拜一早晨我當然得去上班。更慘的是，我約好跟人見面，不能取消；我非搭七點零七分的車到紐約不可。可是托兒所要八點才開門，我一次又一次打電話，卻沒法連絡上任何一個老師，我簡直不知道怎麼辦才好。」

「最後我只能採取唯一的辦法。七點鐘我帶小露絲到托兒所，叫她坐在外面的鞦韆上，吩咐她等老師來了就向他們說明她是露絲・雷舒爾，要來上學。我開車離去，她坐在那兒勇敢地揮揮手。我知道她不會有問題的；她那個時候就已經很有責任感了。」他說完總是得意洋洋朝著我微笑。

從來沒有人質疑這個故事。我當然也沒有。等到我自己有小孩，我才知道誰也不可能把兩歲的幼兒單獨留在陌生地點的鞦韆上整整一個鐘頭，就算我爸爸也不會如此。他是不是誇大了我的年紀？時間的長短？或是兩者都有誇張？那時候已不可能找到我爸爸來回答這個問題，不過我相信就算找他來問，他一定也會堅持真有其事。在他心目中真有其事嘛。

本書絕對遵循家族傳統。裡面每件事都是真的，但不見得千真萬確。有時候我把事件壓縮了；有時候我把兩個人合併成一個人；偶爾我會加油添醋一番。

我從小就知道：人生最重要的莫過於一則好故事。

1 發霉皇后

這是一則真實的故事。

想想紐約一棟公寓早晨六點鐘的情景。公寓位在格林威治村，面積不大。咖啡正在電動咖啡壺裡沸騰。桌上有一籃黑麥麵包、完整的咖啡蛋糕和一盤冷肉片。我媽正在弄早餐——在我們家是重要的一餐，我們每天早上都會坐下來，把鮮橙汁當作葡萄酒碰杯對酌，互相敬道，「乾杯，祝你今天順利。」

現在只有她一個人醒來，但她急著開始一天的活動，特意把收音機的WQXR頻道[1]開大，希望聲音能將其他人吵醒。可是老爸和我很能睡，她看樂聲沒有效果，就直接闖進臥室，搖醒我爸。

「親愛的，我需要你幫忙，起床到廚房來。」

爸爸是親切又肯通融的人，他睡眼惺忪拖拖拉拉沿著大廳走過去，身上穿著

1　創立於一九三六年的紐約古典音樂廣播電台。

鬆垮垮的睡衣，一撮特意蓋住禿頂的頭髮整個豎起來，他倚著水槽，輕輕扶穩，我媽說：「吃吃看。」他乖乖張開嘴巴。

後來他敘述這個故事，想表達她給他吃的東西有多恐怖。第一回他說味道像貓腳趾和腐爛的大麥，不過多年來他的說法漸有改善。兩年後改成豬鼻子和泥巴，五年後他把那種味道說成陳腐的鯷魚和發霉的巧克力混在一起。

不管味道像什麼，他說他有生之年從來沒把那麼難吃的東西放進嘴巴，可怕到難以下嚥，他當場探身吐在水槽，抓起咖啡壺，將壺嘴放在口裡，想去除那股怪味。

我媽站在那兒冷眼旁觀。等我爸終於放下咖啡壺，她笑著說，「不出所料，餿掉了！」

我一直以為故事是杜撰的。可是哥哥一口咬定爸爸說過很多回，而且相當得意。就我所知，我媽從未為此難為情，甚至不知道她應該難為情。她就是這樣。

也就是說，她分辨不出味道的好壞，也不怕腐朽。許多回她把剩菜弄出來當晚餐，先把上面毛茸茸的藍色物體刮掉，我記得她總愛說，「噢，不過是一點黴菌罷了。」她有一副鐵胃，卻不瞭解別人的胃沒有她強壯。

我因此領悟許多事情。第一點，食物可能有危險性，愛吃的人尤其危險。這方面我很認真。父母親常常請客，我不到十歲就自封為來賓的守護神，任務是防止媽媽害死赴宴的客人。

她的朋友們似乎渾然不知每次來我家吃飯就要冒性命的危險。他們病了，總以為是天氣、流行性感冒或者家母某一道比較稀奇的菜色使然。我想像伯特•蘭納到我們家吃飯後對太太說，「我再也不吃海膽了，吃了硬是不消化。」他不知道害他不舒服的不是海膽，是我媽抗拒不了誘惑買來的特價牛肉作怪。

「什麼東西我都能湊出一餐。」媽得意洋洋跟她的朋友說過。她喜歡吹噓她用兩星期的舊火雞肉調整出的自創燉菜，名叫「什錦砂鍋」。（我媽招認用兩星期的舊火雞來做菜，由此可看出她的性格。）她把火雞和半罐蘑菇湯放進鍋裡，然後翻冰箱，找到一些剩下的花椰菜，也加進去；還放了幾條胡蘿蔔，半盒酸奶油。她照例匆匆加入青豆和蔓越莓醬。然後不知怎麼，半塊蘋果餡餅也滑入這道菜裡。媽一時顯得好驚惶，接著聳聳肩說，「誰知道呢？說不定不難吃。」她開始把冰箱內的每樣東西——剩麵糰啦，乳酪屑啦，還有幾顆黏糊糊的番茄——全都放進去。

那天晚上我在餐廳自行解決一餐。

我尤其擔心食量大的人，我喜歡的親友一靠近自助餐檯我就瞪他們，要他們別去碰砂鍋。我甚至直接站在伯特•蘭納面前，讓他拿不到那勞什子火雞鍋。我喜歡他，我也知道他喜歡吃東西。

我不知不覺照每個人的口味將他們分門別類——就像聾啞夫婦所生的兒童，聽力正常卻被母親的障礙左右了日後的發展方向——發現食物也可以成為理解世界的方向盤。

起先我只注意味道，記住老爸愛鹽不愛糖，老媽愛吃甜食等資料。後來我開始記人們怎麼吃，在哪裡吃。哥哥喜歡在優美的環境吃精緻食品，爸爸只重同伴，媽媽只要地點奇特，吃什麼都無所謂。我慢慢發現你若觀察人吃東西，就可更了解他們。

接著我開始聽人討論食物，尋找他們人格的線索。媽媽吹噓她自創的名菜鹹牛肉火腿時，我自問，「她真正要說的是什麼？」

她說道，「我要請客，但我照例要把事情留到最後一分鐘。」說到這兒，她看看聽眾，自己柔聲笑著。「我叫恩斯特去買東西，你們知道他多麼心不在焉！沒買到火腿，卻帶回醃牛肉。」她用指責的目光看看老爸，老爸露出適度靦腆的樣子。

媽問道，「我有什麼辦法？再過兩個鐘頭客人就要來了。我別無選擇，就當是火腿吧。」爸爸以欽佩的目光望著我媽，拿起切肉刀，開始上菜。

老媽的醃牛肉火腿

【材料】

- 四磅全醃牛肉
- 五片月桂葉
- 一粒洋蔥切碎
- 一湯匙特製芥末
- 四分之一杯紅糖
- 整顆丁香
- 一罐（一磅十五兩）桃子罐頭

醃牛肉放入大鍋，加水到滿。加入月桂葉和洋蔥。中火煮三小時左右，把肉煮軟。

煮肉期間拌芥末和紅糖。

烤箱預熱到三百五十度。

取出湯裡的牛肉，去除看得見的油脂。把它當做火腿，將丁香塞進去，再把芥末紅糖蓋在肉上，烤一個鐘頭，頻頻澆上桃子糖汁。

在牛肉四周排上桃子，端出待客。

供六人食用。

我早上起床，大多會先到冰箱冷凍庫觀測我媽的心情。只要打開冰箱門就知道了。一九六〇年的某天，我發現整隻肥豬瞪著我。我往後跳，用力關上門。接著再打開。我從沒見過冷凍庫出現整隻牲口；連雞肉都是分割好的。乳豬四周堆滿蘋果（後來媽媽糾正我說是「林檎」），還有一整叢怪異的蔬菜。

這不是凶兆：冰箱裡的東西愈古怪有趣，代表我媽可能愈開心。但我大惑不解的是：上床睡覺前小廚房的冰箱幾乎是空的。

「妳哪裡弄來這些玩意兒？店鋪還沒開門。」我問道。

媽拍拍又乾又硬的白髮漫不經心地說，「噢，我很早起來，決定散散步。曼哈頓凌晨四點的情景會令妳大吃一驚的。我到過富爾頓魚市場，在布里克街找到非常有趣的農產品店。」

「店門開著？」我問道。

她坦承，「嗯，也不盡然。」她踏過破舊的油氈布，把一籃麵包放在福米卡耐熱桌面。「但我看見有人走動，就敲敲門。我正想為請客的事情找些點子。」

「請客？請什麼客？」我機警地問道。

她隨口說，「哥哥要結婚了，」活像我該在睡覺中憑直覺猜中似的。「我們當然要辦個筵席來慶祝訂婚，跟雪莉的家人見見面！」

可以想見我哥包柏一定不歡迎這個消息。他比我大十三歲，一向認為自己能安然長到二十五歲是個奇蹟。他憶起我媽媽跟他父親離婚、還沒認識我爸爸之前母子共住的歲月時曾說，「真不知我吃她煮的東西怎麼能活到現在，她是社會的一大威脅。」

我出生後，包柏到匹茲堡與他父親共同生活，但他經常回來度假。只要他在，他總會幫我保護客人，運用手腕阻攔他們吃危險的菜色。

我的手法比較直接。我的好朋友珍妮把湯匙伸進媽的一道創新午餐菜色時，我下令，「別吃那個。」我媽主張每個假日都該慶祝：聖派屈克節她準備了綠色酸奶香蕉。

珍妮說，「顏色我不介意。」她對人十分信賴，因為她母親萬聖節不會請你吃淋上橘色牛奶的全橘色怪東西。艾達伯母會端出我渴望的完美午餐：方方正正的奶油乳酪和白麵包抹果凍、大紅香腸三明治、直接由罐頭拿出的主廚濃湯等等。

我說，「不只是食物色素，酸奶一開始就是綠的；這盒東西已在冰箱放了好幾個月。」

珍妮趕快放下湯匙，媽走進另一個房間接電話的時候，我們溜進洗手間，把午餐沖進馬桶。

「伯母，餐點太棒了。」媽回來後珍妮說。

我只說了一聲：「我們能不能告退？」我想趁別的菜色還沒上桌前開溜。

「妳們不吃甜點？」媽問道。

「當然要。」珍妮說。

我說：「不要！」可是媽已經去拿小餅乾了。她端來一盤怪怪的黑色團塊。珍妮狐疑地看一看，然後客客氣氣拿起一塊。

我自己伸手拿了一塊說，「噢，儘管吃吧，是女童軍薄荷餅乾。她放在電暖爐上，巧克力都融掉了，可是吃不死人。」

我們嚼著餅乾，媽閒閒問道。「妳們看包柏的訂婚宴我該上什麼菜？」

「妳不是要在這邊宴客吧？」我環顧我們的客廳，試用陌生人的眼光打量現場，屏息問道。

媽偶爾會有佈置的靈感，通常計劃未完成就消失了。上回她愛上丹麥的現代風格，特地購製了柚木餐桌、一張像圓卵項鍊的柳條椅子和瑞典里亞毯。牆上的碧藍抽象畫也是那段時期出現的。不過媽照例很容易看膩，於是這些東西就跟外婆的三腳小圓桌、華美的斷層櫃和幾張更早更保守時期所買的日本版畫混在一起。

還有浴室，那是我媽最偉大的佈置成果。有一天她心血來潮，決定裝上金色毛巾、金浴簾和金毛毯。這不成問題。可是把瓷器全漆成金色卻是大災難；水槽的金漆很快就開始剝落，一連好幾年，我們每每洗完澡，身上總要微微鍍上一層金漆。

爸爸倒覺得這樣還蠻好玩的，他是二〇年代逃出德國猶太豪門來美國的知識份子，對「物」已完全不感興趣。他是書本設計家，活在紙張和鉛字的黑白世界；只對書本熱中。個性親切無私，如果他知道人家說他文雅，一定會大吃一驚的。他不在乎衣著，注意到了也只是厭煩而已。

媽說，「不，我打算在鄉下宴客，威爾頓宅邸的房間比較多，我們需要好好迎接雪莉進門。」

我腦海中浮現樹林那棟破破爛爛的避暑小屋。威爾頓離這約一小時車程，但一九六〇年還頗有鄉村風味。爸媽廉價買下，自己設計房屋。他們請不起建築師，估計稍有錯誤，樓下臥房奇形怪狀。老爸幾乎不會拿鐵錘，但為了省錢，他在一位木匠協助下自己建房子。儘管屋頂下垂、格局拙劣，他卻為自己的手藝自豪，對於彎彎曲曲留有車輪印的長車道更是引以為榮。有人問他為什麼彎彎曲曲的，他傲然說，「我一棵樹都不想砍！」

我愛那棟房子，但未上漆的木牆和奇特的風格叫我有點難為情。「何不在大飯店宴客呢？」我問道。我腦中浮現十全十美的準親家母影像：好像天天上美容沙龍，只穿訂做華服。老媽生得美卻不肯染頭髮，很少化妝，穿衣五顏六色，跟親家母一比簡直像遊民。雪莉媽媽手戴巨大的鑽石戒指，指甲修得美美的；我媽連婚戒都不戴，指甲短短的，隨便亂塗一通。

媽說，「胡扯，在家辦像樣多了，我要他們了解我們怎麼過日子，是怎麼樣的人。」

我壓低嗓門對珍妮說，「了不起。包柏的婚約會完蛋，有一兩個親戚會死掉，可是誰擔心這種小事呢？」

「千萬別讓她上韃靼生牛肉。」珍妮咯咯笑道。

韃靼牛肉是我的剋星；爸爸老用這來請客。那是一場表演：首先他把一粒蛋黃打進切細的生牛肉堆，然後將碎洋蔥、刺山柑和英國式辣醬油包進肉裡。他若有所思地拌起肉，並用非常明顯的德國腔找人幫忙試吃，顯得高大且斯文。兩人一起加點這個，加點那個，接著爸爸會小心地把肉攏成一圈，頂上鋪點鯷魚，就叫我端上桌。

我的任務是把這道肉抹在宴客的全麥麵包上，並逐一傳遞托盤。除非肉是我自己買的，否則我儘量不讓我喜歡的人吃老爸的傑作。我知道我媽在超市買包裝好的漢堡肉，若有屯了一天的半價貨，她一定忍不住要買，我跟我爸的胃訓練有素，媽準備什麼我們都可以消受，但大多數人吃了會中毒。

光想就害我緊張。「我非阻止這次宴會不可。」我說。

「怎麼阻止？」珍妮問道。

我不知道，還有四個月的時間。

最大的希望是我媽在宴客前改變主意。這不算空想；我媽的心境原本就反覆無常。可是三月轉四月，四月轉五月，媽還在瞎忙。電話不斷響，她心情好極了。她把一頭秀髮剪得很短，居然開始搽指甲油；體重也減輕，買了一櫃子新衣服。接著她和爸爸到加勒比海快速搭船遊歷一趟。

她對朋友們說，「我們買的是聯合水果貨船的船票，比傳統的巡航有趣多了。」人家問起那邊各島嶼正在發生的革命，她的標準反應是：「海地的旅館大廳挨炸彈，這一趟更有趣啦。」

旅行回來，她立刻著手計劃宴客。我每天早上醒來，滿懷希望看冰箱。情況愈來愈慘。半隻小羊出現了。接著是仙人掌果實。有一天我發現一盒裹著巧克力的蚱蜢，我覺得該找爸談談了。

「計劃愈來愈詳盡。」我用不祥的口吻說。

爸客客氣氣地說，「是嗎？」他對宴客不太有興趣。

「會變成一場大災難。」我宣佈。

父親忠心耿耿，「妳媽請客都辦得好極了。」他看不清我媽的缺點，定時向世人宣告她很會做菜，我想他真的相信如此，有人提起我媽「有趣的菜」，他滿面春風；人家說「我從來沒吃過這樣的東西」，他以為是誇獎。當然啦，他從來沒生過病。

「你知不知道她打算辦成聯合國兒童基金會的慈善捐款餐會？」我問道。

他說，「真的？那不是很好嗎？」他又埋頭看他的社論了。

「爸！」我想讓他注意這件事多叫人難為情。「她正要給報社發通知。她邀請很多人。事態漸漸失控了。只剩一個月，她什麼都沒籌劃好。」

老爸把報紙摺好放進公事包，含糊地說，「船到橋頭自然直。妳媽是很聰明的女人。她有博士學位。」他至此好像無話可說了，臨時加上一句，「我相信妳會是大幫手。」

爸爸跟我一樣被我媽的脾氣難倒了，一點辦法都沒有，我很難生他的氣。媽的脾氣就像天氣似的無法預測、無法避免，而且往往不太愉快。我想爸是欣賞她的活力充沛，而且他隨時可以逃到辦公室。他現在就去了。我覺得好討厭，只好打電話給哥哥。

包柏哥哥住在上城區的高級公寓，平日盡可能不跟父母親扯上關係。

他問道，「她計劃拿我的訂婚宴當慈善募款餐會？妳是說她要雪莉的家人付費參加？」我沒考慮這一面，但我明白他的意思。

我說，「我想是吧。但我擔心的不是這一點。你能想像媽在大夏天煮一百多人份的餐點嗎？如果很熱很熱怎麼辦？」

包柏悶哼一聲。

我問道，「你不能去出差嗎？如果有會議要去開呢？她是不是就得把整個活動取消？」

可惜媽聽到哥哥可能出遠門一點也不驚慌。她說，「筵席不是為你準備的，是為雪莉的家人。你失禮不露面，他們還是會來。」

包柏說，「可是媽，妳不能叫他們買票來赴宴。」

媽說，「為什麼不行？我想有錢人把不幸的人拋到腦後未免太噁心了。你怎能反對為弱勢兒童募款，以此慶祝你結婚呢？我不敢相信我有這麼自私不體貼的兒子！」媽砰地一聲掛上電話。

她總是這樣，總是以子之矛攻子之盾。結果就變這樣啦，一百五十人受邀在草地上午餐，聯合國兒童基金會答應派一位代表，各報也說要派攝影記者出席。媽一時誇張，竟寫信到威爾斯給她的老朋友羅素，請他來演講；幸虧他的九十歲生日快到了，所以婉拒了。但他寄來一百本反戰小書近作，是金紙印的童話；名叫《世界史摘要》（火星人托兒所用的），內容很短。最後一頁是一朵核爆蕈狀雲的照片。

媽沾沾自喜地說，「當餐後紀念品一定很棒！」還指出那是親筆簽名的。她一高興，又寄了幾張請帖。

「妳要上什麼菜？」我問道。

「妳有什麼主意嗎？」她答道。

我說，「有，找個包辦筵席的。」

媽把我的話當笑話，大笑一場。但她經我一催，竟打電話租了些餐桌和摺疊椅，至少來賓不必坐地上了。我建議她雇人來幫忙煮菜和上菜，但她覺得沒必要。她無憂無慮地說，「我們可以自己來。妳不能找些朋友來幫忙嗎？」

我說，「不，沒辦法。」但我仍打電話給人在紐約的珍妮，請她問雙親這禮拜她能不能出來，她認為這很「刺激」，而我需要精神上的支援。

宴客期近了，事態愈來愈嚴重。媽不斷清理貯物箱，屋裡愈清愈亂，珍妮和我跟在她後面拼命把東西塞回壁櫥，勉強弄出一點秩序。媽剪半塊草坪；我們剪另一半。爸爸一副歉然和鬱悶的表情，說他有重要企劃會議，必須留在市區不能回來。

有一天早上媽到一家批發食品公司，回來猛按喇叭，整輛車塞滿東西。珍妮和我跑出去，卸下五十磅冷凍雞腿、十磅冷凍蟹肉塊、一堆營業用的大罐番茄和剝莢豌豆湯、幾袋二十五磅裝的米和兩箱桃子罐頭。

「這一定就是宴客菜。」我對珍妮說。

「什麼？」她問道。

「我打賭她要做那道她自以為很棒的恐怖速成湯。妳知道，好多雜誌都登過。一罐番茄湯和一罐剝莢豌豆湯混合，加點白酒，上面放些蟹肉就成了。」

「噁！」珍妮說。

「我猜她還要把那百萬隻雞腿放在飯上煮，只是我們的烤箱這麼小，我不懂她打算怎麼煮法。罐頭桃子可以當菜蔬；很容易，只要打開罐頭，擺在盤子上就行了。」

她從本地麵包店訂了一個巨型蛋糕，我很驚訝（也鬆了一口氣）。這樣一來只剩開胃菜了；不曉得她心中有什麼妙計。

第二天我發現了答案。珍妮和我正在玩草地槌球，媽的喇叭響了，我們放下長柄球棍，看著車子穿過樹叢，後面塵土飛揚。我們跑出去看她帶回什麼東西。

「洪哈達商店大減價！」媽指著身旁的箱子得意洋洋宣佈道。箱子裡裝了幾百個小紙盒。看來挺有希望。「幾乎跟找人來辦酒席差不多！」我們把紙盒搬進室內，我高高興興對珍妮說。

我的快樂很短暫；我打開紙盒，發現裡面的東西各不相同。

媽說，「自動販賣機餐館打烊前賣剩菜，價錢低到跟白送沒兩樣，我就全買了。」她對自己非常滿意。

「妳要怎麼處理這些東西？」我問道。

「咦，端出去待客呀！」她說。

「用什麼裝？」我問道。

「大缽。」她說。

我指出，「根本沒什麼東西可放進大缽，只有幾百件要用小碗裝的東西。」

我撕開紙盒蓋說，「妳看，這是馬鈴薯沙拉。這是捲心菜絲。這是冷乳酪通心粉。這兒是甜菜沙拉。這兒是切片火腿。都配不起來！」

媽說，「別擔心，我相信這些東西湊在一起可以弄出某道菜來。裡面每一樣都很棒。」

我對珍妮喃咕道，「是啊，等端出去請客的時候，每樣東西都是四天的舊貨了，不發霉才是奇蹟。」

懂得變通的珍妮說，「我想發霉比較好。大家看到黴菌就不會吃啦。」

「但願那天下雨。」我說。

不幸宴客日我早上醒來，天上一朵雲都沒有。我用被單蓋住腦袋繼續睡。可惜睡不久。媽堅持拉下被單宣佈，「今天誰都不准睡，是請客的日子哩！」

有些食物已經長了薄薄一層黴，但媽無憂無慮把它刮掉，開始拌可怕的洪哈達湯糊。她伸出一匙說，「很好吃！」一點也不好吃。而且外觀比味道更糟糕。

我想雞腿也有點可疑；為了全部煮完，我們提早兩天開始弄，而冷藏室裝不下這麼多。色澤倒是亮亮的，烤箱烤熟的米飯看起來也不錯。我們把桃子舀進媽的大玻璃缽，看來美極了。

我對於湯不太樂觀。媽已經把蟹肉拿出冷凍庫退冰兩天，氣味連她都不喜歡。「我想我該再加一點白酒。」她倒進一瓶又一瓶酒，不斷說。

「大家喝湯會醉倒。」我說。

她快活地說，「很好，也許他們會多捐點錢給兒童基金會。」

哥哥來了，看著凹凸不平草地上搖搖欲墜的椅子，直接走向吧台。媽雇了幾個本地中學生當酒保，他們倒威士忌就像倒可樂似的。

我對他說，「你千萬不能醉。小心別讓雪莉家的人吃那道濃湯。雞肉也要當心。」

包柏又喝了一杯。

我對那次宴客的記憶模模糊糊，但一份發黃的《諾瓦克時光》剪報道出了部分實情。〈威爾頓某家族主辦聯合國兒童基金會募款慈善餐會〉的標題下，我媽滿面春風對著鏡頭。

有張家族照片照出我把一張支票交給笑咪咪的官員，背後有塊招牌以英文和法文寫著「安全理事會」，這代表故事的另一面。

但故事結尾操在哥哥手中。三十五年後他的小孩還在問，「記得奶奶害大家中毒的事嗎？」惹得他臉色鐵青。

他呻吟道，「喔，別提醒我。太可怕了。首先她逼大家出錢，還送那種反核爆紀念品；老天，那是六〇年代初期，他們都是保守的企業家和家庭主婦。更糟的是一通通電話整夜不斷打來。每個人都不舒服。有二十六個人住院洗胃。居然用這種方式迎接親家！」

這些我都錯過了，但我記得我們還在收拾，電話已經響起。媽仍被攝影師的閃光燈弄得暈陶陶的，第四十七次說，「看我們募到多少錢！」這時候她拿起聽筒。

「喂？」媽生氣勃勃地說。我想她以為又是記者。接著她的嗓門因失望而往下沉。

「誰不舒服？」

然後沉默好久。媽伸手去摸別緻的短髮，顯得很驚訝地說，「真的？全都這樣？」她身子往下塌，艷紅的指甲由髮梢落到嘴邊，接著她挺起背脊，抬起腦袋。

我聽見她對著電話說，「胡扯。我們都好好的。每樣東西我們都吃啦。」

2 老奶奶們

我有三個奶奶，沒有一位會煮菜。

外婆不做菜是因為她有更好的事可做，媽碰到每個人都要得意洋洋說外婆是樂團經理人。

祖母不做菜是因為希特勒插手之前她是個大富婆。

小鳥姨婆不做菜是因為她有愛麗絲代勞。

小鳥姨婆跟我其實沒有親戚關係；她是爸爸前妻的母親。但她很想當奶奶，所以我出生後她就到醫院去向我媽毛遂自薦，說要擔當奶奶的重任。她已八十多歲，看來這是她最後的良機。

有人幫忙媽自然很高興，小鳥姨婆遂認真當起奶奶來。大約每週一次我一出校門就發現她在人行道上等我。我的朋友立刻圍在她身邊，很高興跟體型與他們差不多的成人站在一起。小鳥姨婆身高四呎八吋（約一百四十二公分），我們都沒見過比她矮小的成人，她說，「我們到席拉夫特餐館去！」大家齊聲悲嘆。人人都羨慕我。

我們老是點同樣的東西。兩人慢慢吃巧克力糖漿聖代，看女士們登上餐館引人注目的寬樓梯，評論她們的衣著、頭髮和走路的樣子。小鳥姨婆一直把我當作全世界最討喜的心肝寶貝。不知道她對女兒——也就是家父的前妻——是不是也曾這樣，可是我每次提起「荷丹絲」，她都假裝沒聽見。人人如此。

接著小鳥姨婆總是帶我回她家。我們搭長程巴士抵達；每次我來過夜，愛麗絲都要做蘋果丸子，我進門便跑進廚房，摟著愛麗絲，求她讓我揉生麵糰。她來美國六十年了，說話還是一口巴貝多腔，她用沾滿麵粉的手拍拍我，輕聲以巴貝多腔說話，她是個健美的老婦人，褐膚黑短髮，臉上皺紋很深。她身上有太白粉和檸檬味，如果正在烤麵包還會有肉桂的味道。

我喜歡幫她的忙，喜歡摸手底下的新鮮麵糰，喜歡蘋果去核的乾淨模樣。我喜歡小心翼翼地把每個蘋果包進一方麵糰內，把頂上捏闔起來，就這樣。我們把丸子排在烤箔上，愛麗絲會將它放進烤箱，然後兩個人一起到客廳去看《培瑞・柯莫劇場》。這也非常刺激，我爸媽並沒有電視機。

愛麗絲總是一看完節目就走了。接著小鳥姨婆和我一起吃爐子上文火煨著的晚餐菜肴。禮拜六早晨我們吃剩下的蘋果丸子。我們刷牙、整理床鋪，然後到廚房做馬鈴薯沙拉給爸爸吃。小鳥姨婆只做過這道菜，「我們家由愛麗絲掌廚。」她說。

我媽常說愛麗絲其實不算小鳥姨婆的親人。她自認為不太有偏見，還常說她和爸爸的婚禮便是黑人牧師主持的。她說，「他是歌星桃樂絲梅諾的丈夫。」並且吹噓音樂有多棒。但我發現除了名人之外，媽來往的全是白人，來我們家打掃的褐膚女子她一概稱之為「那丫頭」。爸不一樣：他完全沒有偏見，他自認為是在德國長大的關係。他十分瞭解愛麗絲的處境。

每次小鳥姨婆把馬鈴薯沙拉遞給他，他都會彎下腰來，親吻她的臉頰柔聲說，「愛麗絲是了不起的廚師，不過妳做的馬鈴薯沙拉全世界最棒。」

小鳥姨婆的馬鈴薯沙拉

【材料】

・三磅小馬鈴薯　・三分之一杯蔬菜油
・鹽和辣椒少許　・半杯白醋
・一湯匙糖　・兩湯匙水
・兩顆洋蔥切片

馬鈴薯煮十五至二十分鐘，剛軟即可。濾乾放涼。削皮切成均勻的圓片。

加鹽、辣椒和糖調味。加洋蔥、油輕輕攪拌。

醋加水稀釋煮滾。趁熱加在拌好的馬鈴薯中拌勻。

供六至八人食用。

愛麗絲的焦糖蘋果丸子

【材料】

- 兩杯麵粉
- 一茶匙鹽
- 奶油
- 四分之一杯冰水
- 五個蘋果削皮去核
- 四分之一杯糖
- 一茶匙肉桂
- 一湯匙奶油

麵粉加鹽攪拌。以雙刀切奶油，切成蠶豆大小。慢慢加水，用叉子將麵糰攏成球狀。

擀麵糰，切成五個方塊，每塊中間放一個蘋果。

糖加肉桂攪拌，放在每顆蘋果中間，上面再加一小團奶油。以麵糰包住蘋果，必要時邊緣沾點水以便封口。冷凍三十分鐘。

烤箱預熱至三百五十度。

約烤四十分鐘，或烤至蘋果變軟。

淋上焦糖趁熱上桌。

供五人食用。

焦糖作法——

四分之三杯未加鹽的奶油置於室溫下，另備一杯半的糖、少許鹽、三茶匙香草。

將奶油攪拌，慢慢加糖和鹽，直到又輕又滑。加香草冷凍。

製成一杯量。

我六歲那年，父母曾到歐洲一個月。照例是媽的主意。我想當時我已知道爸爸不想離開我這麼久，但他不知該怎麼對我媽說明。何況她還不厭其煩地安排住在克里夫蘭的索兒・赫洛來照顧我。

也就是我外婆，那個樂團經理。媽帶我在公寓中走來走去，指出外婆那些名人朋友的所有簽名照說，「妳跟外婆住一定很快活。妳會碰見曼紐因和魯賓斯坦喔！」

可是音樂叫我心煩，我卻叫外婆心煩。爸爸媽媽出門三天後，她打電話給小鳥姨婆。

我可不苦惱。我有小鳥姨婆。我有愛麗絲。我有一整個月的時間可以解開荷丹絲的奧秘。為什麼沒人談爸爸的前妻呢？

小鳥姨婆住在華盛頓山莊，她說那一帶「走下坡了」。意思是說街上撒滿垃圾和碎玻璃，電梯有一半的時間不靈光。小鳥姨婆對這些似乎渾然不覺；她和培瑞姨公在幾百年前那邊地段還很高級的時候搬進去，後來股市崩盤，他們被套牢了。她繼續住下去，即使培瑞姨公死後也沒搬走，身邊全是得志時期留下來的美麗東西。附近是貧民區，她的公寓卻富麗堂皇，擺滿深色紅木五斗櫃、柔軟的舊沙發和一堆亂糟糟的素描和油畫。屋內永遠一塵不染，因為愛麗絲把每粒灰塵當做不速之客，拼命趕出去。

小鳥姨婆說，「我想愛麗絲是我媽雇用的第一個黑人。南北戰爭後很多有色人種來北方，可是當時我媽愛雇用剛下船的愛爾蘭少女。有時候她會帶我到碼頭找女僕。我喜歡。培瑞姨公向我求婚，我媽說要訓練一個女僕。我自然以為又是愛爾蘭少女。愛麗絲出現，我大吃一驚。」

愛麗絲說，「我記得妳的表情。妳開門看到我，嚇一跳往後退。我以為我的工作還沒開始就完蛋了。」

「我試過要開除妳——一次。」小鳥姨婆說。

愛麗絲帶點粗暴地說，「我記得，可是我不讓妳這麼做。」她轉向我，我望著她嘴角往下撇，面孔兩側的深刻皺紋更往兩邊移；突然間她跟牆上的畫像顯得一模一樣。「經濟大崩盤剛發生，有一天晚上妳的培瑞姨公垂頭喪氣回來，我知道他也碰上了。我們身邊的人都有過類似的遭遇，好多人早上起床還很有錢，晚上睡覺已一貧如洗。他把妳小鳥姨婆叫進客廳，她出去關上門。等她回來，我看出她哭過。」

「荷丹絲呢？」我問道。

小鳥姨婆接過話題說，「我跟她說我們會變得很窮很窮。我們已一無所有。我們再也雇不起她了。」

愛麗絲說，「我說我不走。她休想這麼容易就打發我！」

小鳥姨婆說，「我說道『可是愛麗絲，我們沒有錢。一毛都沒有。』妳知不知道愛麗絲說什麼？」

我看看愛麗絲。

「我說，『妳給得起多少就給多少，我知道妳一定公道。』」

「妳知不知道她接下來做了什麼事？」小鳥姨婆說。

「做一批焦糖蘋果丸子。」我說。每次需要緊急應變卻不知如何是好的時候，愛麗絲總會這樣做。

愛麗絲想到這一點不免偷笑，但我認識的人就數她最懂得烹飪的威力。她是大廚師，但她為自己烹飪的成份居多，為別人烹飪的成份少，不是肚子餓，是廚房的例行儀式叫她心安。

我從來沒想到別人的感受也許不一樣，我長大才明白不是每個六歲小孩都會把在廚房待一下午當作樂事。

早上我大多待在小鳥姨婆井然有序的大壁櫥裡，試穿一件又一件的海藍色洋裝。等我六歲，她的二號鞋我穿剛剛好。然後我就在屋裡走來走去查看牆上的版畫、水彩和素描。愛麗絲、小鳥姨婆、客廳裡的銀製茶壺……一切都好熟悉。可是有時候小鳥姨婆免不了嘆口氣說，「妳何不去看看愛麗絲在做什麼？」

愛麗絲和小鳥姨婆是兩個對人生深感失望、對彼此都不失望的人，兩人的關係很自在。六十年來她們過半的時間因命運而意外湊在一起，但她們很少思索這件事，所以我問愛麗絲喜不喜歡小鳥姨婆，她竟顯得很驚訝。

她正在拌香料要做肉糕，聽到問話活像兔子看見汽車，停下手中的動作，眼睛睜得很大，拿起肉來猛打，然後點點頭。「是的，喜歡。」她說，語氣聽來很訝異。

那天晚上愛麗絲和小鳥姨婆擺餐桌的時候，愛麗絲隨口說，「八十幾歲要照顧六歲小孩可不簡單。」她斜睨了小鳥姨婆一眼說，「我想回家拿點東西，我要住到露絲回去。」

小鳥姨婆在桌畔擺出第三個位子說，「先吃完晚餐也不遲。」愛麗絲和我在廚房共度許多時光，但坐下來共餐還是頭一回。

飯後小鳥姨婆和我洗碗盤，愛麗絲回去拿她的衣物。接著小鳥姨婆讓我熬夜看《蜜月夫妻》，愛麗絲溜進我隔鄰的床鋪，我還沒睡著。

「荷丹絲小時候妳是不是住在這邊？」我問道。

「噓，睡覺。」她說。

早上我們靜靜溜出去，儘量不吵醒小鳥姨婆。我們順著一六六街到百老匯，愛麗絲堂皇穿過店鋪，掐掐水果，問東問西。她買什麼都要打聽清楚。「這是哪邊來的?什麼時候來的？」我跟在她後面閒逛，漸漸看出重視食品所帶來的威望。

我模仿她一本正經和不以為然的表情，大概顯得挺滑稽吧。我體型結實，圓臉配上亂蓬蓬的棕色捲髮，通常穿著別人穿過的舊衣，搭配得很差——我媽總是在羅曼商店購物，那兒沒有童裝部門。賣我們葡萄的人問道，「荷丹絲的小孩？」愛麗絲搖搖頭，兇巴巴瞪他一眼。

看到屠宰商喬治，我一眼就認出來了，廚房裡有一幅他的版畫，戴著同樣的白帽，現在他拿起一塊又一塊肉給愛麗絲查看，焦急的眼睛也跟版畫上差不多。當她疑神疑鬼看看深紅色肥瘦相間的肉，他好像憋著氣不敢呼吸。「不是最好的我不敢給她。」他說著一手包起選好的牛腰肉，一手塞給我一片大紅腸。

需要的東西都買好了，愛麗絲帶我到波多黎各人開的咖啡店，她喝一小杯濃咖啡，我吃一客番石榴乳酪酥皮點心。愛麗絲說，「等我回巴貝多，我要每天坐在陽光下喝咖啡。」她跟我談起她退休後計劃要買的房子，活像還要等好多年似的。「可是妳這麼老了！」我脫口而出。她點點頭，沒有生氣。「希望害不了人的。」她回答說。

那天稍晚小鳥姨婆和我進出同樣幾家店，挑選愛麗絲忘掉的美味珍肴。我發覺喬治不像對愛麗絲一樣焦急立正，畢恭畢敬的。他甚至向她眨眨眼，遞給我一片大紅腸的時候也給了她一片。她邊吃邊說，「我有沒有跟妳說過妳培瑞姨公和我搭輪船上溯赫得遜河，售賣員竟賣他一張半票給我搭乘？我是已婚女士耶！」

任何人發育不良都會感到失望，小鳥姨婆卻盡情享受嬌小的體型。即使她成了老太婆，大家還是把她當做可愛的少女。大家都愛她。

愛麗絲傷心地說，「只有荷丹絲例外。」接著她用手遮住嘴巴，好像恨不得把這句話塞回肚子裡。

我們回到家，小鳥姨婆拿出相簿，給我看赫得遜河之旅的照片。喏，她和培瑞姨公倚欄微笑著。我翻閱相本，找尋荷丹絲的行跡，可是沒有小女孩的照片。反之，我找到一群人死板板穿著古董衣裳擺姿勢的正經照片。小鳥姨婆來到沙發跟我同坐說，「那是我的婚禮！培瑞姨公看來很帥吧？」她愛憐地撫摸紙頁，然後翻過去。「菜單在這裡，」說著看看一張寫滿字的長單據，開始唸道：「綠龜湯。炸牡蠣。龍蝦醬鮭魚。烤閹雞。牛肉片。炸雞肉丸子。雜碎。加料沙拉。帶殼牡蠣。」

我問道，「是不是每個人都吃到每一道菜？」簡直不敢相信筵席這麼豐富。

小鳥姨婆點頭說，「那個時候的人食量比較大。」

愛麗絲切麵包做冷肉糕三明治，我問她，「妳做過綠龜湯嗎？」

她不屑地說，「當然，算不了什麼。」

「愛麗絲以前做的炸牡蠣最棒了！」小鳥姨婆說。

愛麗絲說，「是啊，沒錯。妳父親和荷丹絲結婚的時候我做過。」說到「你父親」，她的語氣照例柔情萬千；我爸爸在小鳥姨婆家有如王子。愛麗絲將三明治擺在桌上，雙手交握說，「好吃的炸牡蠣有三項秘訣。首先要打開牡蠣，至少晾乾一小時，一定要很乾。其次要用新鮮的麵包屑。但最重要的——」她停下來加強語氣，「胖子牌奶油要燒得很熱很熱。要冒煙，否則牡蠣炸不脆。我們今天下午弄一點好不好？」

我們把牡蠣撬開，放著晾乾，再裹上麵包屑，三步驟成立一條生產線：小鳥姨婆將牡蠣沾上打好的蛋汁，我則把它放進新磨碎的麵包屑裡，然後整個黏糊糊夾起來。遞給愛麗絲，由她扔進油鍋，守著看它炸成規定的金黃色。時間大約一分鐘，然後她再鏟起來放在櫃台前面撕開排好的牛皮紙袋上。

她吩咐道，「現在吃！」我拿起一個，燙得燒疼手指，我急忙放下。愛麗絲顯得很不耐煩，於是我再拿起來。外面脆脆的，依稀有點甜味，裡面的牡蠣像鹹布丁。我一口接一口品嘗外殼的酥脆和內部的柔軟。愛麗絲和小鳥姨婆看著我的表情，笑得好開心。

日子一天天過去，這變成我最喜歡的遊戲。我每天從小鳥姨婆的婚宴菜單上挑選不同的菜碼，跟小鳥姨婆一起到廚房請愛麗絲做。

「她會嗎？」我一遍又一遍問。答案永遠相同：「愛麗絲什麼都會做。」

有一天我們正在等麵糰發酵，愛麗絲抱怨說，「六歲的小孩好費事，幸虧我這麼有耐心。」

「荷丹絲小時候是不是也很費事？」我問道。

愛麗絲答道，「不，她是小天使。她整天畫圖。妳知道，這些畫都是她的。」她以下巴指一指她的素描、喬治的版畫像、客廳的照片、水彩畫等等。「人人都說她是才華很高的藝術家；她上了好多課！」接著愛麗絲用力捶麵糰，麵糰噗地一聲扁下去。「但她長大了。」

我生氣勃勃地說，「是啊，還嫁給我爸爸！」

愛麗絲說，「他竟娶了兩個……」然後突然住口，她緊閉著嘴巴，不肯再說話。兩個什麼？我想不通。聽來她不單指兩個女人。我很慶幸電話響了。

是住在克里夫蘭的外婆來電。我說，「噢，外婆，我們正在煮菜。愛麗絲什麼都會做。」

「問她會不會炸雞肉丸子。」外婆說。

愛麗絲雙眼亮晶晶說，「她以為我不會？」她說了幾句難聽的話，批評有些女人不但不會做菜，還忙得沒時間照顧自己的孫子女。接著她說，「穿上大衣，我們去買東西。」她一路嘀咕到店鋪。

她對喬治說，「我要一點厚實的雞胸肉。今天晚上我要炸雞肉丸子。這塊不行，這孩子的時髦外婆以為我不會做呢。」

我忠心耿耿地說，「小鳥姨婆說愛麗絲炸的雞肉丸子全世界最棒，跟她爸爸帶她到德莫尼柯餐館午餐那回吃到的一樣好。」

「我打賭甚至更好。」喬治說。

愛麗絲露出笑容。她說，「我帶一粒給你。」活像女王頒賜稀世珍寶給臣民似的。

愛麗絲輕輕把雞胸肉放在沸水中溫火慢煮，放涼後我將肉剝去骨頭，由愛麗絲剁碎。她讓我站在椅子上攪奶油做濃稠的貝夏梅醬，她再加入碎洋蔥、鹽、紅辣椒和豆蔻，擱在雞肉裡攪。接著我們把拌好的東西放進冰箱冷凍，走進客廳。

回廚房之後我把肉糊捏成一根一根，沾上餅乾屑，用奶油炸。

要送給喬治的丸子我們用餐巾包好，其他的放在小鳥姨婆的金邊瓷盤上。我們用最好的水晶杯來倒酒，飯後小鳥姨婆打開收音機，三個人跳起舞來，活像參加高級舞會。我指指客廳牆上的一張畫說，「看哪！我們就像那樣。」她們倆轉向那張畫。愛麗絲說，「老天，荷丹絲好愛跳舞！」小鳥姨婆跳到一半停下來，走到沙發那兒坐下。舞會結束了。

第二天晚上爸爸媽媽由歐洲返國。愛麗絲做烤牛肉、馬鈴薯泥、菠菜和奶油洋蔥慶祝他們歸來，她打開烤箱在肉片上滴油說，「他們吃多了花俏的法國菜，一定會欣賞這個。」我深呼吸，猛聞烤肉的濃香和洋蔥的甜味。

「我打賭他們在巴黎沒吃過這麼好的東西。」我說。

愛麗絲滿面笑容。「荷丹絲老說妳爸爸是個喜歡肉和馬鈴薯的男人。」她含笑說這句話，可見她很喜歡我爸爸。

我裝出漫不經心的口吻說，「她怎麼死的？」愛麗絲停下來瞪著我。「誰跟妳說她死了？」她答道。

「她沒死？」我問道。

愛麗絲說，「不如死掉還好些。妳確定菠菜都洗乾淨了？」

晚宴很成功。小鳥姨婆開了窄窄的綠色瓶裝酒，爸爸媽媽全喝光了。我媽送小鳥姨婆一件喀什米爾羊毛衣。我爸爸吞下奶油菠菜，送愛麗絲一條絲圍巾，說她做的菜勝過巴黎的任何一家餐館。

這讓我想起愛麗絲說的話。爸爸抱我下樓去搭計程車時，我耳語道：「荷丹絲究竟出了什麼事？」

「我明天早上告訴妳。」他說。可是早晨他變了卦。我猜荷丹絲一定做了非常可怕的事。也許她殺了人。也許她在坐牢。

過了好幾年我才發現真相。當時我已上大學，小鳥姨婆只因為長壽，居然繼承到一筆遺產。她九十多快要一百歲時，培瑞姨公七位單身兄弟中僅存的一位也去世了，留給她一筆可觀的財產。

小鳥姨婆立刻搬進好社區，接著在巴貝多給愛麗絲買了一棟房子。

我問道，「愛麗絲不是寧可跟妳住？」小鳥姨婆似乎覺得這個問題很可笑。「她一直想回家鄉，」她說。可是我每次去看小鳥姨婆，她第一句話總是問，「妳有沒有愛麗絲的消息？」

我有。從她來信的語氣我知道美夢成真的她其實很失望。我知道她思念小鳥姨婆、小鳥姨婆也想念她。但雙方都不肯承認。

愛麗絲把蘋果丸子的食譜寄給我，信上寫道，「好好照顧妳的小鳥姨婆。」她終於告訴我這些年來荷丹絲在什麼地方：在精神病院裡。

我問爸爸，「就這樣？奧秘就是這個？這就是一切謎團的答案？她在精神病院？」

他慢慢說，「是的。太傻了，不是嗎？」

「為什麼沒有人願意談起她呢？」我問道。

他低頭看我說，「她們覺得丟臉。」接著面露哀戚地說，「還有別的理由。她們覺得她驚嚇過度都怪她們。隨著病情的發展，別人碰過的東西她都不敢碰，她們總覺得自己一定做錯了什麼。」

我回首描繪那間暖和擁擠的公寓，設法想像兩位親切的淑女怎麼可能傷害任何人。我回憶我們三人在廚房的情景，彷彿再次聽見愛麗絲說，「他竟娶了兩個。」我突然明白了：她是指瘋瘋癲癲的女人。

「你想她生病該怪她們嗎？」我問道。

他慢慢說，「嗯，她們沒妥善培養她面對真實的世界。」

3 皮威太太

我媽活力充沛，教育程度很高卻沒多少事可做。她常像籠中的老虎在公寓中踱來踱去訴苦，「如果我的父母讓我學醫多好！」她試過很多工作，每一行都幹不久。她曾任《理家百科全書》主編，被客客氣氣解雇後宣稱，「大家都沒有遠見！我真的認為談歷史英國女王持家術的文章是絕妙的點子。」

接下來她又有了新靈感，要辦一份名叫《借你》的雜誌。提案沒有下文叫她很洩氣。她想得出神地說，「叫李歐納・伯恩斯坦把經營術借給你，黛安娜・夫瑞蘭把時尚眼光借給你，大家想必會迷上這個點子。我不懂他們怎麼不喜歡！」之後她在大都會藝術博物館上班，為紐約附近各團體放幻燈片講課。她專門介紹博物館特展上各藝術家的私生活。這是她自作聰明的主意，卻把她的飯碗搞砸了。

館方通知她不用再上班，她抗辯道，「我說的全是實話呀。」反正她近乎淫穢的畢卡索評介讓行政當局受不了。媽決定用她旺盛的精力來提振我們的生活：請客、佈置、安排文化充實之旅。這些努力我們不見得感激。

「現在又搞什麼花樣？」有一天爸爸回來發現一棵樹沿著公寓大樓側面往上拉，不禁問道。他一看就知道是要拉到十一樓。沒錯，我媽透露：她剛買下一棵死樺樹，想讓我們家亮麗起來。她上氣不接下氣說，「很棒吧！」說著展示一件比可用空間至少大一倍的物體。「我們可以切割到恰當尺寸，掛上季節性的裝飾品。」

「棒極了。」爸爸展現恰當的自尊和懷疑說。

「而且價錢好划算！」她說。

爸識趣地不過問多少錢。

我媽在紐約市各處遊歷拖回家的永遠是廉價品。不然就是新奇玩意兒：每次我媽看到她沒見過的新食物，總會買下來。

也就是說，我們班上我最先嘗過淡菜、仙人掌花、海膽和荔枝。媽也擅於為熟悉的食物想出新用法。有一次我開車回大學，她遞給我一罐白蘆筍說，「帶著路上吃。妳一路不用停那麼多次，挺解渴的。」

幸虧我們只偶爾靠我媽填飽肚子。烹飪工作通常落在我或偶然雇的女佣身上。女僕先後有一大串；大抵待不了幾個月。後來我們認識了皮威太太，她在我八歲那年來住我家。

她是全世界最不可思議的女佣，六十幾歲，塊頭很大，頭髮呈白藍色，儀態像古羅馬貴族。她說三種語言說得很流利，偶爾會說出「我們住洛克菲勒家的時候，總是四點準時上下午茶」之類驚人的小花邊新聞。

我媽和皮威太太經常為了宴客餐桌該怎麼擺才恰當爭論不休。皮威太太通常占上風；她的經驗豐富多了。有一天我媽正等著把威靈頓牛排端上桌，皮威太太穿過廚房門的時候摔了一跤，牛排掉在地上，跟我媽站的地方只隔兩呎。那一回證明皮威太太鬥志驚人。她鏟起毀壞的佳肴走出去說，「雷舒爾太太，我去拿另一塊。」我媽可憐兮兮點點頭。

一分鐘後皮威太太手拿一塊新的威靈頓牛排重新露面。我媽目瞪口呆。哪裡來的？我屏息躲在廚房門後面看我媽把新菜端出去。

「隨時多準備一點酥皮，」皮威太太一面說一面在光禿禿的地方補上新的酥皮，再用一點裝飾性的小玩意兒遮好。「你永遠不知道人生會出現什麼意外。」

皮威太太教我煮爸爸最喜歡的菜。每次我做維也納油炸小牛排，皮威太太總是在我身邊，提醒我把小牛肉捶薄。

皮威太太的維也納油炸小牛排

【材料】

・一磅半小牛肉片

・鹽和胡椒

・半杯麵粉
・六湯匙奶油
・一個蛋打散
・一個檸檬
・一杯搗細的麵包粉。

牛肉片夾在兩張蠟紙間捶薄。

麵粉放在足以盛裝肉片的扁碟或大盤子裡。打好的蛋放另一碟，麵包粉又另放一碟。各加鹽和胡椒調味。

肉片沾麵粉，再沾蛋汁，然後沾麵包粉，直到薄薄裹滿。放在鋪蠟紙的大盤上，擺進冰箱一個鐘頭左右。

煎鍋放四湯匙奶油，加熱化開。發出滋滋聲後快速將肉片兩面煎成金黃色。改放在大盤上。

以同一個煎鍋將剩下的兩湯匙奶油加熱融化。擠檸檬汁加入奶油中，攪一攪倒在肉片上。

供四人食用。

皮威太太每天晚上拿一個銀製大高腳杯裝冰水下樓，她將杯子放在床邊的磁磚地上，銀杯外側凝結了一粒粒的水珠。我媽有一陣子很迷《綠野仙宮哈麗葉》，特地在我們避暑住宅的地下室地板鋪上紅綠交雜的井字棋盤格油氈布；後來她堅持把那個房間叫做娛樂室。皮威太太來住我們家，娛樂室變成她的臥房，她總是把高腳杯放在軸心方格中間。

皮威太太不像前任的女佣洛文妮亞或溫妮，從來沒人叫她的小名。而且我媽也不像叫她們那樣稱她為「那丫頭」。

我媽喜歡談皮威太太的故事，即使證明她自己占下風的故事也津津樂道。譬如有一次她叫皮威太太做甜薯砂鍋淋糖漿當感恩節大菜，皮威太太說她想都沒想過。「恐怖的中產階級拼湊品。」她一口咬定說。

有一次奶奶來訪，皮威太太堅持要燙床單。我媽辯駁道，「可是我們床單不燙的！」皮威太太硬是拿熨斗在光滑的白棉布上挪動說，「我們過得像野獸，也沒有理由硬要人家接受我們的習慣呀。客人就是客人！」

當然我媽很喜歡抱怨皮威太太習慣把一天的休假延成一個禮拜。她談到這件事，聲音總是愈來愈小，變成說悄悄話。她會往我這邊瞄一眼，把手指擱在唇上，不管皮威太太做什麼，我知道一定很可怕。我想像不出是什麼事。等我媽的聲音再度清晰可聞，說的一定是「當然她就是這樣才會淪為女佣的。」接著她苦笑道，「而且是我的女佣。換了別人哪能容忍？」

可是最有名的故事根本與我媽無關；是皮威太太的三個兒子由司機開著加長型轎車來訪的事。時當夏天，我們在鄉下，長長的黑轎車輕輕駛進我們的車道。我媽總會告訴全神貫注的聽眾，「她馬上知道是誰！她叫露絲出去叫他們走開！」

我看見閃亮的車窗映出自己的形影：八歲的我，棕眼，表情嚴肅，臉頰髒兮兮，抱著一隻骨瘦如柴的橙色小貓；一邊膝蓋有一塊騎腳踏車摔倒刮傷的方形大瘀青，捲髮亂蓬蓬的，「歌唱的橡樹」破T恤內鼓出圓滾滾的肚子。當窗戶靜靜打開，我吸了一口氣。

我偷看玻璃降下後露出的涼爽暗處。車內有個聲音說，「我們保證只耽擱她一分鐘。」是最靠窗口的人說的。他憂傷的長臉在我看來好老氣，當他用皮包骨的手撥動漸禿的白髮，我連忙告退。「我會告訴她。」我說著飛快轉身，腳下嘎啦嘎啦響的碎石子飛起來打著閃亮的銀色車輪殼蓋。我抱著橙色斑貓穿過車道，上了石板小徑；砰地一聲關上紗門，走進狹小的松木格子板廚房，皮威太太正由破舊的烤箱拿出一個黑莓餡餅。

她說，「不。不，不，不。」

我走回去告訴他們。兒子們仍悶悶不樂坐在加長型轎車上，但這次換了一個人開口。他的臉堅實又自滿，銀色的髮絲亮燦燦的。他由窗口遞出一枚錢幣說，「妳若能勸她出來，我再給妳五枚。」

我把錢拿給皮威太太看，她低頭看自己腫腫的腳踝由實用的鞋子裡鼓出來，又看看我說，「我看巴默一點都沒變。」她的臉皺皺的，活像吃過一顆檸檬。「我若是妳，絕對不會收他的錢。跟他說他應該感到慚愧。跟他說我無論如何都不出去。」

我把話帶到，但實在捨不得退回那枚錢幣。我用力捏，把它緊按在手掌內側。接著第三個兒子又試一遍。他是三兄弟中最漂亮的一個，雙頰紅潤，髮色烏黑，深藍色的眸子盯著我瞧。「她是不是在廚房？」他問道。我鄭重點點頭。「她還在做世界上最棒的果仁巧克力小方塊糕餅？」我又點點頭。他繼續說，「我曾是她最好的幫手。我打賭現在妳是她最好的幫手。」他露出一口貝齒笑咪咪懇求道，「妳不覺得媽媽該跟她的孩子談談嗎？跟我媽說我想她。替我吻她一下。」

我在她蒼白如紙的臉頰印上一吻，皮威太太顯得很悲哀。我伸手摟住她結實的身體，聞她身上的粉粒香味。她說，「告訴波特我也想他。跟他說我愛他。跟他說我絕不見他們任何一個！」接者她解下圍裙扔在櫃台，就到地下室去了。

三個兒子聽見她絕決的口信，嘀嘀咕咕說，「我們現在怎麼辦？」接著車窗升起，靜靜遮住了我的視線。司機將大黑車掉頭。我站著觀望良久，看著它消失在我們彎彎曲曲的窄車道邊緣的樹叢間。

第二天早晨皮威太太休假外出。我們家離紐約不到五十哩，可是皮威太太總是堅持要「回到文明世界」，對我們這棟康乃狄克州樹林裡的破爛避暑小屋明明白白表示不屑。我媽開車送皮威太太去車站，以擔憂的目光看著她辛辛苦苦登上紐約中央火車站的台階。

我們回到舊福特旅行車上，我媽輕聲說，「但願她會回來。」

「妳們吵架了嗎？」我問道。

「沒有。」媽說。

「那妳何必擔心呢？」我問道。我媽不肯說理由。

第二天、第三天、第四天皮威太太都沒有回來。我媽在廚房砰碰作聲，端出血淋淋的烤牛肉、硬硬的馬鈴薯和中間還沒解凍的蠶豆。她用吸塵器吸地的時候，嘴巴喃喃咒罵，發誓說事情就這麼決定了。可是後來有一輛計程車駛進車道，我媽默默看著皮威太太穿過客廳，下樓到娛樂室。皮威太太換上白制服，把燭台擦亮，為我媽做蒔蘿醬水煮冷鮭魚，為我爸爸做黑森林櫻桃奶油蛋糕；然後以法語朗讀四則傻農夫貝卡辛的故事給我聽。誰也沒說要解雇誰。

夏天過去，我們回到紐約。我比較喜歡那兒。皮威太太和我共住一個房間，兩張床腳趾對腳趾。有時候晚上熄燈後，十一層樓下方的汽車在我們的粉紅色天花板上映出一道道光彩，皮威太太會跟我談她小時候在巴爾的摩的故事。我一面聽一面想像小號的皮威太太留著長長的金色捲髮，參觀馬廄以及乘父親遊艇出海的畫面。我彷彿聞到帶有列柱、木頭地板打過蠟、入口擺著一盆盆玫瑰的房屋氣味。我彷彿看見皮威太太繞著綴滿蠟燭的聖誕樹跳舞，淺色洋裝鑲著藍色的緞帶。我彷彿聽見弦樂四重奏每個禮拜天來音樂室演奏的聲音。

但我特別愛聽她談婚禮的事。皮威太太穿一件淺白色的絲綢衣，戴一頂由沉默法國修女們製造的面紗，群裾長達八呎，馬車由六匹雪白的馬兒拉到教堂，她走過甬道時有十個人帶著銀喇叭演奏。事後賓客們在綠色草坪搭的粉紅帳蓬內用餐，在海灣邊緣的臨時建築跳舞。皮威太太說，「然後我們搭船去造訪英國、法國和德國。」

那年夏天之前，一切故事都以歐洲海上的落日收場，可是到了秋天皮威太太開始把卡特、巴默和波特都說進故事裡。我最喜歡波特：是他溜進廚房，幫忙皮威太太把廚子趕出去的。皮威太太說，「我開始上烹飪課的時候，皮威先生覺得有點反常。但他絕不許我真正煮菜，就是不行，於是波特和我想出別的方法。」

我彷彿看見他們把廚師推出門外，在鋪有磁磚的大廚房跳舞。皮威太太說，「太好玩了！不久我就以擁有巴爾的摩最好的廚師而知名，人人都吵著要我宴請。」

皮威太太談起廚房的惡作劇，嗓門總會年輕起來，做夢般地說，「有一次英國大使由華盛頓來赴宴，那夜我們晚宴只有十二個人，所以我們決定煮維多利亞女王婚宴上的菜色來款待他。」

我醋勁十足揣測她和波特構築複雜的菜色。我愛那些字眼：凍肉捲、加料碎肉、花色肉凍、菠菜墊底的菜肴……我彷彿看見他們做出那天晚上要當甜點的冰甜布丁，當綴滿櫻桃和杏仁的美味甜品由舊式的模子裡顫巍巍地滾出來，我大氣都不敢喘。皮威太太承認，「我好擔心廚子會搞砸，所以我叫家庭教師在廚房餵孩子們吃飯。我知道什麼事出錯波特都有辦法補救。」

她悶悶地說，「廚子常出錯。但英國大使來那天，一切進行得很順利。事實上她稱不上好廚子，甚至叫我教她法國菜。」皮威太太悽然搖頭說，「我試過，但她沒什麼想像力。」

我在廚房看著皮威太太做一種叫做「果姬兒」的點心，心想這跟想像力有什麼關係。我覺得做菜大抵是組織能力的問題。她說，「啊，因為妳有想像力，妳才這麼說。」

她把蛋和乳酪攪入牛奶麵糊中，低頭去點燃烤箱。我想起上回我媽頭髮著火的事，大叫一聲「小心！」皮威太太站直起來正對著我瞧。她簡單明瞭地說，「我可不像妳媽。我不會打開瓦斯，然後到客廳去找火柴，正常人不會身體著火的。」然後她一直探頭把「果姬兒」放在烤箱內的架子上，一面說，「正常人也不會讓八歲小孩自己當自己的褓姆。」

皮威太太不贊成我媽解決褓姆問題的方式。我媽曾向朋友們吹噓，「女佣休假的晚上我拿錢給露絲，叫她自己照顧自己，她好成熟。」

我不想讓我媽失望，所以我望著爸爸媽媽更衣出外用餐，一句話也沒說，只是屏息聽他們出門吃飯的例行儀式，希望這回媽會贏一次。

例行儀式如下。媽看著掛在壁櫥裡的黑洋裝說，「親愛的，我不太舒服。你何不自己去，我就不去了？」

爸爸總是一臉關心，說這一晚沒有她不知多麼無聊。他說，「親愛的，沒有妳一點意思都沒有。」慫恿她為了他而同行。

我注意聽每一個字，希望他們不要走。可是無論我多麼殷切期望，到頭來我媽還是被說服了。

她滿身香水味走出門說，「寶貝，別太晚睡覺。」他們一走我就瘋狂在屋裡跑來跑去，嚇得不敢上床，緊張兮兮檢查所有壁櫥和床底。

有一天晚上我正做著這種事，門鈴響了，我嚇得跳起來，活像有人偷溜過來摸我的肩膀。會是誰呢？我悄悄走到門口用低沉的聲音喊道，「誰呀？」我不希望門外的人知道我是小孩子。

我認不出的女人嗓音說，「露絲，是我。」

我問道，「這個『我』是誰？」心想該怎麼應付。把人趕走、不敢讓她進來未免太尷尬。

「皮威太太！」她用輕快活潑的口吻答道。

我不夠高，搆不著窺孔，所以我把門打開一條縫。沒錯，是皮威太太，還帶來一位全身黑衣的高瘦男子，說是「我的朋友荷利先生」。

看到熟悉的大人，我鬆了一口氣。皮威太太和荷利先生在客廳落座。荷利先生欣賞我媽的樹，細看我媽用鐵線綁在樹枝上的褪色秋葉。我聽他們閒聊，很高興有他們作伴，但年紀太小，不懂得納悶他們來幹什麼。可是連我都看得出皮威太太跟平常不太一樣。她蒼白的皮膚出現紅暈，說話也比平常生動。後來她問我想不想跟他們出去一會兒。

我立刻明白這次外出不能讓我的父母知道。隔天要上課。而且我知道我們要去的地方不是父母會贊成的場所。我們走到門口，皮威太太彷彿臨時想到似的，停下來問道，「妳撲滿裡有沒有錢？」

我檢查一下？一角、二分、二角五分的錢加起來，再加上巴默上次給的錢幣，一共有七元二角七分。

皮威太太開心地說，「帶著。」我把錢交給她，她說，「我下禮拜還妳。」她身上有救命丹的薄荷氣味。

夜色黑漆漆，冷颼颼的。我們沿第十街往西走到第六大街左轉。女子拘留所對面有塊招牌，紅色大霓虹眼鏡下寫著「古基的店」。

「我們要去酒吧？」我問道。

「有何不可？」皮威太太問道。我可以說出一大堆不該去的理由，但我決定不說。我們走進去，荷利先生抱我坐上一張諾革假皮面的高腳吧台凳。他點了「全曼哈頓」給他們倆喝，並為我點了一客「莎麗鄧波兒」。[2]

空氣涼沁沁的，煙霧瀰漫，而且帶濁藍色。皮威太太好快活，好像換了一種新人格。她上洗手間的時候，一路向每個人微笑打招呼。荷利先生看著她，探身向

2 Cherry Temple，當年很紅的舞蹈童星，這裡指的是依她姓名所取的雞尾酒名，也有暗指作者未成年之意。

我說，「真是了不起的女人！」

我聞到他的呼吸帶有甜酒味，微微夾著刮鬍後潤膚水和香菸的味道。我點點頭，他悲聲悲調地說，「我跟她說我配不上她，」他看來更瘦了，「可是她說她嘗夠了有錢的滋味，夠回味一輩子了。」

我安安靜靜，心想我不說話他也許會繼續講。

荷利先生幾乎是自言自語，「想想她丈夫竟把所有的錢留給兒子！他好精明，要避稅。而那些小蠢蛋自以為能指示她怎麼過日子！咦——」

皮威太太回來，他猝然打住。她興高采烈地說，「再喝一杯，然後我該帶露絲回家了。她明天要上學。」

酒保在我的「莎麗鄧波兒」杯緣掛了六顆櫻桃，我慢慢啜飲，暗自希望皮威太太再上一次洗手間。以前我從來沒想到要打聽皮威先生是否還活著或者怎麼死的。但我那天晚上沒再聽到什麼訊息。

第二天皮威太太沒有回來。隔天還是如此。將近一個禮拜我每天放學把鑰匙插入鎖孔，心想門內不知是什麼景觀。我先伸出鼻子，滿懷希望聞啊聞的，渴望聞到煮菜的香味。結果只見愈來愈暴躁的媽媽有一大堆事要我跑腿，晚餐總是吃羊排。

第三天我跑到皮威太太的壁櫥，看她的衣服還在不在。我面孔貼著淺色小花的鬆垮棉布衣，聞聞令人安心的氣味。然後我走進臥室，我媽正用藍紅色的指甲油搽她的短指甲，我探問能不能讓我做晚餐。

她一面在空中擺手讓指甲快乾，一面問，「妳？妳要煮什麼菜？」

我大膽說，「維也納油炸小牛排。加上生菜沙拉。果仁巧克力小方塊蛋糕當甜點。」

我媽似乎覺得很有意思。「有何不可？」她說。我伸手要錢，她對著指甲點點頭，叫我從她的皮夾需要多少拿多少。

我抽出一張二十元鈔票，沿街道步行到大學街的黛茲超市。穿過店鋪時我嘗到美好的自由滋味。我在甬道上逛來逛去，自己已經長大了。我走過肉類櫃台，找到一些排成扇形的淺色小牛肉，還買了麵包粉和檸檬；我要做媽媽最愛吃的菜，讓她佩服我。

可是回家途中一大袋雜貨敲撞著我的小腿，我恐慌了。我忘了叫屠宰商把肉捶薄，而且我自己不會捶。我要怎麼讓麵包屑黏住不掉下來呢？我媽幫不上忙。我需要皮威太太。

說也奇怪，當我到家皮威太太居然在場。屋裡的空氣很沉重，甚至劈啪作聲繞著我媽和皮威太太打轉，但我已錯過了一場風暴。我走進廚房，皮威太太接過我手上抱的雜貨說，「我們晚餐煮什麼？」

我媽由大廳叫道，「我要出去。」皮威太太沒答腔。我媽砰地一聲關上門。

「維也納油炸小牛排。」我說。

皮威太太說，「啊，秘訣是牛肉要薄，油要熱。維也納人真的很會煮菜。」她在廚房走來走去，嘴裡哼一首描述馬和騎士的德國兒歌。

我問道，「妳到哪裡去了？為什麼不回來？」

皮威太太由碗櫃拿出鐵製大煎鍋，打開牛肉紙包。「去拿點蠟紙，」她吩咐道。她拉開一大張紙，鋪在櫃台上；將肉擺上去，上面再蓋一層紙。「現在看著。」她命令道。

她把煎鍋高舉過頭，用力砸在肉片上。聲音響徹小小的廚房。她拿起煎鍋，讓我看肉片有多薄。她說，「妳得砸兩次才能把肉捶得很薄很薄，竅門就在這裡。」她又舉起大煎鍋，砸在紙面上；肉更薄了。

小牛肉都捶好之後，她由碗櫃拿出一個大淺盤和三個大湯碟，一碟裝麵粉，一碟裝麵包粉，另一碟打個蛋進去。她在每個碟子裡加鹽和胡椒調味，肉片先沾麵粉，再浸一浸打好的蛋汁，把第一片肉片遞給我說，「麵包粉妳來裹。」我小心將黏糊糊的肉片放在麵包粉中滾一圈，排在大淺盤上。

肉片全部裹上麵包粉之後，皮威太太把大淺盤放進冰箱。她沖洗雙手，以圍裙拍乾後說，「肉片擱一下再煮，效果會好得多。別忘記這一點。這是妳爸最愛吃的菜，家裡應該有人懂得好好做這道菜。喏，我來把食譜寫給妳。」

她說話的語氣我看不妙，我坐在一張搖搖欲墜的金屬椅子上，悽然看她寫著。

皮威太太寫完，倒一杯蔓越莓汁給我，在自己的銀質高腳杯裝些冰塊和清水，便在餐檯邊坐下。她終於說，「我以為我有長一點的時間可以解釋。但不能怪妳媽。」

「解釋什麼？」我問道。

她說，「我為什麼在這兒，我為什麼要走？」

我內心知道她這次回來不會久留。我想說「不要離開我」卻說不出口。我只是傻傻看著她。「我沒法當女佣，硬是沒辦法。我該轉變一下了。」她說。

「妳要做什麼？」我問道。

她深呼吸，正眼盯著我。「我要做皮威先生去世時我就該做的事，我要當廚師。」

她說這句話，顯得好自負好高貴。我相信她辦得到。「荷利先生呢？」我問道。

她輕聲說，「他不在我的計劃中，我人生的其他幾面也必須改變。」

我不清楚她這話是什麼意思，但我腦海中浮現荷利先生待在「古基」酒吧永恆的午夜，又揣摹皮威太太置身在巴爾的摩的磁磚大廚房的情景。他們實在不相配。

「妳是說妳再也不去古基酒吧了？」我問道。

「不去了！」她說。她摟住我。「我已加入一個組織，可以幫助我堅持到底。」她坐直起來，活像有人叫她注意坐姿似的，雙手在桌上交疊。

她說，「喏，我臨走之前有三件事要告訴妳。第一件是不要讓別人指揮妳如何過活。」

我問道，「妳意思是說當年妳不該假裝菜是那個廚子煮的？」

她回答說，「差不多。第二件是妳必須自己當心。」我想起她那三位坐在加長型轎車上的兒子。

「第三件呢？」我問道。

「妳做威靈頓牛排的時候，別忘了額外準備些酥皮。」她伸手擁抱我，然後拿起銀質高腳杯，用力跟我的那杯果汁碰杯，聲音好清脆好可愛。

4 置身火星

一九六〇年搭飛機到法國，中途先在紐芬蘭的甘德市停留，再停愛爾蘭的香儂市，旅程相當長。

對一個快滿十三歲的孩子來說就更長了。那年我們在法國過聖誕——美元強勢，我媽以特價訂到了麗池飯店。

那趟旅行有兩項回憶栩栩如生，一為高級女子時裝，一為高級美味烹調。會與時裝搭上線，是和一個名叫金涅•史班尼爾的女人有關，她是「鮑曼名店」的店長。媽心情好的時候真是全世界最友善的人；跟每個人都談得來。一天晚上她在麗池酒吧正好跟金涅坐隔壁，過不久我們就被帶到法蘭西斯一世街。媽在計程車上興奮地耳語道，「他們要拍賣模特兒走秀穿在身上的衣服，妳穿一定百分之百合身。」

真的很合身。我不知道媽指望十三歲的少女要在什麼場合穿她買的套裝，反正大減價也非買不可。那套衣服美極了。鐵鏽色的夾克綴有皮扣子，綠色格子花呢襯衫是軟羊毛製品，背部一直扣到頸部。裙子也是鐵鏽色，裙邊有一道綠色格子花呢；我一直盯著看，想找出接縫口，可是就我看來整件裙子好像圓筒中織出的單一布料，沒有接口。

我媽能到高級時裝店顯然很開心。我已經想像得到她輕描淡寫地對朋友們說，「露絲和我到鮑曼最後試穿時……」的語氣。我咬牙切齒，試穿耗掉好幾個鐘頭。

我們去試穿的時候，爸爸顯得可憐兮兮；我知道他希望當時正在觀賞藝術。媽氣沖沖說，「恩斯特，你何不先走？」爸由她頭頂上方無可奈何看著我。我也盯著他，心想參觀博物館比關在這間暖室任由女裁縫們跪在我跟前撥弄好玩多了。我想像自己像《甜姐兒》（Funny Face）片中的奧黛麗赫本輕飄飄走下希臘勝利女神像面前的樓梯。爸和我四目交投，同時聳聳肩。我困住了；他沒有。老爸一臉愧疚離去。

試穿花了好長的時間，我們只好由「鮑曼名店」直接去吃晚餐。爸手持一杯香檳在「黎明佳麗」店內等我們；我看得出他眼裡的憂慮和心中的試煉。他正忖度，取悅自己的妻子不知要付出什麼代價。當我媽眉開眼笑地說，「香檳，真是好主意。」他似乎大大鬆了一口氣，跳起來替她拉開椅子。

災禍永遠在表層之下醞釀著，我們珍惜跟我媽和平相處的每一時刻。當時我們已漸漸猜到我媽罹患精神躁鬱症的事實，但都不知道該怎麼辦。幾年後鋰劑進入我們的生活，我們深深感激；先前我們倆打心坎裡相信我媽的心境該由我們負責。媽早上醒來從不知道她要扮演什麼角色，爸爸和我盡量避免惹麻煩，一旦辦到就感激莫名，放心得不得了。

這種時候我常常太多話。現在就是如此。「真希望我的法語能說得跟妳和爸一樣好。」我嘰哩呱拉亂哈拉，一心只想討好她；她在巴黎大學讀了幾年書，法語相當流利，可是連我都聽得出來她的口音好可怕。我媽突然容光煥發，我心裡納悶她不知在想什麼。可是她一句話也沒說，我只好專心吃東西。

我們點的菜色油膩得驚人，但我覺得十全十美。我們吃了龍蝦海鮮湯、十九世紀法國名廚杜格里創造的經典名菜「杜格里鰈魚」和一道檸檬酥芙蕾，我覺得我從來沒吃過像這塊酥芙蕾那麼驚人的東西。我好喜歡，所以媽問主廚能不能給我們食譜。我以十幾歲少年特有的口氣抱怨道，「媽！」

她揮手趕我。「妳可以做這道餐點。」她說。

我也想啊。可是我沒有機會，我們從歐洲回來幾星期後，媽就把我送到「火星」去了。

檸檬酥芙蕾

【材料】

- 六個蛋
- 三湯匙奶油
- 三湯匙麵粉
- 四分之三杯牛奶
- 四分之一杯檸檬汁
- 半杯糖
- 一茶匙香草
- 一湯匙磨細的檸檬皮
- 一撮鹽

烤箱預熱至四百二十五度。

小心將蛋白蛋黃分開；蛋白中若有一絲蛋黃，就打不好，所以一定要徹底分開，把蛋白放入極乾燥潔淨的碗中。蛋白全用，蛋黃只需四個。蛋冷的時候最容易分開，但在室溫下較易打散，所以先採取這個步驟讓蛋黃變暖。

在一夸特半的酥芙蕾模子裡充分抹上奶油。灑一把糖，搖動模子，使它帶一層薄薄的糖。將多餘的搖掉，擺在一旁。

以大型重底煎鍋融化奶油，加麵粉撢一撢，使其充分混合。慢慢攪入牛奶。邊攪邊煮，直到混合液幾乎到達沸點，變得又濃又光滑。

加檸檬汁和糖再煮兩分鐘。由爐火中移開，加香草微微冷卻。把四個蛋黃加進去，一次加一個，打到充分混合才加下一個。加入檸檬皮，把煎鍋放回爐子上，不斷攪動，以中火再煮一分鐘之後放涼。六個蛋白加一撮鹽，以乾淨的打蛋器打到形成軟軟的尖峰。將四分之一蛋白攪入醬料中，然後小心把其他的拌進去。

倒入酥芙蕾模子裡，擺在烤箱中層架子上，將溫度調到四百度，烤二十五到三十分鐘，或者等上面呈棕色，酥芙蕾由碟子頂隆起二吋左右。

立刻上桌。

供四至六人食用。

我十三歲生日過後兩個禮拜，珍妮和我在朋友們包圍下咯咯笑著走出就讀的國中。那天是禮拜五，我們有大計劃：先去吃軟糖聖代，然後慢慢逛第八街，觀賞嬉皮珠寶店的櫥窗。

可是我媽在人行道上等我。時當一月底，她竟戴著綴滿罌粟花的大草帽，所以我一眼就看到她，誰也不會看漏的。她說，「我們要到蒙特婁度週末。」她身邊有個手提箱。

珍妮悵然說，「哇，妳真走運。」接著她勇敢微笑，小聲說：「好好玩吧。」我心裡明白週末已經毀了，她羨慕我可以遠行冒險一番。但我可不這麼想。

我們搭火車，穿過愈來愈白愈陰冷的原野往北疾馳。等我們越過美加邊界，雪下得很大，入境巡官上車猛跺腳，對著雙手吹氣，露在防寒耳罩外的耳朵紅通通的。我媽出示我們的證件，跟他們稍稍打情罵俏幾句。我拉起外套蓋住身體睡著了。

等我醒來，火車在灰濛濛的破曉晨光中慢慢進站，媽把車窗當鏡子，正在塗口紅。她沾一點在手指上，當胭脂抹抹雙頰。「我一臉倦容。」她解釋說。我睡眼惺忪暗想她不知打扮給誰看。「我們不去旅館嗎？」我問道。

「待會再去。」她坐上計程車說。

我們在一條寬闊大街的某棟三層磚房前停車。對面有群眾魚貫登上一間圓頂大教堂的台階，可是我們這邊的人行道空無一人，也沒有招牌指明這是什麼地方。我媽打開計程車門，磚房後面傳來小孩子唱詩的聲音。我靠回座位上，離車門遠遠的。我要計程車掉頭，直接駛回車站。

可是媽硬拉我下車，穿過一扇大門，來到一座內門邊。她按了鈴，一位短髮齊耳、面如鷹隼的婦人多疑地向外窺看。「誰？」她一面問一面捲起一條白手帕，塞進藍色開襟毛衣袖子裡。消毒水的酸味撲鼻而來；婦人身後有一排藍衣女孩默默爬上樓梯，真像在柏靈老師班上讀到的狄更斯名著中的畫面。我渾身發抖，我僅知的一點點法文全是皮威太太讀給我聽的，所以我聽不懂我媽和鷹面婦人的談判內容，但這兒顯然是學校，我媽顯然要我在這邊上學。

計程車在外面等著。又下雪了，我們上車，蜿蜒穿過白茫茫的漂亮街道。計程車在一間旅社前面停下來，旅社活像用糖刻成，一閃一閃泛著亮光。我媽扶扶帽子，一位年輕的侍者帶我們穿過天花板很高的旅館大廳，走上鋪了紅地毯的長廊。

我問我媽，「為什麼？為什麼我必須去那個地方？」

「妳在巴黎說過妳想學法語。」她說。

我猶豫不決說，「我的意思不是……」然後問她：「這件事爸爸知道嗎？」

媽說，「是妳自己說要學法語的。爸爸也同意妳若會說外國話，將來很有用處。」她轉過頭去，好像沒什麼話可談了。「看看這金碧輝煌的浴缸！」她逐一打開豪華大理石浴室內所有的瓶瓶罐罐，接著花了一下午採購學校制服。是討人厭的海軍領連衣裙，前面有三道大摺，我一看就討厭。

整個週末，媽一直想為我打氣。她帶我出去吃飯、帶我去看《窈窕淑女》。可是禮拜天晚上在蒙特婁一家很有名的「摩喜餐廳」吃完醃黃瓜、馬鈴薯和血淋淋的大牛排之後，我回去向鷹面婦人報到，媽就回紐約去了。

我可憐兮兮看著她走開，門在她背後關上；心裡覺得好空虛，反胃得要命。

我跟在鷹面婦人後面爬上樓梯，消毒水和地板打蠟的氣味互爭風采。房子很舊，校長接待媽媽的會客區有高高的天花板、雕花玻璃和優雅的迴旋樓梯；看來像本世紀初巴黎公寓大樓的入口。我抓住雕花欄杆，勉力往上爬。可是富麗堂皇的景像到二樓就沒有了。上面樓梯很窄，欄杆只是一塊沒有雕刻的樸實木頭。

鷹面婦人說，「Woozet`treesta? Nap`lura`Pah.`Toola`mond`ette`ttay`jantie.」（……每個人都很守規矩。）她對上面三列樓梯和下面的走廊嘰哩呱啦說些我不懂的法語。她打開一道門，裡面是個小房間，牆壁呈醫院那種綠色，窗戶釘有橫條，三張小床鋪著灰色毯子。兩張圓臉盯著我瞧。鷹面婦人推我進門說，「Lanu`vel'fee, Elsa`pel`root.」

兩位女孩圍在我身邊齊聲用法語說，「赫特。」

我說，「什麼？」

她們指指我說「赫特」，留黑色長髮的那位指著自己說「珍妮」。她指指短髮、紅圓臉頰、戴眼鏡的女孩說「蘇珊」，然後指指我，又說「赫特」。我終於明白了。

這樣的開端恐非吉兆，在「火星」，我連名字都變了。

我媽在世期間每年至少問一次，「會說法語妳不高興嗎？」她一問再問，希望我終於說出她想聽的回答。「完全浸淫其中是學語言唯一的辦法。」她常自以為是地說。也許吧，可是她每次說這句話，我鼻孔中就充滿洋蔥和次氯酸鹽消毒水的味道。「法國瑪麗亞學校」的公共電話就在廚房邊，我每天晚上貼牆站在那裡，求父母讓我回家。

「只有五個月，」第一天晚上我蹲在只有燈泡沒有燈罩的黃色大浴室裡，一面哭一面罵自己不該這麼難過。「五個月我什麼都能忍。」

第二天早上，我相信自己想錯了。我麻木地縮攏身子穿上新的白襯衫和海軍領連衣裙，跟著女同學們穿過長廊，下樓梯，走過華美的大廳堂，進入地下室的餐廳。那邊沒有窗戶，擺著鋪有油布的長型野餐檯，日夜發出水煮牛肉的氣味。

女生們站在一碗一碗的牛奶咖啡後頭，等女舍監培蒂小姐就座。接著她們便低頭在胸前劃十字並唱歌，歌詞第一句為「前輩，班尼說不行」。我俯視牛奶咖啡。培蒂小姐下令，「吃！」我輕輕敲碗邊，低聲說，「好啦！祝今天愉快。」然後我又哭起來。四周的女同學們感到難為情，紛紛把視線移開。早餐後寄宿生前往集會廳，跟通學的學生一起唱「馬賽進行曲」和加拿大國歌，接著背誦學校誓言。大家齊聲吟詠道，「向妳致敬，瑪麗亞，謝主厚恩。」過了一兩個月我才想到要翻譯這句話，又過了一兩個月我才發覺自己每天早晨都乖乖複述「向妳致敬，瑪麗亞」。

集會結束後，自命為我監護人的珍妮抓著我的袖子，把我拉上一條走廊。我看慣了美國中學的喧囂自由，看四周這麼安靜，簡直大吃一驚。女同學們眼睛望著自己的腳，默默走去上課，每次有老師經過，她們一定默默點頭行禮。珍妮帶我走進一間有條不紊的教室，把我推到她旁邊的桌椅內。屋裡有蒸汽暖氣、濕羊毛和汗水的味道。色彩設計完全是單色的，我學校那些鮮艷的地圖、植物和圖畫，在這裡完全付之闕如，叫我想起十九世紀的場景。

珍妮想告訴我一些事，我當然聽不懂。我看看手錶，想起上禮拜的這個時間我和好朋友珍妮在另一個世界正要走進教室；恐怖又丟人的淚水哽在喉嚨，我低頭看下面，希望沒有人發覺，突然間屋裡靜得古怪。

一個冷冰冰的聲音說，「J'attends（我正等著呢！）」珍妮拼命拉我的袖子。我抬頭一看，其他同學都站著，我一躍而起。一個嬌小的女人站在班級前面，以不以為然的目光瞪著我。她本人跟教室一樣缺乏色彩，身穿黑裙和土褐色的開襟毛衣，沒有化妝，連直直的短髮都好像沒什麼特殊的顏色。她用針棒指著我，說了一大堆氣憤的話。珍妮回了幾句，顯然是為我辯護，針棒就放下來了。敵視的目光依舊未改。卡台老師上上下下打量我，輕輕搖頭說，「Bien, Asseyez-vous（好，坐下。）」女同學們恍如一體，全部同時坐下，我則落後一拍。

課一堂接一堂。午餐，再上課，自修，晚餐。對我而言通通沒有意義。我好像置身火星，沒有一種聲音、一種氣味、一種情緒是熟悉的。連我自己的思緒也變得很陌生，我瞧不起自己置身的慘境。我大部分的時間都在寫日記，罵自己不該這樣悶悶不樂，等著父母召你回家。「讓我回家吧。」我哀求道。我知道爸爸要我回家，可是接電話的永遠是我媽，答案永遠是「不行」。接著禮拜五到了，其他女同學都離校度週末去了。一片寂靜，叫人放心不少。

舍監培蒂小姐說，「Ne quittes pas l'école（不要離開學校）。」我聳聳肩；我聽不懂。舍監推我下樓到門口，指指大木門說，「Ca, alors!（那個！）」把我當聾子一再慢慢重覆說，「Ne quittes pas（不要出去）。」她走向木門，雙臂伸開攔著門，拼命搖頭。我懂了。

我從來沒想過「火星」外的人生，但她使我想起一個主意。第二天我打開寂靜的空樓門，自問，「他們會怎麼處置？驅逐我？」我看看外面。「還是留校查看？」

我沿著瑪麗女王路閒逛，不理會寒風，跟著陌生人走，聽他們說話。我看到一家有英文招牌的電影院，就走進去。只要用我聽得懂的語言，什麼影片我都會高高興興地觀賞，但我真幸運，演的是《水手總動員》，放映期間那種平淡的幸福一直漲滿我的心胸。接著燈亮起來，四周的人都在訂下半天的計劃。我覺得很不自在，為自己難為情；別人好像都有地方去、有事做、有人陪。

我假裝孤零零一個人只是暫時狀態，假裝我其實正要去會見朋友。我鼓起勇氣走進隔壁的小熟食店。蒔蘿、辣椒和大蒜的氣味撲鼻而來，好熟悉好舒服。我坐在櫃台邊，看廚師由水汪汪的大缸裡取出一大團一大團熱騰騰亮晶晶的粉紅肉塊。我心裡暗想不知是什麼肉。

廚師問道，「煙燻肉？」他說英語哩！我點點頭。

「肥的還是瘦的？」我問道。

「肥的好不好？」我說。

他表示同感，「肥的比較好。」並探身用叉子叉起一塊肉，擺在木製櫃台上開始切，粉紅的肉片像緞帶般由刀子上落下來。他把切好的肉片舀在一片黑麥麵包上，再疊上一片抹了厚厚芥茉的麵包，就將做好的三明治遞到櫃台這一邊。又甜又鹹的肉真好吃，我從來沒吃過這麼好的東西。我又吃了一客，慢慢嚼，儘量拖久一點。然後叫了第三客。櫃台服務員佩服道，「就小女孩來說，妳算能吃的。」

隔壁有一家麵包店，我進去買了兩打法國酥皮點心，想撐過這個週末。禮拜天我整天躺在床上，讀《飄》，吃酥皮點心，自憐自艾。塞飽了糖和油，享受著英文的樂趣，我慢慢回到了現實。後來室友們回來了，「火星」上的生活又重新開始。

我在日記中寫道，「我發覺我就像在紐約轉進班上的波多黎各人，只是我們沒那麼和氣。這兒的同學真的很親切，功課方面都肯幫助我，我的法文幾乎老是犯錯，她們也不介意。坐我隔壁的芳索娃想協助我拼字。但我想我永遠弄不清。」

卡台老師確實認為我辦不到。她把我當作硬要強她所難、遲鈍又任性的陌生人，宣佈考試成績的時候，總顯得十分厭惡：她以同情的口吻說，「Zéro, une fois de plus pour Mademoiselle Reichl.（雷舒爾小姐，又一次零分）」好像覺得智力正常的人現在都該學會說法語，拼字更不用說了。

有幾個女同學向她看齊。最嚴重的是銀行家千金，也是全校最有錢的女生碧翠絲，據說她父親跟戴高樂將軍很要好。她從來沒跟我說過話，但她發現了我秘藏的糖果、糕餅和小說，就擅動這些東西，狠狠折磨我。我知道嫌疑犯是她，因為她曾大膽在我面前吃巧克力泡芙，看我敢不敢採取行動。我聳聳肩。我懷疑她還偷了我的郵件，但我一點辦法都沒有。說也奇怪，如果她不對我這麼差勁，我本來會佩服她的。她經常因為在課堂上悄悄講話、功課沒準備好而收到「惡評警告」，有一次卡台老師談起澳洲的野蠻人，她大膽回嘴，因此受到處罰。

碧翠絲說，「他們不是野蠻人！我到過那兒。」全班膽戰心驚。法國女孩從來不發表自己的意見，老師說什麼她們就學什麼。而且沒有一個法國女孩敢反駁大人，難怪卡台老師並不生氣只是感到迷惑。

她堅決說，「原住民不是基督徒，這我們不再討論下去。操行零分，禮拜六妳必須留校。」

我的心往下沉；我已漸漸喜歡週末一個人獨享五香煙燻牛肉的樂趣，我不希望碧翠絲在附近潛伏。但她似乎不為所動；她甩甩金色捲毛說，「Nous`verrons（我們走著瞧！）」碧翠絲週末總是回家的。

禮拜五我已經忘了卡台老師的威嚇，同學們走光後，我聽見有人在樓下哭，嚇了一跳。我循著聲音走過去，發現碧翠絲趴在床上。她狠狠說，「Caten（走開！）」我轉身跑回三樓。

我進屋砰地一聲關上房門，拿出洗衣袋內偷藏的《蘇絲黃的世界》（The World

Of Suzie Wong），從床下找出一些奶油泡芙。已是一個禮拜的舊貨，但我不在乎。

我正在摸最後一個，碧翠絲走進來。

「給我！」她搶過去說。她捲捲的金髮亂七八糟，眼睛紅紅的，打摺的藍制服皺成一團。她把奶油泡芙塞進嘴巴，一口吞下去。

「是妳媽寄給妳的？」

我搖搖頭。

「哪裡來的？」她硬要問到底。

「這條路過去的酥皮點心店。」我說。

她命令道，「帶我去。」

我問道，「現在？天快黑了。我們晚上出去，她們會氣死。」

碧翠絲聳聳肩。「她們有什麼辦法？打電話給我們的父母親？培蒂小姐一定嚇得要命，不敢讓他們知道她把我們弄丟了。她只會擰著雙手，一副可憐相。我們去吧！」

我從來沒用法語交談過這麼久，只要碧翠絲肯一直講話，帶她上哪兒我都願意。我們走過積雪的林蔭大道，街燈亮起來，我跟碧翠絲談起煙燻肉三明治和英語電影院。她信心十足說，「我們明天去。」我沒反駁。

第二天吃早餐的時候，培蒂小姐說，「我真高興有人跟妳一起玩。」

碧翠絲低聲說，「她說得好像我們要到外面跑步和跳繩似的。妳有多少錢？」

我很感激有她作伴，所以沒質問她為什麼只有我出錢。反正夠吃一整天就是了。我們先去熟食店，我擔任翻譯。「她沒吃過煙燻肉。」我對櫃檯後面的朋友透露道。

他驚惶地說道，「從來沒有？」他揮刀把肉堆得特別厚。碧翠絲搖搖頭。「從來沒有。」她帶著濃重的法國腔說。

他問道，「她是不是吃得跟妳一樣多？」是的，確實如此。

然後我們走到隔壁的酥皮點心店，又順著街道走到一家小小的中國餐館。碧翠絲從來沒吃過中國菜，我帶她享受蛋捲、炒飯和雜碎的滋味。她嚷著，「C'est superbe（棒極了！）妳還知道什麼奇怪的食品？」

我心想：從來沒吃過蛋捲的女孩子一定是在古怪的環境中成長的。我儘量回想我在蒙特婁還知道什麼新奇異味，但我到過的餐館只有「摩喜」一家。

我們開始步行，很高興離開學校，很高興一起作伴，不特別在乎我們要去什麼地方或者會發現什麼。最後我們又吃了一點燻肉；蒙特婁每一家咖啡館都有三大缸熱騰騰的加工牛肉。我們走出來，再走一段距離，買了幾桶加過麥芽醋的炸薯片。等這些吃完，我們就到一家糖果店買了一盒裹巧克力的帶梗櫻桃。把這些吃完，我們又找到一家酥皮點心店。我買了一打巧克力泡芙；碧翠絲更大膽，每一樣各要一個。「我們全部嘗嘗，看哪一種最好吃。明天我們再回來多買一點。」她說。

我心想其他同學回校後，碧翠絲不知道會不會捨棄我。禮拜天晚上她們湧進學校，紛紛向我投來意味深長的眼光，向碧翠絲齊聲說，「Pauvre toi（可憐的妳。）」但她只露出懊惱的表情說，「Pas du tout（才不呢！）」接著她宣佈留校太好玩了，下週末她打算再留一次。

她的父母另有打算。他們要她回家，她跟父母談起孤零零留在學校的可憐美國同學，他們一定要我跟她一起回去。於是下一個禮拜五別的同學動身去車站的時候，我也跟她們同行。

我們一共有十二個人搭火車到渥太華；包括法國大使千金、海地大使千金和各使館附屬小人物的女兒們。我們高聲喧嘩，發出青少年才有的噪音，車廂末尾的一位婦人轉向同伴，用冷淡、高亢、不以為然的英語說，「這些法國人……」我呆住了。我發覺我不加思索地跟同伴們說起同樣的語言。

一群群友善的父母摟摟抱抱笑著把女兒接走。有個司機來接我們；他碰碰帽子說，「小姐們，日安。」並拿起我們的行李。我這才想到我要在百萬富翁家度週末。

司機帶我們來到一座私人園林內設有外大門的巨廈。房子叫人望而生畏，碧翠絲的媽媽更叫人望而生畏。克羅瓦夫人完美無暇，非常優雅，對女兒縐巴巴的衣裳和我捲捲的亂髮好像很不以為然。她吻碧翠絲的雙頰，並跟我握手。但碧翠絲為我們介紹的話最叫我吃驚。「Je voudrais vous présenter ma copine koot（我要向「您」介紹我的朋友赫特）」。她非常正式地說。我從來沒聽過她以「你」（tu）字稱呼父親或母親，始終都是「您」。

碧翠絲跟父母住同一間房子，呼吸的卻好像不是同樣的空氣。他們住在兒童區下面兩層樓的獨立成人世界：兩個世界只在餐桌上有交集。

早餐時克羅瓦夫人說，「Votre père est au travail.（妳父親正在工作）」她低頭作謝恩禱告，接著一位穿黑衣戴白圍裙和縐邊帽的女佣把咖啡壺和熱牛奶端出來。夫人一面倒牛奶咖啡，女佣一面在法國棍子麵包上抹奶油，拿新鮮的奶油麵包片給我們，然後她端著一碗一碗亮晶晶的自製果醬繞著餐桌走。夫人則盤問碧翠絲這星期在學校的狀況。我好希望這一餐趕快過去。

早上我們待在院子裡，忘了我們很尊貴，不該捉迷藏和掘泥巴。等碧翠絲說我們必須換衣服吃午餐，我才擔心接下來的場面。我看著她洗臉洗手、清理指甲、小題大作弄頭髮，然後穿上一件素白襯衫和一條跟我們學校制服很像的打摺藍裙。我穿上紅色燈蕊絨洋裝，拼命拍頭頂的捲毛。一點用都沒有。

克羅瓦先生坐在長桌頂端。碧翠絲高興地說，「爸爸！」他站起來吻她，我看出他個子很矮。但他一頭雪白的頭髮和寶石般的藍眼珠，仍顯得儀表堂堂。

他命令道，「Asseyez-vous.（坐。）」並拿起餐盤旁一根杓子，浸入蓋碗的湯汁內。總管端著碗站在他面前，慢慢在裡面盛滿一種濃濃的橙色液體。接著總管鄭重繞著餐桌，按年齡和身份遞送湯碗。湯很香，熱氣騰騰好誘人。我垂涎欲滴，坐著等克羅瓦夫人舉起湯匙。

她終於開動了。我將湯匙放進濃濃的液體中，舀起一匙送到嘴巴。啜一口我就知道，我以前從來沒有真正吃過好東西。起先的味道是純胡蘿蔔，接著是鮮奶油、奶油和一點豆蔻。我吞下去，整個嘴巴和喉嚨充滿醇厚的雞湯原汁餘韻。我再吃一口，滋味又重新開始。我吃著吃著恍如置身夢境中。

總管在碧翠絲爸爸面前擺出一大塊烤肉，女佣則把我們的空碗撤走。慢慢地烤肉切好了，總管莊嚴地繞著餐桌端肉給大家。

不過是一片牛肉。但我從來沒嘗過這種紅酒、骨髓、奶油、藥草和洋菇做成的醬料。彷彿秋色滴在湯匙裡。我的背脊一陣冷顫。我不自覺驚呼道，「這醬！」聲音迴盪在禮貌的餐桌言談間，我連忙用手掩口。克羅瓦先生笑起來。

他對碧翠絲說，「妳的朋友喜歡吃。」他似乎很高興。他拿起一只總管放在他盤內的馬鈴薯酥餅說，「我想妳會喜歡這個。」他吩咐總管立刻端給我，不必照順序。

「嘗嘗看！」他命令道。我將這個馬鈴薯酥餅放進嘴巴；真是神奇的馬鈴薯，滿口脆脆的熱空氣、鹽和美味。我的表情大概洩露了我的心事，克羅瓦先生又笑了。「難以置信，不是嗎？」他問道。

「是的，難以置信！」我說。

克羅瓦先生轉向他太太，第二次說，「這孩子喜歡吃。」她對丈夫淡淡苦笑。他對我眨眨眼說，「我想妳會喜歡甜點。一整圈布里軟酪剛剛由法蘭西島運到。妳有沒有嘗過真正的法國布里軟酪？」

我沒嘗過。他給我切了一大塊，軟酪沿著刀面往下掉，引人垂涎，擺在盤子上。他在四周排上幾顆葡萄（他幾近自言自語說：「西西里來的，不是可悲的加拿大酸葡萄。」）叫總管端給我。「用叉子吃，抹在麵包上太可惜。」克羅瓦先生吩咐道。

我乖乖切下一小片，照平常看到的方式小心把皮拿掉。克羅瓦先生氣沖沖說，「不，不，不。」我跳起來。他說，「皮要吃，那是經驗的一環。妳以為乳酪製造人把這個放十個禮拜是要妳扔掉他一半的心血嗎？」

我撿起乳酪皮，溫順地說，「Bien sur.（好的，當然）」我吃下濃烈滑溜的乳酪，覺得克羅瓦先生一直盯著我。味道好強烈，只覺耳尖發紅，頸背刺痛。我閉上眼睛。等我睜開眼，克羅瓦先生像老師望著得意門生一般望著我。被卡台老師糟蹋兩個月之後，這種滋味實在棒極了。

那天晚上，我們下樓用餐，餐桌又擺出四人份。碧翠絲顯得十分驚訝。她的父母進來，她轉向母親問道，「Vous mangez avec nous ce soir（今天晚上您們跟我們一起吃？）」

夫人說，「Monsieur désire dîner avec les enfants.（先生想跟孩子們一起用餐）」她以正式稱謂代表丈夫，且表明跟我們共餐不是她的意願。

她丈夫揉著雙手笑嘻嘻走進來。他說，「今天晚上我們要吃一頓真正不平凡的大餐。」他轉向我。「妳吃過肥鵝肝嗎？」

我沒吃過。總管給我們每個人端上一個盤子，裡面放一塊厚厚的粉紅色四方體和少許像小黃晶玉的東西，克羅瓦先生高興得眼睛都皺起來。女佣跟在後面遞烤麵包。我從來沒見過這種場面，但我仔細看碧翠絲，她怎麼做我就怎麼跟。她拿起小刀，由四方體切下一小片，把它放在烤麵包上，加上兩粒小晶玉，輕輕咬一口。我依樣畫葫蘆，嘴巴充斥著許多感覺，簡直沒法同時吸納進去。鵝肝奢侈的柔軟感排山倒海而來，我熱淚盈眶。我無言吞嚥著，發現克羅瓦先生帶著掩不住的喜色打量我。

他問道，「C'est bon, oui?（很好吃，對吧？）」我點點頭。

總管用大淺盤端著一整條鰨魚露面。他開始為扁平的大魚剔除骨頭，克羅瓦先生說，「真材實料。妳會發現多麼單純又多麼美味。」

跟我吃過的任何一種魚全都不一樣。我說，「如果魚都像這樣，我會樂意吃魚。」克羅瓦先生笑起來。夫人的表情比以前更彆扭，我不知道她為什麼如此不開心。此時下一道菜來了，我不再多想。

我望著大淺盤上很像威尼斯大紙鎮的東西問道，「這是什麼？」看來亮晶晶一閃一閃的，整個用蔬菜做成圓頂狀。

克羅瓦先生說，「松雞翠玉凍。很少人做對，我們的主廚是大師。」

我說，「好漂亮，吃掉太可惜了。」我希望他不要毀掉這個胡蘿蔔、蠶豆和青豆做成的美麗靜物。

克羅瓦先生堅定地將一把小刀插入圓頂說，「不吃更罪過。食物本來就是用來吃的。」

翠玉凍之後有一道單純的生菜沙拉。克羅瓦先生一面拌一面說，「我們有一間暖房專種萵苣，我們的橄欖油和醋是法國運來的。這邊肉類很棒，可是橄欖油簡直不能吃。」他將一盤沙拉遞給總管，叫他拿給夫人。

他轉向我問道，「妳吃過酥芙蕾沒有？」我想起「黎明佳麗」餐廳，卻說，「不，沒吃過。」

對方報以開朗的笑容。他轉向妻子欣然說，「看小孩頭一次吃酥芙蕾，真是一大樂事。」她頷首表示同感；他對我眨眨眼睛。

我咬第一口，他命令道，「閉上眼睛。」我乖乖照辦，嘴巴閤起來包住熱熱香香的空氣，酥芙蕾立刻消失了。可是味道還在，巧克力從嘴巴一側迴響至另外一側。我再咬一口，希望東西能吃久一點。可惜不能，我閉著眼睛繼續試，最後我的湯匙回到盤裡，盤子已經空了。

我們謝謝碧翠絲的媽媽招待晚宴後，上樓回到兒童區，我問碧翠絲，「你們經常這麼吃法？」

她說，「不，只有我陪父母用餐的時候這樣，很難得的。」

可是禮拜天餐桌又擺成四人份，克羅瓦先生滿臉期待的笑容，第一道菜是清燉肉湯，味道好極了，彷彿有百萬隻雞為了這道湯失去性命。我吃著突然笑起來，克羅瓦先生好奇地往我這邊瞧。我不知道該說什麼；我想起我媽的一道珍品大菜：罐頭清燉肉湯冰成膠質狀，上面放些鮮奶油和超市買的鮭魚子醬。我必須說句話，所以我不加思索說，「我正在想這湯冷凍後不知怎麼樣。」克羅瓦先生仰天驚嘆道，「連她的想法都像美食家！」

他接著宣佈，「Ris de veau à la financière（富貴小牛胸腺！）」小鳥姨婆的婚宴菜單上也有這道菜。但我沒吃過。愛麗絲不喜歡小牛或小羊的胸腺；她曾驚呼「胸腺！」彷彿想起來就覺得荒唐。我的胃蠕動著，但我不想讓克羅瓦先生失望，斷然拿起叉子。叉子嘎嘎穿過脆脆的酥皮餡餅，串起一點胸腺。我品嘗胸腺跟酥皮對比的柔軟勁兒，自己暗想，「誰能不喜歡呢？」我嚷道，「妙極了！」

克羅瓦先生對碧翠絲說，「妳一定要再帶妳的朋友來。」

她溫順地說，「好的，爸爸。」我們登樓收拾行李時，她說，「妳會再來吧？」我們在火車上坐定之後她又說了一遍。最後一分鐘司機各遞給我們一個小包裹。裡面有十二個酥皮點心，比點心店裡看到的各種零食漂亮多了。碧翠絲說，

「我想我爸爸很喜歡妳。」

下一個週末我再度上門，再下個週末也不例外，後來碧翠絲每次回家我都同行。我們很少看到她媽媽，可是她爸爸幾乎總是跟我們一起吃飯。他稱呼我們「Mes deux filles.（我的兩個女兒）」每餐飯後都著手取悅我們，給我們驚喜，介紹我們吃魚子醬、龍蝦海鮮湯、香草糖汁栗子等等。

碧翠絲說，「真乏味！我希望他對運動有興趣。」可是我看出她的反感只是故作姿態，內心其實為父親重視她而興奮不已。她問道，「妳肯不肯協助我烤一點東西慶祝他的生日？」於是我們開始尋遍烹飪書，想找點東西討他歡喜。我想起「黎明佳麗」的食譜，「檸檬酥芙蕾怎麼樣？」

「不是很難做嗎？他一定很開心。」

我見識不足，不知道酥芙蕾很難做，而碧翠絲找到的食譜非常精確。「不知道大碗為什麼該用檸檬清洗？」我問道。

碧翠絲權威十足說，「因為碗裡只要有一點點油脂，蛋白就打不好。」

「妳怎麼知道？」我問她。

她沒有回答，倒沾沾自喜地說，「裝酥芙蕾的碟子上也絕對不能有奶油。牛奶麵糊膨起時才不會滑下去。」我察覺她偷偷研究過。

我們把酥芙蕾端進餐廳，克羅瓦先生笑容滿面。連克羅瓦夫人也露出笑容。碧翠絲高興得羞紅了臉。後來我們躺在床上，她說，「我歷年送的禮物，這大概是他頭一次真心喜歡。」即使四周黑漆漆的，我仍聽得出她聲音裡的笑意。

跟碧翠絲成為朋友改善了我在學校的地位。而且我學到的法文夠多，已經跟得上班級的進度了。五月的第一個禮拜我努力背一首龍撒的詩，朗誦課卡台老師叫到我，我背道，「Mignonne, allons voir si la rose（親愛的，去看玫瑰……）」突然發現我每一個字都能正確背出。等我背完，班上傳來一陣嘆息聲，我知道背到玫瑰在枝頭枯萎時，全班都跟我一起屏住氣息。卡台老師說，「Vingt（二十分！）」聽來她很高興給我滿分。

可是做功課的不只我一個人。五月底的一次午餐席上克羅瓦先生談起即將來臨的夏天和他最喜歡的蔬菜——番茄。碧翠絲說，「不，爸爸，番茄是水果。」克羅瓦先生顯得有點吃驚，然後說，「請妳原諒。」並伸手去攬她的頭髮。

我們上樓途中，我說，「妳偷偷研究過！」碧翠絲滿面通紅。「以前他從來沒有真正跟我說過話。」她輕聲細語說。

六月突然來了，學期已結束。我會說法語，我可以回家了。

但我不像自己預期的那麼開心。

碧翠絲問道，「妳會回來吧？」我沒考慮過將來，可是現在我開始考慮了。我想起紐約的朋友。珍妮在我心目中突然像是純真得不可救藥。我想起我們的小公寓和剝落的鍍金浴缸。我想起我媽變化多端的心情和有毒的膳食。

我說，「會的，我會回來。」

5 魔鬼膳食

我回去繼續念。可是當我在法文學校讀完三年，對於女生、制服和天主教學校已十分厭煩。珍妮來信整天談甘迺迪總統暗殺事件、民權遊行和華盛頓廣場彈吉他的漢子。她正在聽瓊．拜亞的歌，常去咖啡館。我想上真正的高中、交男朋友、學開車。我腦中浮現不穿鞋的短襪舞會、高中正式舞會、大家眉來眼去調情等畫面。

我計畫在紐約讀完高中，可是我媽另有打算。她有一次突然發狂，把爸爸在威爾頓建的房子賣掉，在鄰鎮的水邊買了一棟截然不同的寓所。她向我爸爸報告這個既成事實時說，「給你個意外的驚喜，你一定喜歡。」我想老爸一看那房子就討厭，但他很客氣，不好意思明說。他接受了，否則他又能如何？爸爸建房子的那塊地是擔任樂團經理的外婆花錢買的，土地產權屬於我媽媽。

我們的新房子呈白色，有凸窗和附屬車庫，位在房舍美觀的街道上。廚房設了全套酪梨色的綠廚具，甚至有我們以前沒裝設過的洗碗機。雜亂延伸的客廳整個鋪滿地毯，還有壁爐。餐廳可眺望長島峽灣風光。樓下設有書本林列、鑲有松板的小房間，媽稱之為「圖書室」，另外有個裝了紗窗、老柳樹遮蔭的門廊和我父母的臥室；樓上則是我的天下。

我想媽腦中可能浮現過母女溫馨相處的畫面，兩人坐在我那毛茸茸的粉紅臥室裡摸黑傾訴彼此的祕密。

可是我立刻把臥房漆成大紅色，交了許多不該交的朋友。我不想跟我媽交談，更不想跟她講悄悄話，除非嚴刑逼供，我不可能跟她講任何祕密。我一次又一次大吼，「別煩我！」

媽和爸發現可愛的女兒已變成這麼彆扭的麻煩青少年，大吃一驚。當我開始把頭髮刮蓬、穿緊身褲，畫黑眼線，他們簡直把我當作外星人。我喝醉回家，他們假裝沒看見。我新交的好朋友茱麗他們也不喜歡。媽用我討厭的字眼說，「她很放蕩。」她不時哭腔哭調向我說，「你們班上沒有不想當黑手的男生嗎？」我根本不屑回答。

爸爸媽媽又氣又惱，他們已不慣照料小孩，而且爸爸覺得通勤很累，媽也討厭郊區生活。我媽開始在城裡打發時間，留在那邊吃晚餐。十點鐘我一定會接到下面這通電話：「好晚了。我們不回來妳介不介意？」後來我爸媽乾脆週一到週五都不回來。我媽跟朋友們說得好，「露絲好成熟。」

我用沒完沒了開派對來證明自己的成熟，新朋友們很高興蹺課時有地方可去，我們定時蹺課，到了十一月我已深信閱讀《白鯨記》和研究歐陸議會很無聊，我有更好的事情可做，例如烹飪就是其中之一。

我一輩子都在煮東西，但只是用來討好大人，現在我發現烹飪還有別的好處。我天生不漂亮、不風趣也不性感，我不是啦啦隊長或舞后，沒有人邀請我到汽車電影院。我渴望有浪漫情事，夢想燭光晚餐，但我不敢邀湯米・卡爾法諾來吃飯，說一句「大家何不到我家來？」可就容易多了。

他們也高興來：這是沒有父母管的快樂天堂。派對開始了，我們喝酒、跳舞、看電視、玩脫衣撲克，不過我們大部分都在吃東西。

我從皮威太太和愛麗絲教我的食譜開始下手，很快就擴大範圍。我媽的烹飪書書名都叫《如何五分鐘弄出一頓大餐》之類，但我們開始翻雜誌，剪食譜，我從來沒想過某份食譜可能太難：我不是十三歲就很會做酥芙蕾了嗎？我瞭解廚房的節奏，心裡非常輕鬆——而且運氣不錯。

如果有人操心效果，情況可能不同，但我煮的每一樣東西結果都不錯。我有一群十全十美的擁護者：什麼東西都能打動我的朋友，卻沒有一樣能打動我的父母。所以我試用要花四天來做、共有二十五個步驟的食譜，只是為了好玩。我養成廚師的石棉皮膚，如果手邊沒有湯匙，我會用手指去攪煎鍋，伸手進烤箱之前也偶爾會忘記拿隔熱鍋墊。我學會不理小燙傷。我還會隨機應變；我媽的廚房設備很差，所以我用酒瓶當桿麵棍，用四十年的老打蛋器來打蛋。

我購物時貪婪地逛遍超市，凡是能勾起我想像力的東西我就買回來。不知道父母親可曾納悶十幾歲的女孩子為什麼花這麼多錢吃喝，反正他們沒有說出來。媽每週遞給我一疊現金，嘀嘀咕咕說：「青少年真會肚子餓。」

沒錯，但朋友們最喜歡甜點，那年我發現了每一位有經驗的廚師都懂的祕訣：甜點是便宜的花招。就算做得不好，人們還是喜歡，我深諳麵粉、水、巧克力和奶油化為魔膳巧克力蛋糕的法術，於是著手烘焙，蛋糕兩三下就一掃而光。

尤其男孩子們似乎特別喜歡。

魔膳巧克力蛋糕

【材料】

- 一杯牛奶
- 四分之三杯可可粉
- 三分之一杯白糖
- 一杯奶油
- 一杯紅糖
- 三個蛋
- 一茶匙香草
- 兩杯篩過的蛋糕麵粉
- 一茶匙半烘焙蘇打
- 半茶匙鹽

烤箱預熱至三百五十度。

牛奶放在平底鍋加熱至邊緣附近起泡。由火上移開。

以小碗混合可可粉和白糖，慢慢加入溫牛奶攪拌放涼。

加紅糖將奶油打成鮮奶油狀，加入蛋和香草攪拌，將可可糊加進去。

剩下的乾材料混在一起，輕拌入鮮奶油混合體內，不要擊打過度。

倒入兩只抹過油及灑過粉的九吋夾心蛋糕內皿，內烤二十五至三十分鐘，直到輕觸中間時蛋糕會微微縮離皿邊再彈回為止。擺在架子上冷卻幾分鐘，再由皿中倒至架上。

等完全涼透再加糖霜。

七分鐘糖霜

【材料】

- 四個蛋白

- 一杯半糖

- 四分之一杯水

- 一茶匙鮮奶油

- 八分之一茶匙鹽

- 一茶匙香草

在雙層蒸鍋上層將蛋白、糖、水、鮮奶油和鹽混在一起。架在溫火加熱的水面上，以電動攪拌器打五分鐘左右到糖霜變硬，能夠灑佈為止。

立刻使用，看來量很多，但完全使用完為佳；足夠蓋滿蛋糕，顯出霜濛濛的效果。

第一道光線射進客廳，我醒過來，湯米在躺椅上與我相鄰，手臂插入我的脖子底下，我坐直身子，大腦砰砰敲著腦袋，嘴裡充滿迷幻藥的味道。我藉著細弱的光線偷瞧一眼，看見椅子上橫七豎八睡了好多人，有些甚至是我頭一天晚上沒見過的男孩子。菸灰缸裝滿了東西溢到地毯上，玻璃杯翻倒，黏黏濕濕的。轉盤上有一張唱片，唱針喀咚、喀咚、喀咚轉動著。

萬一爸爸媽媽提早回來怎麼辦？我抓起湯米的手臂，想看清他手錶上的數字，我把錶面拉近面孔，他醒過來，對我咧著嘴笑。

「幾點了？」我問道。

他看看手錶。「快要六點了。」

我悶哼一聲，「不可能這麼晚，我爸爸媽媽隨時會到家，他們起得早，說不定現在正要慢慢駛入車道！我們必須把大家請出去。」

他們究竟在這邊幹什麼？我跟湯米做了什麼事？我有沒有做出以後會懊悔的

事情？我努力讓頭腦清醒，設法回憶，頭好痛，突然間我腦中清清楚楚浮現在路上駕車飛馳的畫面，我低頭看時速計，高速公路一片模糊。我們正經過離家半小時車程的契斯特港，我開到時速九十哩。

爸爸媽媽的舊普里矛斯車已有九年歷史，是藍白相間的敞蓬車，已好幾年未摺起頂蓬，車子已搖搖欲墜，我真怕開得更快零件會飛走，但我仍用力踩油門，正要開到一百，車身開始震動，低低嗡一聲，害我全身搖晃，感覺真好。

後座有人叫道，「再快一點！」我看看鏡子，我們喝掉好幾打新加坡斯林酒，茱麗的面孔水濛濛的，我將油門踏板踩到底說，「這輛車沒法開更快了！」震動加強，茱麗「唷」了一聲，猛靠回男朋友比爾身上。

我不知道我們能不能活著開完這趟路，我醉茫茫地朝坐在我旁邊的鮑比說，「此女十六歲就死了，似錦的前程就此成空。」

他忿忿不平說：「妳完蛋我也完蛋，妳該讓我開車。我醉得沒有妳厲害。」

我把錢包裡祕藏的漱口水瓶子遞給他說，「那就再喝一點。」裡面含有危險的混合酒，是我從父母酒櫃中每瓶倒一點調成的。

他喝了一大口說：「噁，妳爸爸媽媽不會發現他們的酒點點滴滴消失嗎？」

我說，「我裝點水回去，就算不裝回去大概也沒關係。他們什麼也不會發覺。」

「妳真幸運。」他滿懷惆悵說。

史丹佛、達利安、諾瓦克。我轉出高速公路，慢慢將腳抽離踏板。車速慢慢降到六十，我們經過主大街關著門的商店，鮑比說，「命運之神再度拒絕讓這些人脫離苦海。既然我們還要活下去，那就去吃東西吧，開到帥小子香腸店，我們可以大吃三明治。」

我說，「不，到我家去，我爸爸媽媽要明天早上才回家。」

他似乎鬆了一口氣說，「好吧。」到我家比較便宜，而且他喜歡的葛洛莉亞隨時有可能跟她男朋友特洛伊出現，找事情打發時間，我知道鮑比曾到契斯特港找她，正如我曾開車越過州界，希望在某一間絕不會追究我們假身份的廉價破酒吧找到湯米・卡爾法諾，只要想起湯米就叫我心臟猛跳個不停。

比爾坐直起來說，「到了沒有？」後窗佈滿水氣，茱麗摸摸稀疏的金髮，扣好襯衫。我覺得難為情，把視線轉開，鮑比裝出女性的高嗓門嬉笑道，「甜心，妳的口紅糊掉了。」我看看他細小的身軀，突然想到他可能就是我媽說的「同志」，大吃一驚，我不曉得他知不知道，如果知道又有什麼看法。

「我餓了。」比爾宣佈道。

鮑比說，「露絲要煮東西，對吧，甜心？」

「當然！」我說著險險避過屋前的大柳樹，我關了引擎，四處安安靜靜，我鬆了一口氣，一時竟希望父母親在屋裡，希望我能說聲晚安，上樓睡覺。

鮑比伸起長腿爬下車說，「做一點油炸硬麵板之類的東西吧。」茱麗還在摸頭髮扣衣服，我一打開家門，她馬上走進爸爸媽媽的臥室重新化妝。

我走過書本林列的圖書室，啪地一聲打開電燈，我走進客廳，撞到黑色大埃莫斯的擱腳凳，摔了一跤，扭開我媽用外公俄式茶炊改做的電燈，接著我前往廚房，等螢光燈一閃一閃亮起來，我打開水龍頭，探身潑點水在臉上，設法清醒點起爐子時，我的腦中飛快閃過父母親早上回來發現整塊地空盪悶燒的場景。醉醺醺煮東西跟酒醉駕車一樣危險；採取更嚴肅的補救措施比較妥當。

我走進浴室，打開櫥櫃東翻西找，不太確定自己要找什麼，阿卡賽策氣泡礦泉水？我打開一罐嗅鹽，飛快聞一口；腦袋稍微清楚些了。

櫥門關上後，我瞥見自己的怪樣子，那是誰呀？我注意看，大蓬髮、糊眼線、大口紅。我走到門背的全身大鏡前細看自己，我穿著好緊好緊的豆青色長褲、緊得像漆上去似的，彩色印花襯衫長到大腿一半的地方，把嚴重的缺點遮掉大部分。我對鏡中形影低聲說，「不三不四的女人。」我倒了一杯水吞下去，然後回到廚房。

比爾問道，「有沒有啤酒？」我搖搖頭，偽造的駕照說我十八歲，所以我在紐約可以喝酒；康乃狄克州要二十一歲才能買啤酒。

我把客廳酒櫃的鑰匙拋給他說，「不嫌棄的話有西葛蘭姆，我還有七喜汽水。」大多數男孩都喝七七混合飲料。他單手接過鑰匙，走過來拍拍我的屁股，「乖妞。」他盛氣凌人地咕噥道，我討厭他，不耐煩地打打他的手。

我實在不懂茱麗看上比爾哪一點，男孩子們都為她痴狂，她有得挑的，我喜歡義大利青年；他們親切、性感。比爾卻很討人嫌。

鮑比到廚房來說，「別再給茱麗酒喝，她又哭了。」

比爾聳聳肩，茱麗喝醉老是哭，大多數夜晚我們必須及時讓她沉著下來，清醒過來，趕上她家午夜的宵禁，不過今天晚上她要住這邊過夜；她的父母當然沒發覺我父母親不在家。

我說，「你不該讓她喝酒！老是出這種情況！」比爾攪攪飲料，一句話也沒說。

鮑比說，「煮點東西吧，吃東西會好一點。」

我問道，「義大利麵怎麼樣？我有很棒的蛤蜊醬食譜。」

鮑比叫苦連天，「什麼都好，就是不要義大利麵，我們家每天晚上都吃，妳何不做油炸硬麵板之類的？茱麗喜歡吃。」

我回答說，「你喜歡無酵餅[3]吧。」這是真的，義大利小伙子以前沒見過無酵餅，都很迷我媽的食譜。媽真正教我煮的東西只有這一樣。祕訣是多放奶油；我在平底鍋內放了三條奶油，然後去找無酵餅。

我把脆餅乾壓碎在濾鍋裡，將濾鍋放進水槽，扭開水龍頭。我從碗櫃裡拿出

---

3 猶太人過節時食用不含酵母的餅。

一個碗，從冰箱拿出一排蛋，雙手各拾一個在碗邊敲破，一次敲兩個。

鮑比倚著櫃台說，「不要費心賣弄給我看。」最後兩個蛋殼破了，我們聽見一輛車慢慢駛入車道，收音機好大聲。引擎停止後，我們安安靜靜聽聲音。我數一數，又多放了四個蛋進碗裡，再溶一條奶油。

葛洛莉亞先走進來，顯得乾乾淨淨的。她很苗條很漂亮，是啦啦隊長，烏黑油亮的髮絲永遠梳成十全十美的捲髮。她穿一件格子花呢摺裙和淺藍色毛衣，以粗鍊子佩戴特洛伊的指環，在瘦瘦的胸部上非常醒目。特洛伊就在她後頭，以領主姿態手環著她的肩膀。雖然學校裡每一個人都知道她還沒接受他的追求，但他似乎要向大家宣佈「這美眉屬於我」。

這時候我看到了湯米。我活像坐雲霄飛車，心臟翻騰不已，覺得面紅耳赤。我轉向爐子，把蛋和無酵餅糊倒進滋滋響的奶油鍋中，加點鹽，開始拼命攪和。

琳達在湯米背後說，「弄東西給我們吃？不必客氣。我們吃不下。」他們是不是在一起？琳達是全校最風趣的女孩子，她按時讓我們笑得尿褲子以回報大家的盛情，我指出這一點，她說，「我一定會靠這個發財，對吧？」她環顧廚房問道，「茱麗呢？」

比爾拿著西葛蘭姆酒瓶走進來說，「哭一哭換個口味，她在露絲的房間，妳能不能去說點笑話之類的給她聽？」

我把無酵餅鏟到大淺盤上，灑點鹽巴說，「跟她說有東西吃。」我將盤子拿出去，看著朋友們自己盛裝，躲進不同的房間，堆得高高的食物一下子就一掃而空。此刻湯米走進來，與他獨處讓我難為情，我連忙拿起一個盤子說，「我端去給茱麗。」說完連忙逃開。

「白痴！」我離開他身邊時不斷痛罵自己。

琳達正俯身安慰哭哭啼啼的茱麗，我進門時，她抬頭聳聳肩。茱麗的面孔又熱又紅，腫腫的。她永遠不告訴我們為什麼哭，我們都有點歉疚，納悶自己不知做了什麼。我想可能是我害的；茱麗跟我說她已向比爾讓步，在他面前全裸，我嚇一大跳，隱藏不住內心的反應。「妳怎麼能這樣？」我大聲吼她。她的臉皺起來，比爾另有愧疚的理由，說不定琳達也有，幾個月後茱麗的父親潛逃出城，母親陷入內心世界與現實脫節，我們才知道她哭跟我們沒有關係。

我追問道，「妳為什麼不告訴我家裡的情況這麼糟？我是妳最好的朋友！」

她只是聳聳肩。「我們都有父母問題。何況妳又能做什麼？」

我們努力想辦法，琳達在房間四處亂逛找題材。她從我的梳妝台拿起一件胸罩說，「噢，這是什麼？螞蟻的游泳池？」我交疊雙臂，遮住胸脯，茱麗不經意咯咯笑起來，琳達剎那間顯得很苦惱。她說，「別難為情，妳是唯一大胸部的高年級生，這不能怪妳。」

我故作可憐說，「我只是胖，所以胸部也大。」接著我們一起合唸我一生每天聽到的台詞，「妳只要稍微減肥，就會很漂亮很漂亮。」

鮑比過來湊熱鬧說，「誰聽過苗條的廚師？」我想特洛伊和葛洛莉亞一定倘在沙發上，比爾和湯米大概正在討論汽車。

「我們找點事做吧！」鮑比說。

我們放下美酒走下來，這一回沒有人不舒服，若是早兩小時，我們會玩轉瓶子遊戲，要是晚兩小時，我們會嗑迷幻藥。可是此時此刻在禮拜五晚上十一點鐘，我們都不知道幹什麼好。我放上幾張唱片，可是誰也沒有精力隨「喜瑞兒姊妹」的歌曲起舞，於是我說出最先浮上腦海的話：「我們來烤蛋糕吧！」

鮑比說，「啊，家政課。」我立刻覺得自己很可笑。這是少年故事《鮑伯賽雙胞胎》才會有的點子，我的朋友們太酷了，不可能煮東西，湯米會以為我是笨瓜。

琳達說，「巧克力！我們烤一個大巧克力蛋糕，全部吃光！」

茱麗說，「加那種毛茸茸的白糖霜，妳知道吧，看起來像雪花那種？」

湯米和比爾還在談汽車，但他們似乎認為做蛋糕是個好點子。鮑比說，「想像希爾小姐現在走進來是什麼光景。」我們最不喜歡的老師有一次居然打電話給我媽，提醒她茱麗會把我帶壞，說我跟所謂的「小太妹」混在一起，我媽當然不在家，所以用深沉的嗓音回答「多謝妳，希爾女士，妳關心我的孩子，我說不出的感激」的人當然不是我媽囉。

湯米離我好近，我聞得到他身上香菸、肥皂、英國皮革和機車油混合的氣味，我用力閉上眼睛祈禱，「讓他喜歡我吧。」我需要喝一杯，「誰要七七混合飲料？」我問道。

我開始篩麵粉準備做蛋糕，鮑比穿上圍裙。我覺得有人來到我後面，英國皮革的味道更濃了，湯米說，「妳身上有糖和奶油的氣味。」我簡直不敢相信，我？突然我自覺浪漫又美麗。我在耳背拍上一點香草精。

「喜歡我的香水嗎？」我問道，他的呼吸慢慢貼近，用鼻子挨擦我的脖子，「嗯，美味可口。」他低語道。

「湯米是想參加步態比賽嗎？」鮑比說。[4]

琳達說，「你繼續攪你的奶油吧。」大家都笑起來。

半夜我又醉了。湯米一直看著我，每隔一陣子就走進來，偶爾挨擦過我的胸部，感覺像火燒，「我想像化學課就是這個樣子。」我脫口而出。

琳達說，「噢，是的。歐斯頓先生的放浪青少年夜間化學課；那是特殊課程。」

茱麗不再哭了，廚房亂七八糟，麵粉在空中迴旋。湯米幫我把牛奶麵糊倒進抹了油的蛋糕皿中，等蛋糕放入烤箱後，他將我拉到客廳，放上一點慢調音樂，相擁跳起舞來。門鈴不斷地響，其他青少年不斷走進門內，但我對一切渾然不覺，只

---

4 cakewalk，一種比賽步態優美的競賽，因獎品是蛋糕而聞名。

覺得他的身子貼著我的身子，他開始慢慢吻我，我吸入他的香味，心想他真討人喜歡。

我突然叫道，「蛋糕！」可是他沒停下來，他說，「別擔心，自會有人把它端出烤箱。」我想像黑煙由廚房冒起，房子整個燒掉，我不在乎，這是我的初吻，湯米將我挪到沙發旁，我們一起輕輕躺下，我向上偎貼著他，我一時暗想嫁給黑手不知是什麼滋味，接著我就睡著了。

沒發生什麼可怕的事，我頭部的悸動緩和了一點。我看看客廳，驚惶失措，我媽若在此時走進來，她會發瘋的。

湯米看著我的臉，輕輕揉我的臉頰。他說，「別擔心，泡點咖啡，我叫大家起來。」

我說，「咖啡就算了，我們必須把玻璃杯和菸灰缸弄走。裡面的氣味像啤酒廠，我們打開窗戶通通風。」

他講理地說，「好吧，這樣可以讓大家清醒。」他逐一推開窗戶，我逐室巡邏，發現到處都像災難現場。

茱麗和比爾在我父母床上，我避開視線，求他們醒來，她身上什麼都沒穿，她說，「我會叫他起來，別擔心，我們會把房間弄乾淨。」

葛洛莉亞和特洛伊在我床上；我不想知道他們穿什麼，或者沒穿什麼，琳達和鮑比分別在客房的兩張床上。琳達說，「噢，上帝，我喝掛了。我跟爸爸媽媽說我要去葛洛莉亞家，她跟父母親說她要到我家。我會被禁足到一百歲！」

她開始拉床單，撿菸灰缸。她搖醒鮑比，下令道，「把客廳那些傢伙請出去。」

廚房裡烤箱還沒熄火，但至少有人想到要把蛋糕拿出來。蛋糕還連同器皿擺在櫃台上，看起來皺皺的，呈赤褐色，不怎麼吸引人。屋裡亂成一團，地板上有碎蛋殼，盤裡有熄掉的香菸。我急得發狂，在一堆又一堆亂糟糟的場景間跑來跑去。

湯米手持垃圾袋走進來，他用安慰的口吻說，「別慌別慌，我已經把大家叫起來了，他們看來還算得體。」他看我一眼說，「也許妳想，噢，潑點水在臉上之類的？以備妳爸爸媽媽走進來？」

我走到廚房的水槽邊。「不，」他說著把我推向浴室，「妳需要照鏡子。」他說得沒錯。我上樓穿一件乾淨的襯衫，每踏一步就全身作響，活像有倒掛的鐵錘敲撞著我的腦袋。

等我下樓，湯米已經把一切都安排妥當。他說，「全都想好了，首先我們把菸和酒清理乾淨丟上車，我們來鋪床，然後把髒碗碟堆在餐廳桌上，就當我們剛吃過早餐。」

琳達說，「高招，但我們總不會在早上六點鐘全部過來吃早餐吧！」

湯米說，「如果說我們一大早有科學作業呢？計算日出對鳥兒的影響之類的？」

琳達轉向我問道，「妳父母會相信這一套嗎？我爸爸媽媽絕不會相信這麼蠢的說法。」

我知道我父母會相信，我媽會高興我在新學校交到這麼多朋友，即使不是該交的類型。她會認為這是我適應不錯的跡象。

湯米說，「也許我們用不著藉助這個說法。也許他們還沒回家我們就清理好一切，全都走光。這只是臨時應變的計畫。」

琳達說，「噢，說大話！」

湯米懶得回答，他以六呎三吋之軀俯視我說，「妳有柳橙嗎？」我點點頭，「弄點橙汁吧，咖啡和橙汁聞起來天真無邪。」他說。

能幹的男人最性感不過：我正在戀愛，接著湯米伸手摟住我低聲說，「妳想妳有沒有辦法一面弄橙末一面為蛋糕加點糖霜？」

早晨六點半我爸爸媽媽回來，正好看到我做這些事，我手邊堆滿咖啡渣和柳橙皮，正在做七分鐘糖霜。朋友們天真無邪地團坐在餐廳桌畔，如果說有人呼吸像跑過百米般急促，至少我父母沒看出來。

我媽生氣勃勃地說，「噢，真好。妳正在做無酵餅請妳的朋友吃。我真高興妳不孤單。」

6 蛋塔

聖誕節過後，湯米入伍當海軍去了。他走後我大哭一場，把他寄來的銀戒指掛在頸子上。可是戒指和他錯字連篇的來信都無法充分取代他本人，我開始認真喝起酒來。父母親大多不在家，如今湯米走了，美國高中的實驗也沒什麼意思了。我等不及想上大學。

我卯起來申請。我媽積極要我念長春藤盟校，但我想離開新英格蘭地區，離以前的我愈遠愈好。我想到沒有人認識我的地方去。我想從頭來過。

我申請密西根大學，因為不需申請費也不必交論文。三星期後我獲得批准，我發覺這樣真是十全十美：像白紙一般純淨，那一州我連去都沒去過哩。

不過還有暑假要過。我到本地的「乳品皇后」商店找工作，可是我媽另有主張。有一次她週末回家，遞給我一張票。「我們去歐洲！」她神采奕奕地說。

老天爺！她突然想跟我共度光陰。我迴避道：「不行，我必須賺錢上大學。這是妳的主意呀。」

她說，「妳可以在那邊工作，我全部想好了。」

不幸她說的是真話。我媽發現了出國打工的美妙天地，要寫一本書談這件事。她甚至向一家好騙的出版商拐到一筆預付版稅。媽一切都想好了：她住在巴黎訪問美國青年，我則在法國大西洋岸某小島的夏令營當輔導員。她已體貼地安排好一切，我一籌莫展。

碧翠絲寫信來說，「我不知道妳接下那種工作是不是好主意。在美國，夏令營工作很理想，我自己再過一兩年可能也想做做看。但這邊的情形恐怕不一樣，秘書和店員去當輔導員，是想要免費度假。妳不會有朋友可交的。」

碧翠絲聽說我要在歐樂榮島的「衛生營」工作，疑心更重了。健康夏令營是鄉村版的「警察體育聯盟」，是法國貧窮兒童被送到鄉下免費住一個月的地方。她信上說，「想想那邊的伙食！妳會餓扁。」

她的想法完全錯了。

歐樂榮的覆盆子蛋塔

麵糰部分

- 一杯半篩過的麵粉
- 二湯匙鮮奶油
- 四分之一杯糖
- 一個蛋黃

麵粉和糖放在碗裡。奶油切成小方塊，加在麵粉糖混合料內。以手指拌勻，使奶油裹滿麵粉，然後揉搓至混合粉料像玉米粉為止。

蛋黃加鮮奶油，倒入麵粉混合料中，以叉子輕拌，使麵糰結成小球狀。如果不夠濕，加一湯匙左右的水，使其黏結。

在桌上灑些麵粉，將麵糰放在麵粉上。用手掌下緣推麵糰，整個推勻，捏成球狀，以塑膠紙包裹，放進冰箱「醒」三個鐘頭。

拿出來回溫十分鐘左右。桌上再灑些麵粉。將圓球壓成圓盤狀，擀成十一吋的圓圈。輕輕放入底盤可移動的八吋或九吋蛋塔皿中。輕輕壓入，小心勿撐大麵糰；修掉多餘的邊，放進冷凍庫十分鐘使其堅實。

烤箱預熱至三百五十度。以鋁箔做蛋塔皮外襯，放上玻璃製（或鐵製）小圓球一起烤二十分鐘。拿掉鋁箔和小圓球，再烤四到五分鐘至金黃色為止。

移出烤箱外，一面放涼，一面做餡料。

p.s 小圓球可使麵餅在烘烤時不致凹凸起伏。

餡料

・四分之三杯沸水去皮的杏仁　　・三個大蛋黃

・四分之三杯糖　　・一茶匙香草精

・三湯匙奶油加以軟化

・四杯覆盆子

杏仁和三湯匙糖放入食物處理器，碾成細粉。

以剩餘的糖將奶油攪成鮮奶油狀，加蛋黃攪勻。加搗碎的杏仁和糖混合料以及香草精。

將杏仁鮮奶油鋪在預烤的蛋塔皮底部。

小心在蛋塔上鋪兩杯覆盆子。

灑兩茶匙糖，以三百五十度烤四十分鐘。移出烤箱外，冷卻兩個鐘頭。

端出待客前將剩下的兩杯覆盆子鋪在蛋塔上。我不加糖衣，你若喜歡加，可以將二湯匙醋栗果醬和一湯匙水放在平底鍋煮融放涼，刷在覆盆子表面。

可供八人食用。

奧斯特利茲站的女人把九個小男孩往我這邊推說，「妳現在開始帶隊。」她遞給我一疊車票，轉身消失在人群中。男孩們好奇地看看我，背包由這隻手換到那隻手。接著個頭最小、黑髮褐膚、長著一對棕色大眼的男孩以挑釁的目光瞪著我，開始學印第安人嗚嗚叫。大家都照他的榜樣行事。

趕火車的旅客回頭不以為然地往我這邊瞧。剛才消失的女人也回頭了；即使這麼遠我仍看得出她嘴巴在動。她走回來，面帶憤怒和無奈；狠狠打個頭最小的男童後腦勺，兇巴巴說：「尼基利！」然後又對其他的人說，「你們閉嘴！」噪音立刻平靜下來。

她以嚴厲的目光看看我說，「妳必須維持紀律。妳知道怎麼做嗎？」

我說不知道，以為她會給我上一堂速成的輔導員技術課，但她一心只想把我甩開，不再由她負責。她指指遠處聚在大門邊的一群男孩子。「火車二十分鐘後出發，去陪他們等。」她說著轉身走開，又回頭咕噥一聲「祝妳好運」就開溜了。

我帶小男孩往她指示的那群男童走去，並對陪他們站立的嬌小男士說，「快樂之家？」大門開了，他答道，「非常快樂。」男孩們都衝過去搭火車，我這一群高高興興跟在後面飛奔。我跑步趕過去，四處找那個嬌小可愛的傢伙，但他已不見蹤影。我很失望，連忙安頓小男孩們就坐，吩咐他們一千次要安靜，望著車站漸漸由視線中消失。

一個鐘頭後我發現尼基利不見了。我嚇得發狂，擔心會惹起國際性的非議，我自言自語說，「不稱職的美國人！」同時猛搖尼基利的伙伴羅蘭，哀求道，「他在哪裡？」

羅蘭露出惱人的笑容，一句話也不說。我猛咬指甲，考慮在下一站下車，溜到法國鄉間去。我怎能承認我把一位夏令營學童弄丟了？小男孩在座位上偷笑，互相丟東西，我不知道該怎麼辦才好。我正滿眼含淚，抬頭一看，有個年齡跟我差不多的少女正拉著尼基利的耳朵沿甬道走來。她生就一副運動員的苗條身材、濃密的黑髮、藍得驚人的眼珠，但她舉止自然，好像對自己的美貌完全不放在心上；身穿土褐色的衣裳，沒化妝，看來很平實。她把尼基利推進座位，威脅說他如果敢亂動，我們一到營地她就要帶他到主任那邊好好打一頓屁股。

尼基利不敢亂動了。

她走回座位之前厲聲說，「還有其他人！我也會盯著你們！」

我跟隨她走到車廂後側，其他輔導員都坐在那兒。望著他們，我很快就抓住控制法國小孩的訣竅。管人就是要尖叫個不停。音量很重要，威嚇似乎有效果。其他方式如果失靈，提到可畏的主任是最受用的絕招。找到尼基利的那位少女說，「我們真是可悲的一群，全都依賴一位我們還沒見過的營主任。」

我軟弱無力地笑一笑，沒說什麼，只覺得又累又想家，真希望此刻在「乳品皇后」商店跟茱麗在一起。我自怨自艾，後來大夥兒零零落落走進營地終於見到負責人，心情也沒有好轉。主任站在跟大建物等長的石台，將規矩大致講一遍：不能推人，不能吼叫，不能沒禮貌。一星期沐浴一回。最重要的，每個人都必須把盤中的食物全部吃光。夏令營學童每週量一次體重，政府希望每個人都長胖一點。

他說，「若有什麼問題……」還意味深長停頓一下，「就來見我。」他舉起一個厚厚的乒乓球拍，然後要我們解散。

我們領著男孩子們走到矮矮的長形宿舍，火車上那位長相嬌小可愛的男子說，「歡迎來到軍隊。」一排排行軍床擺滿大房間，每張床腳有個大皮箱。輔導員住隔壁，四個人合住一間小臥房。

我開始拆行李，把湯米的加框照片、一盒包有巧克力的櫻桃和我正在讀的《日安憂鬱》擺在床邊小几上。隔床的蒙妮卡拿出一大瓶古龍香水、一堆電影雜誌和堆積如山的化妝品。蘇珊細心在几上擺出好多張強尼・赫樂代的照片，排到她滿意後，她小心翼翼由小旅行袋抽出上面寫著「強尼」字樣的繡花枕頭，深情款款愛撫一番，輕輕放在床上。

火車上替我解圍的丹妮爾正在整理一堆沒有色彩的書籍。她一本正經坐在床上，戴上一副眼鏡，打開其中一本書。蒙妮卡歪過頭來看書名，咯咯笑道，「《嘔吐》。好沉重。難怪妳需要戴眼鏡。」她以挑剔的目光打量丹妮爾說，「妳如果肯讓我改造妳，妳一定非常漂亮。」

丹妮爾氣沖沖地抬起頭來。「是啊！我正想改造自己！」

蒙妮卡做了一個滑稽的鬼臉。「我只是想幫忙。」她轉向我說，「想不想去見見小伙子們？看有沒有人要帶我們進城。」

蘇珊說，「好主意。」

「有何不可？」我說。

「再見。」丹妮爾說。她連頭都沒有抬。

我們走進波雅德維咖啡館的時候，火車上那位嬌小可愛的青年說，「嗨，朋友們。」他用手勢示意侍者再送三杯「檳娜」來，那氣勢活像這家店是他開的。我立刻墜入情網，喬琪士在火車上不太注意我，現在也差不多；他整個暑假都在勾引蒙妮卡。我晚上夢見他；白天猛吃東西安慰自己。

這倒不難。早上一醒來，烤麵包的香味已從樹木間飄過來。等我們叫夏令營學員起床、洗好臉、襯衫穿整齊，香味已誘人到極點。我們走進餐廳，吞下抹了厚厚一層鄉村奶油和自製含果粒梅子果醬的麵包，每一片麵包吃起來都像蛋塔。我們把臉探到牛奶咖啡鉢中，聞那又甜又苦的獨特法國香味，喬琪士或尚恩或其他男輔導員說了一百遍「我們在巴黎不這樣吃的」。兩個鐘頭後我們吃新鮮硬皮麵包捲裹巧克力棒做成的「點心」；再過兩個鐘頭就吃午餐了，整天都在吃東西。

這是主要的活動；「快樂之家」不提供運動、遊戲、工藝和任何有組織的活動。小島荒涼美麗，濃密的處女森林與一望無際空蕩蕩的海灘接壤，夏令營學員該互相助興。我們的工作只是確定沒有人走丟，人人都增加體重。

白天我們大多泡在海灘。丹妮爾很賣力，認真教她手下的學員游泳；我們其他人只管努力曬黑。我們只教各自手下的學員挖掘濕沙下美味的鳥蛤，在晨間點心時段跟我們分享。如此增強了體力之後，我們穿過海灘往回走，穿過樹林去吃午餐。

午餐總是很壯觀。首先餐桌上常有大堆大堆加酒、水、檸檬和藥草蒸的小灰蝦。拉斷蝦頭，桃紅的蝦肉就由蝦殼內滾出來；吃起來很費事，但很值得。然後是清燉的新鮮鄉下雞肉或兔肉，有時候改成小塊入味的老牛排加上大堆大堆的現做油炸薯條。然後是沙拉、麵包、乳酪和水果，輔導員還有酸酸的當地鄉村水果酒可喝。

午餐後學員們小睡兩小時。只要留兩名輔導員勸阻枕頭架就夠了；沒「當班」的人可以自由進城。我們在小小的波雅德維街道上亂逛，寫明信片給父母親，吃香菸攤上賣的蹩腳蛋捲冰淇淋；最後我們遲早都會到波雅德維咖啡館報到。

有一天我獨自坐在那兒啜飲一杯咖啡，悵然望著喬琪士，突然有個聲音說，「可以坐這裡嗎？」

是丹妮爾。她坐下來指責道，「我剛發現妳是美國人。」

「怎麼？」我說。

她安靜片刻，然後害羞地說，「請問妳認不認識湯尼・冠蒂斯（某影星）？」

我不禁笑出來。「妳認不認識傑克斯・布瑞爾？」我反問道。

她說，「我來自漢斯地區，」似乎這樣就足以答覆我的問題了。「我讀護理科，護士是很有用的工作。」

其他輔導員覺得丹妮爾是個難纏的人物；她是書呆子，假道學，「沒意思。」可是正因為她對男生沒有興趣，男生則對我沒興趣，我們慢慢成了好朋友。我發現她有驚人的獨立癖。我問有沒有人想沿路搭便車到小島另一面，探險一下聖丘顏村，大家都不敢。

「太遠了。」喬琪士說。

「晚歸會被炒魷魚。」蘇珊說。

「聖丘顏？」丹妮爾用不屑的眼光上下打量他們說。「好。我想去看一眼，可能很有趣。」

蒙妮卡說，「妳瘋啦？主任若發現了，會打發妳回家。」

臨出發前，丹妮爾問道，「妳真的認為他發現了會趕我們回家？」天氣又乾又熱。「萬一我們沒辦法及時趕回來怎麼辦？」我們穿過波雅德維，過了香菸攤，過了僅有的雜貨店和觀光客愛去的海鮮餐廳。

我說，「主任絕不會發現我們走掉，蒙妮卡會掩護我們。」丹妮爾點點頭，可是等我們走到人行道終止的地方，我看出她已失去了信心。

人車不多，現在歐樂榮島跟陸地有橋相通，當時必須從柔歇爾搭渡船，很少人願意費那種工夫。

「也許不會有車來。」丹妮爾說。我想她的語氣帶點指望。她剛說完，一輛車遠遠出現了，我們伸出大姆指看著汽車駛過來。車子飛快走過，放慢速度，吱嘎一聲停在路邊，揚起一陣塵土。

我們跑過去。車上坐著一對巴黎來的老夫婦。他們說他們沒法全程載我們去聖丘顏，因為他們只是要到半路去拜訪一位當地的乳酪製造商。

我打開車門說，「我們自有辦法。你們容許的話，我們願意同行。」我知道若不跟他們走，丹妮爾會臨陣逃脫。

車上的女人自信十足說，「包君滿意。」活像她已認識我們一輩子，知道我們喜歡什麼。她的臉膨膨的，沒什麼特色，像一張多擦掉一次的鉛筆畫。白髮剪得很短，眼珠子呈淺藍色，不斷嘆氣，內心似乎壓著什麼可怕的悲情；說不定只是憤慨罷了。

她丈夫就像優渥生活的活紀錄，身材像消防栓，臉型很大，皮下有斷裂的血管痕，大肚子貼著駕駛盤輕輕擺動。車上不住發出低得神秘的嘎嘎聲；我低頭望，發現是地板上一瓶瓶果醬和一罐罐蜜餞發出來的。

他們姓狄佛，當他們發現我是個美國人，對我就沒興趣了。那位大嬸一口咬定，「美國人不懂得吃。」反之，丹妮爾說她來自漢斯，他們高興地倒抽一口氣。大嬸說，「噢，極品香檳。」還一直向丹妮爾打聽某家餐廳或酒廠的事。

丹妮爾說，「我們家不上餐廳的。」

狄佛夫婦一臉悲容，好像惋惜她錯過了某種偉大的人生經驗。「妳有沒有到過丘耶斯？」大嬸冒昧地說。

她說，「當然。我姑姑和姑丈住在那附近，就在外面的夏歐斯村。」

她肅然起敬地說，「啊，夏歐斯，世上最棒的乳酪之一。妳嘗過沒有？」

「我姑丈做的。」丹妮爾答道。

狄佛先生聽了，轉頭看她，完完全全轉過來，我真感激路上沒有人車。他不理會車子偏離方向，只管用崇拜的眼光凝視她，彷佛剛發現後座有個電影明星似的。他用大多數人談偉大藝術傑作的口吻說，「妳知不知道這種乳酪從十四世紀就生產至今？」

丹妮爾說，「知道，德高望重的乳酪。」他把視線轉回路面後，她低聲說，

「我受不了。好噁心！味道太濃了！」

前座傳來深深的嘆息，接著狄佛大嬸的面孔轉到座位後方。「好的田莊乳酪真難找。」她哀訴道。她很高興通知我們：等我們抵達目的地，特准我們嘗一種名叫「歐樂榮」的稀有乳酪。「據說是照古法做的！法國的好乳酪在工廠生產，真是悲哀的故事！」又一陣嘆息。

我開始後悔來這裡；不知身在何處，中途沒碰過一輛車子。丹妮爾顯得很緊張。

狄佛先生把車拐入一條小車道，我全心投入這次冒險，低聲說，「至少我們

不會挨餓。」汽車駛過，羊兒睡眼惺忪抬頭望，然後又低頭吃草。空氣幾乎靜止不動。車子停在一棟小木屋前，我們都下了車。奇怪；我用力吸氣，仍聞得到大海的氣味。

有個女人穿著白圓點的粉紅洋裝和膠底運動鞋露面。飛揚的金髮在她的臉蛋兒外面形成一個髮髻。她牙齒大大的，笑容很美。「你們需要什麼？」她開門招呼我們進去說。

丹妮爾看看手錶。「我們必須在一個鐘頭內趕回去。我們不該來的！」她急迫地說。

「別擔心。」我說。

她悶悶不樂說道，「我們這兒前不著村後不著店。他們不走，我們也走不了。」

「看一點乳酪能花多少時間呢？」我問道。

我低估了狄佛大嬸。看乳酪之前先看羊隻。要細看過羊，討論過牠們吃什麼，我們才能走進乳酪生產室，看女人示範凝乳、壓成小圓片，擺在墊子上放乾。她讓我們嘗昨天的乳酪，像奶油軟酪一樣新鮮和清淡，然後請我們吃一星期的——在嘴裡軟綿綿，有明顯的羊乳味。狄佛大嬸贊許道，「喏，真有特色！」她再鏟起一片，猛塞進嘴裡，高興地說，「我們巴黎沒有這樣的好貨。」她正要開始談判，突然瞄到架子上的一樣東西。看來像一塊煤炭，上面罩滿黑黴菌。

女人說，「那個不賣。是我們要吃的。我們放幾個月讓它變醇。」狄佛大嬸眼睛發亮；她發現了稀世珍品。她非要不可。她開始由皮夾抽出鈔票，為一塊家常乳酪不斷加碼講價。

女人說，「可是妳還沒嘗過哩。」她看著我們嘖嘖嘴。

大嬸調情般說，「我知道一定很棒！妳的羊是吃健康的海島青草長大，乳酪又是在這種清潔的空氣中放醇的。我知道家裡放這個再好不過了。我的朋友會羨慕到極點。」

女人作勢投降。她堅持道，「不過我先帶妳看看我其他的產品。」她帶我們回屋內，給我們一杯冷飲。「來點我的檸檬汁吧？」

大嬸猛搧風，撲通一聲坐在一張椅子上。她覺得來點檸檬汁很不錯。丹妮爾指指手錶說，「我們得走了。」已經三點，她臉色蒼白，簡直嚇壞了。午睡再過半小時就要結束。

我們若在那一刻離開，也許來得及歸營。可是狄佛大嬸哪裡也不去。乳酪製造商端出一托盤檸檬水，真正的好戲才要上場。

四種果醬。蜂蜜。她自製的鴨肉脯。夫人每樣都嘗，貪心地全部買下。她一再說，「噢，真好吃！我的朋友們一定很喜歡。對不對，亨利？」

狄佛先生在角落裡的椅子上打盹，他盡責地醒一醒說，「是的，親親，妳說的沒錯。」

乳酪製造商顯得有點錯愕，但她的展覽似乎已到尾聲。她四下看一眼，就走出那個房間。回來的時候手上拿著一件漂亮的毛毯。「我嫂嫂自己紡羊毛。」她遞過來說。毯子是深色的，紫色、棕色和深藍交雜，有阿米希教派被褥的微妙風味。我伸手去摸，可是狄佛大嬸鄙薄道，「毯子又不能吃。」

大嬸悵然問道，「我想妳沒生產肥鵝肝吧？」

我們很幸運；她沒生產。我們會遲到，但還不至於到被解雇的地步。丹妮爾臉頰恢復了血色。

可是乳酪製造商又有新的主意。「讓我拿一點木蘭白蘭地果餡蛋塔給你們嘗嘗，我的果餡蛋塔是全島有名的。」

大嬸坦承，「我肚子有點餓，購物真是累人的工作。」

狄佛先生打鼾醒來。「吃點點心也不錯。」他同意道。

丹妮爾的表情活像要哭出來了。「我們怎麼辦？」她咬咬指甲說。

我建議說，「來一塊果餡蛋塔如何？反正我們是囚犯。」

丹妮爾把手指由嘴巴裡抽出來，吃了一口。我觀察她。她再吃一口。再一口。我自己也吃了一口。

實在太棒了。水果香得醉人，每一粒莓果進了嘴巴才流出汁液，跟甜甜脆脆的餅皮交織在一起。「怎麼比別的果餡蛋塔好吃得多？」我問道。

狄佛大嬸用類似關切的眼光看看我。她評論道，「美國佬甦醒了。是因為這裡的產品太棒了。肥母牛生產的好奶油，小島空氣中生長的野莓果。」

乳酪製造商有沒有為對方小看她的才華而生氣，表面上看不出來。可是丹妮爾生氣了。她冷冷說，「夫人，我姑姑自己做奶油，我向妳保證品質很好。她做果餡蛋塔的時候，我親自摘莓果。聽說她是很棒的廚師，但我從來沒吃過能跟這媲美的果餡蛋塔。」

狄佛先生肅然起敬望著她，「了不起，孩子，應該表揚。我們面對的是真正的人才。」

乳酪製造商滿面通紅，但她沒有否認。她只說，「我很會做果餡蛋塔。」她開始清理盤子，丹妮爾和我跳起來幫忙。我們走進廚房的時候，丹妮爾指指手錶：四點鐘。我們完蛋了。狄佛大嬸又來切了一片果餡蛋塔，廚房門關上後，丹妮爾哭起來。

我看她完全失去平日的沉著，嚇一大跳，不知道怎麼辦才好。我一籌莫展說，「對不起，都怪我。」

乳酪製造商伸手摟著丹妮爾，露出美麗的笑容。「怎麼回事，小寶貝？出了什麼問題？」她問道。

丹妮爾啜泣道，「我不該這麼笨，跑來這裡。我們會很晚才回到營地，他們會讓我吃閉門羹。我會被遣送回家，爸爸媽媽會生我的氣。我一生都完了！」

乳酪製造商勸慰說，「沒這回事。告訴主任妳跟瑪麗在一起。妳不妨送他一個覆盆子蛋塔，附上我的問候。我保證他不會炒妳魷魚。」

她對自製果餡蛋塔的魔力信心十足，我們也相信了她。丹妮爾看來開心些了，接著陰霾又浮現在她臉上。

「我沒有錢。」她說。

瑪麗說，「不用擔心這個。妳已經為我帶來好運。從來沒有人一下午跟我買這麼多東西。而且這麼高價！我跟他們要了雙倍的價錢。他們會介紹朋友來，我還會加倍收費。」

丹妮爾嘀嘀咕咕道謝。她好像想說什麼，又不知道怎麼說。我看著她暗暗掙扎，這時候狄佛大嬸從前室叫道，「孩子們，過來！」丹妮爾往門口走，又掉回頭。

她害羞地說，「瑪麗女士，我能不能請教一個問題？」

「可以，孩子。」

「妳肯不肯教我做果餡蛋塔？」

「妳什麼時候休假？」

「再過四天。」

「回來吧。我會教妳，也帶妳的朋友來。」這一天丹妮爾首次顯得很開心。

我們上了車，狄佛大嬸用妒忌的眼光盯著果餡蛋塔。車子發動後，她開始出價要買。丹妮爾顯得很震驚，她非常認真地說，「這是禮物耶！」狄佛大嬸只好算了。

回程好像很長很長。狄佛大嬸吱吱喳喳說她真幸運能找到這麼有天份的女人，對於後座的緊張沉默似乎渾然不覺。等我們抵達「快樂之家」大門口，午休已結束兩個鐘頭。我們完全不知道會有什麼後果。我倆道聲再見下了車。大嬸最後一次打量了果餡蛋塔深深的一眼，他們就走了。

我們悄悄穿過樹林到海灘，丹妮爾說，「好可怕的女人！」她絆到樹根跌倒，非常緊張，但她牢牢穩住果餡蛋塔，等我們抵達懸崖頂，蛋塔還完好如初。

丹妮爾說，「我看不見。他們在不在那邊？」我由邊緣俯視下面。尼基利正用鏟子打羅蘭的頭，蒙妮卡頭枕著喬琪士的肚子躺著。

「都在。」我說。

我們到達海邊，尼基利心照不宣看看我，但我想只有他一個人注意到我們不在。蒙妮卡把我們手下的男生跟她那一組一起帶開，沒有一個小孩敢盤問她。「我們可以自己享用果餡蛋塔！」我欣喜若狂。

丹妮爾大吃一驚說，「萬萬不可，這等於偷竊。瑪麗是要我送給主任。」

我說，「可是他會問理由，妳是自找麻煩。」

丹妮爾說，「這我倒沒想到。」她的良心掙扎不已。

我強調，「蒙妮卡可能會因為掩護我們而被解雇，妳欠她人情。」

丹妮爾動搖了。

「瑪麗的果餡蛋塔是給妳的，不是給他。」我說。

她的面孔貼近來。「可是我若沒跟她說我怕被炒魷魚，她就不會這麼做。」她一本正經。

「妳真是法國脾氣。」我嘆了一口氣，不再多說。

丹妮爾整個晚上都在想果餡蛋塔的道德問題。她不願讓單純的自私心左右她的決定，但我提出另一個同樣重要的訴求，把問題弄複雜了。每次她為蒙妮卡著想，都會質疑自己的動機，總不能因為她怕向主任報告我們的去處，就扣下他的果餡蛋塔不給他吧。

我取笑道，「等妳拿定主意，果餡蛋塔早就過期不能吃了。」但我暗暗佩服她的掙扎。

她說，「別理我。」就自己走開了。

她回來後，臉上有種堅定的表情。她去找蒙妮卡，鄭重將果餡蛋塔送給她。「送給妳。妳冒險幫我們，我非常感激。」她說。

「多謝。」蒙妮卡說。那天晚上她和喬琪士走進樹林，就帶著那個果餡蛋塔。

「妳為什麼讓她吃證物呢？」我們準備睡覺時，我問丹妮爾。

她睡眼惺忪地說，「我想瑪麗一定希望這樣。」她把燈熄掉。「下禮拜她給我看食譜，我會烤一個果餡蛋塔送給主任，這樣做才對。」

7 賽拉菲娜

大學一年級的新生抵達安亞伯，多數有父母跟著。我羨慕地看他們把書桌搬進宿舍，出去進行告別儀式。我媽還在歐洲設法完成她的作品，爸爸則沒想過我第一次上大學可能喜歡有人陪。反正他若問我，我一定會叫他留在家。

我在學生聯合會前面下了巴士，發覺密西根大學有三萬名學生，我一個也不認識。我拿起行李，往「可珊堂」的方向走，祈禱室友在裡面。

她不在；只看到一張紙條說她回底特律去了，我要哪一張床儘管自己挑。我窺視她留下的行李，但沒能探出多少情報：現在我知道她個子又瘦又小，名叫賽拉菲娜。

兩天後賽拉菲娜終於露臉，我發覺我媽沒帶我來大學可能是件好事。媽不太喜歡密西根大學，要她接受我的室友必須先有心理準備才行。賽拉菲娜長得美極了，一雙水汪汪的棕色大眼睛，加上一頭又直黑發亮的短髮。她機靈又風趣，有種不尋常的幽默感，即使冬天皮膚也呈十全十美的赤褐色。

可是媽沒給我機會為她做心理建設。十月初某天我上完「英語一〇一」走進宿舍，賽拉菲娜說，「妳媽剛才打電話來。她從巴黎直飛，明天到。她說她想見見我的父母。」

「噢——喔。」我說。賽拉菲娜的父母是我所見最慷慨的人。他們來美國很久，但說話還帶有加勒比海的起伏音。他們談到圭亞納，活像只是到底特律來造訪，隨時要回去似的。我設法想像我媽在他們那小公寓的情景，但我實在無法揣摹她坐在那兒，四周瀰漫著咖哩和椰子香是何等況味。

不過媽沒說要到他們的公寓。她滿面笑容闖進宿舍，一看到賽拉菲娜，笑容立刻消失了。她拼命控制，硬撐著表情伸出手。「賽拉菲娜？」她猶豫不決地說。

事後她向我道歉。「我實在情不自禁，我猜我是有偏見的人，我從來沒想到妳的室友是黑人。」

我熱烈說道，「噢，她不是，」我把賽拉菲娜自己跟我的話複述一遍，「她家來自圭亞納，是法國和印第安混血兒，他們不是黑人。」為了證明這一點，我把賽拉菲娜的媽媽寄來的椰子麵包拿一點給她。

媽拿一片來吃，「這叫我鬆了一口氣。」

椰子麵包

【材料】

・一杯溫水
・半杯糖
・兩包活性乾酵母
・四杯白麵粉，加一點供揉捏
・半磅奶油
・兩個蛋打散
・一茶匙鹽
・一茶匙香草精
・半個中等大小的新鮮椰子

大碗盛水。加糖攪至溶化。加酵母攪，靜放幾分鐘直到起泡。

加一杯半麵粉，攪拌至均勻為止。

以另一個碗攪拌奶油、蛋、鹽和香草，要完全混合。椰子去殼切碎，椰肉放入攪拌機，磨細加到奶油中。麵粉內加椰子奶油糊，混合成均勻的麵糰，把剩餘的麵粉加進去，一次加一點。把麵糰倒在抹了麵粉的平面，揉捏成光滑有彈性的球體，約揉十分鐘。

把麵糰放進略微抹過油的碗內蓋好，待發至雙倍大。

猛捶下去，做成形狀自由的麵包條，擺在未加油的烘焙紙上，以毛巾蓋好，再發半小時。

烤箱預熱至三百五十度。

烤五十分鐘至一小時，擺在架子上冷卻。

後來賽拉菲娜跟我說，「我一看就知道妳是有錢人家的孩子。」深夜我們坐在房間裡分食披薩。我擔心熱量卻照吃不誤；何況大部分是身材十全十美、豐胸扁腹細腰的賽拉菲娜吃的。

我說，「我並不富有。」內心已後悔吃披薩了；我燙到口腔上顎，一直用舌頭去碰那個地方。

她說，「妳一定很有錢，我從來沒看過誰在餐館這麼沒禮貌的。」

我真的大惑不解，「啊？沒禮貌表示我有錢？」

她說，「沒錯，在餐館沒禮貌才表示妳有錢。手肘支在桌上坐著！妳的表現活像每天吃館子，一點也不稀奇，我雙手總是擱在膝頭不敢亂動。」

我後來才發現，賽拉菲娜專門注意別人忽略的地方。她的父母犧牲一切送她上天主教學校，她得到全額獎學金上大學，他們很高興。賽拉菲娜的觀點比較偏頗：「機會獎學金」規定夏天要另上一學期課，讓她適應大學生活，她深覺受辱。她氣得半死說，「只因為我們窮，他們就以為有必要教我們待人處世。」她又咬了一口披薩。

我指出早來確實有幾項好處；等我到安亞伯，她已經有男朋友了。羅勃個子嬌小可愛，恭恭敬敬陪著她走來走去，一心想載她上課、帶她去吃晚餐、對兄弟會的弟兄們炫耀她這位女友。

賽拉菲娜低頭看盒子。「最後一塊我吃掉，沒問題吧？」她說。

「別客氣。」我答道。

她一面像貓般優雅地舔指頭，一面問我，「妳要不要參加下星期羅勃兄弟會舉辦的舞會？我可以找他的一個兄弟會弟兄來接妳。」

我當然想去。可是我下樓看見羅勃身邊有個兩百五十磅重的足球四分衛，名叫恰克．梅森，把羅勃襯托得十分矮小，我差一點轉身逃開。恰克勉強穿一件黑西裝，緊得要命，巨型手掌拿著一個小緞帶花盒。我看得出來他對我也沒多大的好感。我們倆都勇敢吞吞口水，伸出手來。

恰克來自喬治亞的瑪麗葉塔鎮，他發現我已戒酒，相當失望。他整個晚上一直吹噓他在家鄉喝酒的本領。我們跳了一下舞，身體沒有接觸。我簡直煩死了。這時候賽拉菲娜容光煥發走向我們，手上得意洋洋拿著一樣東西。

「看，」她說，是羅勃的兄弟會別針。「羅勃要求我戴。」

我有點忌妒說，「棒極了！」我一時納悶她到底擁有什麼我所缺乏的優點。後來我注意到恰克的動作明顯變僵。我問道，「怎麼回事？」他把我拉到一邊。

他自命不凡地說，「當男人把他的兄弟會別針送給一個女人，她就變成兄弟會的一部分。」

「是嗎？」我客客氣氣地說。

他斷然說，「她不能這樣。」

我問道，「為什麼不行？你們兄弟會還有其他男生也定下來了，不是嗎？」

他點點頭。「可是她們不像她。」

我還是不懂。

他看看房間那一頭，考慮片刻，又轉過來望著我，神情顯得很懊喪。他說，「她們不是黑倫。」他的喬治亞腔很明顯，「黑人」（Negro）一詞說成「黑倫」（nigrah）。

我愉快地說，「我明白了。這不成問題，賽拉菲娜也不是黑人。」

後來我曾為那種事生氣，但當時我沒有多想。我忙著思索賽拉菲娜的性愛問題。如今他們已經定下來，羅勃認為他有某些權利。據說他夜夜呻吟，「每個人定下來以後都做那件事。」

賽拉菲娜雙目炯炯說，「我可不幹。」我沒發表意見。我依稀覺得兄弟會別針和性愛的關連很明顯，但賽拉菲娜是那種禮拜五吃魚的天主教徒，她要考慮靈魂問題。

反正羅勃歷時不長，一年後賽拉菲娜滿懷輕蔑地說，「妳相信嗎？我居然跟一個兄弟會的傢伙交往過！」

坦白說，我簡直無法相信。那年我們搬進宿舍套房，跟另外兩位女生共用廚房，自己煮東西吃。我們的室友是端莊的中西部人，愛穿格子呢裙搭配相稱的毛衣套裝，把碎肉做的肉糕當做新奇事物。瑪琳娜一整年最具實驗性的創舉是炸雞肉，蘇珊則堅守牛排和洛尼米飯。

不過賽拉菲娜很會做菜。她晚上熬夜用咖哩、洋蔥和「廚香」來泡雞肉。她做一種名叫「薄脆餅」的袖珍炸麵包，還向她媽媽要椰子麵包食譜。不久她就做起無酵素麵包和醃漬物，使廚房瀰漫著我從未想像過的氣味。

我個人正專心研究《如何以較少的錢吃得好一點》，那是一本三毛五分錢買的平裝本，裡面的廉價菜單竟含有肥鵝和乳豬的食譜。有些食譜很奇怪；我曾做過燉小牛膝，但是用肉湯做的義大利調味部分卻叫人不解。作者詹姆士・畢爾德和山姆・亞龍稱之為「義大利人喜愛的米食準備方式，比大多數方法簡單」，教我用滾燙的肉湯蓋住白米，放入烤箱烤到水份消失為止。味道就像我媽慣常加雞肉煮的飯，只是沒那麼油膩。這是義大利菜嗎？

賽拉菲娜和我發現了城鎮另一頭的農夫市場之後，每個禮拜六早晨都去買新鮮的水果和蔬菜，還向一位眼神哀淒的老黑人買甜薯餡餅。後來賽拉菲娜帶我到底特律的東市場，我們開始用遠征帶回來的橄欖油、羊肉和葡萄葉煮希臘菜。我們做碎肉茄子蛋那天晚上，瑪琳娜和蘇珊都顯得不太舒服。瑪琳娜拿起電話說，「絞羊肉？多噁！」她正在打電話給米諾商店。

有位摩洛哥人穆罕默德跟我交朋友，想練習說法語，他來煮清蒸小米（couscous），用手拍鬆像小米一般穀子，蘇珊和瑪琳娜更不喜歡。她們想起穆罕默德做的烤山羊就噁心，只要一提到他的名字，她們馬上開溜。

次年我們搬出宿舍，搬進自己的公寓，賽拉菲娜和我指望多煮東西。可是我們找的地方離校園只隔半條街，在一家咖啡館樓上，對我們的朋友太方便了。只要我們之中有一個人走進廚房開始切洋蔥，等晚餐煮好，早就有十五個人滿懷期盼等著了。我們實在沒那麼多錢煮東西給隨時徘徊在附近的一大群人吃，所以我們的生活中正規的三餐都省略了。

我們的門從不上鎖。大多數早晨我經過客廳，總會發現兩個男生在地板上睡得正熟，懷中抱著他們由破沙發上扯下來的枕頭。這些人有時彼此認識，有時候不認識。我們在地面隨意鋪上花色豔麗的印第安毯子，常被菸灰缸溢出的刺鼻物質濺得髒兮兮。通常天花板吊掛的鐵鑄鳥籠中還有蠟燭啪啪響；我們喜歡摸黑坐著轉動鳥籠，看它飛灑在牆上的圖案。通常人睡了唱盤上還有唱片轉動，輕柔地播放樂曲。

我若不喜歡那音樂，就走過去換掉，以包柏·狄倫或貝西·史密斯的歌曲代替。賽拉菲娜喜歡爵士樂；單單一張拉洛・席福林的唱片她就沒完沒了放了三個月。

街道對面有個公車站，每次我們看窗外都會看見同一個男人坐在那裡。賽拉菲娜相信那人是聯邦調查局的探員。當時我認為這個想法很可笑；現在我倒不敢確定了。我不知道聯邦調查局以為能揭發什麼秘事，可是一想到納稅人的錢被浪費掉，我們就覺得好笑。我們站在窗口向公車站板凳上的傢伙揮手，外出時總要走到對面，一面經過那人身邊一面罵「少支持戰爭」。

戰爭如影隨形。我們認識的大多數男孩子擔心自己的受徵級別，特意留校避免徵召。中途退學的人必須想別的辦法避免去越南。有人服替代役，從他們去的歐扎克高原榮民醫院寫信給我們。有些人假意發瘋；少數人裝久了竟真的發狂，在公寓晃來晃去，從此跟社會脫節。去加拿大是最後的辦法，我們辦過好多越過美加邊境的惜別宴。

此時我的父母每個禮拜天早晨打電話來，我媽常寫些心酸的信大談朋友的小孩多麼溫順。我偶爾回信寫道，「我知道蘿倫・拉布住在妳家，帶禮物給妳，跟耶魯大學的男生交往，每天晚上在恰當時間回來，衣著整整齊齊，走了以後還寫親切的謝函給妳，非常合乎禮儀。」接著我加上一句，「我永遠不可能那樣。」

有一次我整個下午孤零零一個人伴著唱片機。我不斷把唱針拉回來重聽，以便將《沒問題，媽》的歌詞抄下來寄給我父母，企圖向他們解釋我的想法。我告訴他們，「當我望向社會，只見一堆受挫的行屍走肉以規則來圍困自己，隔絕真正的人生。最乖張的虛構被當做真有其事。我可不想過沾沾自喜的生活。」

不過我大多不去想父母的事。感恩節、聖誕節、復活節等重大節日我乖乖回家，每次回去都很討厭。暑假我找到工作，儘量不回去。有一年夏天賽拉菲娜和我在紐約打工。另外一年夏天我們留在安亞伯，然後找到工作，開福斯國民車遠征舊金山。最後我們住在海特街的嬉皮夜店，有三十個不認識的人在我們四周吞迷幻藥。我們跟主張財物公有的嬉皮一起烤麵包，在「我與爾咖啡店」停留，李歐納·吳爾夫正在那邊訪問民眾，準備寫成一本書。他拒絕訪問我們。

「妳們其實不是嬉皮。」他說。賽拉菲娜和我又是震驚又是難過。他怎麼看得出來我們沒吞迷幻藥？

他說，「妳們太乾淨了。」

我不知道賽拉菲娜什麼時候開始不再上教堂，但似乎是慢慢放棄信仰，不太激烈。抗議變成我們的信仰：我們參加時事問題討論會和靜坐示威，只穿黑衣服。我不斷愛上對我沒興趣的男孩子，賽拉菲娜則是晚上留在家，聽拉洛·席福林的歌，寫她的日誌。我們叫披薩來吃，無止盡大談人生、世界和我們在世上的定位。我們互留小紙條。有一次賽拉菲娜寫給我說，「我們處於稍縱即逝的狀態──為什麼要恨眼前的自己呢？讓我們把精力留到八十歲，到時候我們可能已無法改變，或者不至於變了。那時我們若非恨不可，再來怨恨吧。」

可是到了大學最後一年，一切都變了。有一位「爭取民主社會學生團」的男生愛上了賽拉菲娜。比爾是有錢的政治青年，為自己的出身背景感到尷尬。他小小一隻，有點名氣，我還蠻迷他的，所以他開始在附近留連時，我十分忌妒。賽拉菲娜只覺受寵若驚卻並不著迷，可是比爾說他想知道她父母什麼樣子，她就帶他回底特律。

他們回來後，她變了一個人。一夕之間改變。她扔掉拉洛・席福林的唱片，換上阿瑞塔・富蘭克林。阿瑞塔的唱片她全部買來，包括《尊敬》之類的新唱片和聲音柔柔像唱福音曲的舊唱片。賽拉菲娜隨著音樂哼歌，有時候跳舞但不講話。比爾不再來，賽拉菲娜退入內心世界。晚上我在房間低語，她轉過去背對著我。

起先我很難過，接著感到孤單，最後我很生氣。「妳為什麼這樣對我！」我嚷道，她沒答腔。

我打電話問她父母是不是出了什麼問題。「妳得問菲娜，」她母親答道。聽來她好像哭了，後來她語氣緩和了一點說，「問她椰奶菜肉飯的事吧。」

那天晚上我做了一頓大餐，小心翼翼烹煮，活像要勾引情人似的。我做了賽拉菲娜喜歡的東西：加白酒、鮮奶油和洋菇煮的原汁煨雞塊，一盤大沙拉，巧克力蛋糕。我勸所有食客到別的地方去。我甚至買了一張票叫一個男生去看我當時最喜歡的電影《夜》，把他趕出公寓外。我在唱盤上放一張賽拉菲娜曾經喜歡的唱片《卡米娜布拉》，但願她肯露面吃晚餐。

她多疑地走進廚房問道，「這是什麼東西？」我很緊張，還有點難為情。

我故作漫不經心說，「我想我來做晚餐。妳餓不餓？」

她好像要走回門外、直接下樓的樣子。但她看見我的表情，動了惻隱之心。她坐下來說，「好吧，我來吃。」

我用盤子盛了一點飯，對著原汁燴雞塊擠點檸檬汁，並在飯上澆點鮮奶油醬。我打開酒瓶，兩個玻璃杯各倒一點，然後坐下。

我們扭捏不安地碰杯，我不自覺說「乾杯」，她也說了聲「祝今天愉快」，緊張化解，兩人都笑了。

她說，「太棒了。」她開始狼吞虎嚥地大嚼，我暗想這段時間她不知道是不是忘了吃東西。

我深呼吸，現在不問就永遠別問了。「妳媽說我該問問椰奶菜肉飯的事……」我開口說。賽拉菲娜坐直起來，像聞到危險氣味的動物，鼻子抽動個不停。

「妳在底特律的時候出了什麼事？」我問道。

她猶豫半晌，彷彿正衡量該告訴我什麼。「我媽做椰奶菜肉飯給比爾吃。」她終於說。

我靜靜等。她停頓一下，繼續說下去。「我認為他想跟我回家是要與民眾一條心。他喜歡我爸當大樓管理員，一點也不失望。我們走進炎熱的小公寓，我感覺到他自認已抵達目的地。我突然看出他對女性最重要的要求，我都具備了，我是他脫離小資產階級的手段。」

她深呼吸，啜飲一口酒。「媽做了椰奶菜肉飯，她正要用大瓦盤盛裝，盤子破了，在她手上硬裂成兩半。」賽拉菲娜停下來再喝一口酒。

「爸說沒什麼大不了，他和比爾可以到地下室把它黏合起來。他們一起走開，比爾熱愛用雙手從事的勞動，看起來開心得很。他們走後，我問媽我們在圭亞納的時候椰奶菜肉飯的味道跟現在是不是不一樣，我說我想不起在圭亞納的事。她跟我說我從來沒到過那兒。」

我茫茫然看著她，賽拉菲娜直望著我坦白地說，「她說他們是到底特律才收養我的。」

我的叉子掉在桌上，這種反應她似乎完全瞭解。

「我沒法相信！領養的！她說得好輕鬆自在：『妳一歲半我們才領養妳。』這時候比爾和爸爸回來了，坐下來用餐。」

我站起來，伸手去摟賽拉菲娜，可是她把我甩開。「用餐的情景一片模糊。我不記得他們談些什麼。我望著父親的臉，跟我好相像，又望著他的手，我知道我是他的骨肉。我知道。我斷定媽媽很高貴，我其實是爸跟某個女人鬧緋聞生的，她同意養我。我心情好多了。」

我一句話都沒說，有沒有呼吸我不敢確定。

賽拉菲娜繼續說，「我不能在比爾面前說這些，所以我們吃完晚餐就開車回來。回程中比爾一路沉著嗓子說我父母真是『紮實』的人。我卻一直想著『他們為什麼從來不告訴我？』」

「妳有沒有問妳父親？」

她點點頭，低頭看酒杯。「他只是看著我說，『菲娜，我真希望妳是我的骨肉，可惜不是。』他還把領養我的地方也跟我說了。」

她的嗓音沙啞起來，好像正忍住淚水，但眼睛乾乾的。「於是第二天我借了一輛車，開到他們領養我的地點。可是人家不肯跟我說什麼，我一次又一次回去，最後我查出了真相。」

她直望著我，眼淚開始滾落面頰。「我不是圭亞納人，我不是印第安和法裔的混血兒，我是黑人。」她說這話好像很痛苦，字句如蛙鳴般啞啞吐出。「我生母是波蘭護士，生父是黑人清道夫。」接著她再說一遍，不再那麼苦了。「我是黑人，有色人種，雖然我的鼻子比妳更像盎格魯薩克遜人。真希望我從來沒打聽過什麼鬼椰奶菜肉飯的事！」

她把盤子推開。

「妳要不要吃點沙拉？」我問道。

她說，「不，我不要什麼鬼沙拉！妳就只會說這句話嗎？」

內心真正的感覺我沒法說出口；她不會懂的。我又醋勁大發了。我熱烈希望我能發現自己是養子女，能發現自己是黑人。這段日子我們一直在街頭示威抗議，但賽拉菲娜終於有自己的訴求可憤慨了。

她熱心擁抱這個訴求，一天比一天更像黑人。我每次看她，她都離我遠一點。雖然她的髮質不完全適合，但她改留非洲黑人的自然蓬鬆捲髮，而且開始裹上五顏六色的非洲布。艾爾居吉・克里佛來演說過，賽拉菲娜開始大談「黑人民權」。

表面上什麼都沒改變。我們仍然共住一個房間，但她白天上課，晚上有工作，時間這麼安排，我們就很少見面了。我們大多以紙條溝通。

課業結束前某一天，我回家發現廚房桌上有下列字條：

「妳是我唯一有話要傾訴的白人，我的同胞就等於我，我不再迷失了。」最後她說：「但願妳找到屬於妳的非洲。」

8 夏日情緣

我媽第一次遇到麥克就說，「那個人愛上你了。」我大三那年父母親來看我，由他開車到機場去接人。

我說，「別那麼可笑！沒法想像黑人男子想跟我交朋友，他甚至沒吻過我！」這是真話，然而我們密不可分。賽拉菲娜把我介紹給麥克，我從來沒見過比他更斯文更好談話的男人。起先我們跟一群朋友廝混，可是別人漸漸成雙成對，我們開始常在一起，純粹當朋友。即使在那民權示威遊行和反戰靜坐的時代，我們看來還是很奇怪的一對。我蒼白、豐滿，一頭濃密的黑色捲髮。他很瘦很黑，好像掉了不少牙齒，這一點我媽一眼就指出來，完全不浪費時間。

麥克靠一筆田徑運動獎學金來密西根大學，可是就我看來，他對運動根本不感興趣。我認識他的時候，他是心理學研究生，在州立醫院研究情緒失常的孩子。傳說他有能力叫自閉症的小孩說話。我不知道是不是真的，但我從不懷疑；他是一個文靜的人，聲音很柔和，你不自覺會答覆他提出的每一個問題。

他一面上研究所一面兼差當垃圾處理員，甚至喜歡上那個工作。他說，「你可從人們丟掉的東西發現許多事，好有趣喲。何況薪資很高，工時又短。」

麥克向我開啟了全新的天地。父母親曾帶我到外國旅行，但我現在卻在家鄉發現了另一個國家。我們常開著他一九五五年份的黑色凱迪拉克車舒適地在城裡城外亂逛，聽收音機播放黑人爵士佈道曲；那音樂就像一切我心中感受到卻不懂得表達的東西。麥克喜歡各種音樂，只有藍調讓我快樂得發抖。等我跟他更熟之後，我們開車到底特律，在他的朋友家小歇抽一口大麻，然後猛吃甜點、生菜沙拉和炸雞，全世界的食物好像不夠填飽我們的肚子。

麥克最先讓我想到，食物可以把人凝聚在一起；也可以害人疏遠。我們到芝加哥的一家藍調夜總會，走回車上時，一位警察攔住我們，叫我們別在街上逗留免得掀起種族暴動。在印第安納州的南灣市，我們發現咖啡館不接待黑白配的男女。安亞伯市麥克最喜歡的酒館是個簡樸的爵士樂老巢，名叫克林氏，痕疤累累的木製吧台上有個招牌寫著「城裡僅有兩家酒吧屬於我們，這是其中之一。請表示尊重。」

要走到克林氏酒吧屢經修補的破門，必須先經過一個撞球廳。手拿球桿的男人滿到人行道，一面走向吧台一面抽煙、互相出拳，向白人女孩吹口哨。克林氏酒吧以不用心盤查身份而知名，這是受學生歡迎的原因之一。另一個理由是「敲擊板威利」一星期在這邊表演四晚。

我對克林氏酒吧非常有興趣，決定社會學課程要寫一篇報告談這個地方。

《克林氏酒吧——一家容納不同種族階層的本地酒吧之研究》使我有藉口夜夜坐在酒吧耗時間。父親來訪，也跟過來了。

我媽首先碰到一位傲然戴著胡蘿蔔色假髮的女人克拉莉塔。她的體型龐大，每次一擺頭，乳房就抖呀抖地撞在一起。妳不可能不看那對乳房。克拉莉塔跟我媽說她有個好女兒，媽望著那對乳房在破破爛爛的米黃色尼龍毛衣下晃動。克拉莉塔坐在桌畔沒站起身，便隨著「敲擊板」的音樂款款搖動，毛衣下的晃動更強烈了。

爸爸似乎很欣賞這一切，媽卻不太安心。我叫道，「等你們嘗嘗克拉莉塔的雞肉再說！」克拉莉塔自稱會做全世界最精美的炸雞。我花了不少啤酒錢才設法取得整張食譜。

我又請她喝一杯啤酒說，「我把這問題弄清楚。雞肉從店裡買回來，馬上塞進岩鹽中，就這樣放到隔夜？」

「沒錯，孩子。」她點點頭。

「然後從鹽堆拿出來，放進一鍋脫脂牛奶中浸泡？」

「要整隻完全蓋滿！」她說。

「然後每塊灑麵粉放乾？」

她活像在教室做禮拜似的，拼命說，「是，是。」

我全部照辦，希望像她說的那麼好吃。因為我是照議事行程煮東西：飯後賽拉菲娜和我有事想請我的父母親幫忙，我們想借他們的紐約公寓過暑假。

兩人立刻答應了，他們若知道後來會發生什麼情況，說不定會再三考慮也不一定。

克拉莉塔炸雞

【材料】

- 兩磅半到三磅雞肉切好
- 三茶匙符合猶太規定的鹽巴
- 鹽
- 半茶匙辣椒
- 三杯脫脂牛奶
- 一茶匙弄碎的黑胡椒子
- 兩個洋蔥切薄
- 一杯蔬菜油
- 一杯麵粉
- 四分之一杯奶油

將雞肉塊放進碗裡，蓋上鹽巴。放兩小時。

將雞肉拿出洗淨，放進一碗脫脂牛奶和洋蔥片中，蓋好冰鎮一夜。

紙袋裡放麵粉、鹽、辣椒和黑胡椒，搖晃拌勻。一次弄乾一塊雞肉，放入紙袋中。搖晃使其完全裹上調味料，放在蠟紙上。重覆此動作，直到所有雞塊都裹上調味料為止。

放乾半小時，拿到室溫下。

大煎鍋高溫加熱蔬菜油和奶油，加入雞塊，蓋上煎鍋。將溫度轉小，煮十分鐘。掀蓋翻煮，胸肉煮八分鐘，腿肉煮十二分鐘。刺腿肉試試看熟了沒有；汁必須要清澄。

可供四人食用。

七月初我道歉說，「我忘了這間公寓沒有空氣調節。」賽拉菲娜跟我坐在敞開的窗前，希望有涼風吹來。順著第十街望去到河對岸，我們看見麥斯威爾咖啡的招牌一明一暗。「我爸爸媽媽夏天從來沒住過這兒。」

「沒關係，」她仰起面孔迎接最後幾道陽光說，「那家酒吧好冷好暗，每次我去上班，總覺得好像進冷凍庫似的。」

我說，「妳真好命，整個南布朗克斯區活像煉獄，熱得每次過馬路柏油都要黏在鞋底，每次我看拳賽都以為會看見火花。我怎麼會想去當社工人員呢？」

屈蒙大街的社區服務協會是我碰過最叫人洩氣的地方。每天早上我跳上地鐵，自覺年輕又樂觀。門關上以後，車掌歡迎我說，「這是光明D車。下一站三十四街。」等我下班走回地鐵站，一切好心情都消失在濃濁的布朗克斯空氣中了，我自覺髒兮兮，失望到極點。我有什麼辦法幫助這些人呢？

我最喜歡的照顧對象佛瑞斯特太太嬌小漂亮，年紀跟我差不多。但她年方十九已經有三個小孩，老大水晶今年六歲。我試圖體會十二歲懷孕的滋味，可惜實在想像不出來。我學法文和讀國中期間，她已結婚生子。她向小嬰兒夏莉西的方向擺擺頭說，「我告訴丈夫我懷了她，他就失蹤了，他甚至沒跟他媽道別。」

佛瑞斯特太太仍有她的夢想；她想當護士的助手。她將落下的一綹直髮往後抹平說，「可是不等我的女兒全部上學，我怎麼找工作呢？」我心想她的夢不知能不能持續五年；帶著三個小孩在南布朗克斯區跋涉的損傷是很大的。一面等著看醫生，一面旁觀別人流血死亡也是如此，我知道那種滋味。

我的工作是盡可能伸出援手，協助照顧對象應付福利官僚無止無盡的磨難。我跟其他參加暑期實習計劃的學生一樣，目睹了從前只在書報上讀到的一切。有一位九歲的聾啞兒童班恩，父母從未想要送他上學。我帶他穿過空盪盪有回音的大樓，希望秋天他終於上學時可以熟悉環境，途中我們曾談到摔角的事。我還陪一對患帕金森症的年邁姊妹依約上醫院，陪一個沒有右手的十四歲少女去裝義肢。我最喜歡這些人，佩服他們的勇氣。

威廉斯太太正好相反；每次我爬五層樓梯到她住的公寓，再堅定的信念都會為之動搖。她是高頭大馬的邋遢婦人，腳穿拖鞋，長襪捲在腳踝上。她跟八個不同的男人生下八個孩子，孩子們似乎自己掙扎求生，很少靠她幫忙。公寓好髒好髒，髒尿布散列在地板上，爐子上的平底鍋油膩膩的，老鼠在裡面亂跳。我勉力穿過垃圾堆，為孩子們安排看醫生的時間，設法向威廉斯太太說明她每懷孕一次就更窮幾分的道理。她總是說，「可是我拿到的支票數目變大啦。」還猛搖頭笑我蠢。

反之，佛瑞斯特太太完全瞭解情況。她說，「我再也不讓男人鑽進我褲襠，我不想再生小孩了。」她把空空的小公寓整理得一塵不染，孩子也管得中規中矩。只要她一說「拿棍子來」，孩子們絕不敢抗辯。有時候在地鐵車上，水晶和珍妮絲會談到皮帶或延長線哪一種打人比較痛，可是過幾站她們就興奮莫名，不再往下說了。我認識她們之前，她們從來沒離開過布朗克斯區，每次到曼哈頓短程旅行簡直像健行喜馬拉雅山脈一般刺激。

我帶她們由帝國大廈回來，佛瑞斯特太太說，「她們好喜歡那棟大樓。」曼哈頓在她眼中其實跟在孩子眼中一樣稀奇；我問她下回我們去參觀自由女神像時她想不想同行。

她說她考慮考慮，就沒再提起。可是過一個禮拜我爬四層黑漆漆的樓梯到她們家公寓，全家人都在暗沉沉的梯台上等我。

佛瑞斯特太太話不多，地鐵車上她也靜靜抱著嬰兒不開口。孩子們在她面前默默無語，我拼命說些愉快的話，真希望沒帶她來。可是我們登上渡輪後，她的表情變了，等船離上下岸的船台，她站在前面，探身吹涼，看來真像異國情調的船頭雕像。

「沒花多少錢。」她說著回頭看看市區，然後看看再過去的自由女神像。我知道她想起了她那間悶熱的小公寓。她不斷說，「好涼，空氣好新鮮。」到了下船的時間，她抓緊寶寶，害羞地說：「我繼續搭，不下船行不行？」

我說，「沒問題，我帶孩子們到自由女神像頂上。」我暗想我若拿一把錢幣給她，她不知道會不會覺得尷尬。結果她沒給我機會。她抓住五歲女兒的手臂厲聲說，「珍妮絲，我的話妳記得吧？洋裝上只要沾上一滴芥末，回家就挨打。」她熱烈走進返航曼哈頓的人群中。

參觀自由女神像的人繞著神像底座排隊，等候期間兩個小女孩煩躁不安。天氣很熱。到了裡面，她們堅持要一路走到神像的皇冠頂。我們跟著人群慢慢蜿蜒爬上狹窄的金屬梯，最後終於到達頂端，水晶俯視交叉穿過港口的渡輪問道，「妳想媽媽和夏莉西搭的是哪一艘？」她瞇著眼看水面的一道道亮光說，「那些船好像在鑽石上面走。」我們看水看了一會兒，然後轉身走下陡陡的樓梯，一路上珍妮絲害怕地抓著我的腿。

到了飲料點心攤，兩個女孩都想吃熱狗。「妳要不要芥末？」我問珍妮絲。她鄭重點點頭。「妳確定？」我一再問，她十分肯定。我用餐巾紙圍在她的洋裝前側，可是她吃東西動得太厲害，餐巾紙派不上大用場。佛瑞斯特太太看到我們的時候，我正在絕望地望著珍妮絲綠格子洋裝上的金黃色圓斑。

佛瑞斯特太太容光煥發。「我恨不得搭一整天。我們來回四次，好涼爽好漂亮。」

水晶害羞地說，「媽媽，從頂上看也很漂亮。我們看得見妳們的船，妳們顯得好小。」她伸出手指來比劃。

想到要回布朗克斯區，我好難過，儘量想什麼涼爽又漂亮的地方帶她們去。我一時考慮大都會博物館，可是一想到佛瑞斯特太太揹著嬰兒穿過那些浩大的展覽廳，場面似乎不太對勁。水晶和珍妮絲會不耐煩；她們焦躁不安，她會覺得難為情而發起脾氣來。所以我什麼都沒說，大家全部回到渡輪上。我看著佛瑞斯特太太靜靜佇立，頭髮隨風飛揚，深檀香色的面孔映著陽光。我真希望我有台照相機，可以讓她看看自己的倩影。

我們帶小孩走下渡輪時，她笑了，聲音很年輕很自在。我以前沒聽過她笑。我們在「好好先生」人像邊停下來，坐在一張綠色涼凳上吃東西。她先把冰淇淋棒上面的烤杏仁片全部舔掉，然後慢慢餵嬰兒吃一紙杯的香草冰淇淋，動作催人欲醉。她很專心，珍妮絲的冰淇淋沿著手臂往下淌她也沒發覺。我趕快帶兩個女孩到水泉邊，儘量替她們弄乾淨。佛瑞斯特太太還在忙著照顧嬰兒，似乎沒注意到我們走開。

地鐵沒有空氣調節；車廂裡又熱又悶。我感覺我的衣服漸漸黏在座位上。到了五十九街，車廂客滿，站在我們前面的人汗流浹背。等我們抵達布朗克斯區，好心情完全消失了。佛瑞斯特太太從地下鐵走出來後，用手指戳戳珍妮絲衣服上的芥末污斑說，「妳知道我跟妳說過什麼。」珍妮絲忍不住流下眼淚。

她的悔恨一路伴著我們穿過垃圾遍地的臭街道。我生氣勃勃地說，「也許我們可以再一起出遊。」我不禁自覺像雅芳化妝品的銷售小姐。我看得出來，對佛瑞斯特一家人來說，涼爽的水面已經像一場遙遠的夢。我一心想喚回剛才的氣氛，突然說，「我有個朋友，真想讓她們見一見。」

麥克正要去參加新港爵士祭，途中會穿過紐約，可是我不知道我指望他做什麼。我只依稀覺得佛瑞斯特太太見見他也不錯。他也許能給她一點希望，她還好年輕。

她含含糊糊說，「再說吧。」她將嬰兒交給水晶，打發孩子們上樓，並向珍妮絲嚷道，「妳去拿棍子，聽到沒？」她轉向我。「妳下禮拜來我們再談出遊和妳朋友的事，我有衣服要洗。」她用鄙薄的口吻說完，就跟在孩子們後面上樓了。

下禮拜我向麥克保證，「你一定會喜歡她。」他和賽拉菲娜躺在我父母家的客廳地板上抽大麻，聽《寧靜的夜》。我躺在藍綠色沙發上，精神恍惚，正從牆上的抽象畫中找圖案。麥克顯得猶豫不決，但我知道我若真要他來，他一定會來的。

我慫恿道，「孩子們好討人喜歡。我們可以帶她們到中央公園，然後去坐旋轉木馬。或許也去動物園。拜託來嘛。」

麥克翻身仰臥，看著天花板。他理性地說，「我覺得我們好像應該回渡輪上去，妳說她坐渡輪真的飄飄然。」

他說的可能沒錯。「也許我們可以上渡輪，然後到唐人街。我打賭她們會喜歡港式點心。」我想像佛瑞斯特一家置身在南華茶館的侷促攤子裡，覺得那畫面還算搭調。「我小時候我們常去一個地方，有人用托盤端著一碟碟吃的東西走來走去，你要什麼就拿什麼。吃完他們算盤子來結帳。你們真該看看那大炸蝦，有雞腿那麼大！」

「我真想現在就來一點。」賽拉菲娜說。

麥克理性地說，「我不知道。那個女人看妳為她們母女付帳，不會覺得很窘嗎？」

我立刻看出他說得有道理。

賽拉菲娜說，「我餓了。我們去買些那種蝦來吃。」

我們手挽著手沿第五街走去，穿過華盛頓廣場紀念拱門，經過「小義大利」，街上有不穿襯衫的男子正在打球。我們很高興一起在紐約，沒什麼責任，又有整個週末可自由支配。休士頓街以南，運河以北的某個地方大蒜味飄滿大街，害我們情不自禁，我們自知精神太恍惚，肚子太餓，等不及到唐人街了。

我們走過某餐廳窄窄的月亮形霓虹招牌底下，賽拉菲娜說，「我們去『月神』吧。」我們找一張長形團體桌坐下，點了幾杯由酒壺現倒的廉價紅酒。味道像覆盆莓汽水和醋的混合，我憑經驗知道我再過一個鐘頭就會頭疼。但我照喝不誤，我們狼吞虎嚥吃下幾籃麵包和幾盤義大利肉醬麵。

麥克讚嘆道，「紐約！」我想起他第一次來紐約。賽拉菲娜和我為盡地主之誼，特別帶他到「馬克斯的堪薩斯城」喝酒，讓他看著打扮入時、彷彿由安迪•渥荷工廠出來的人，然後到布萊德雷酒吧去聽爵士樂。回家的時候麥克說，「好一座城市！」

我們按前門鈴，電梯管理員一臉惱怒，而且睡眼惺忪。快四點了，我的頭開始痛起來；我感覺我整晚喝了又喝的酒發生作用了。

我們拉開客廳裡的摺疊沙發，匆匆鋪上幾張被單給麥克睡。賽拉菲娜和我躺在我們舊臥室的床鋪上。大夥睡到中午才起床。

那天我們終於來到唐人街，然後登上史丹頓島的渡輪去涼快涼快。

麥克望著市區在我們背後退去說，「難怪那個女人——她叫什麼名字來著？——這麼喜歡渡輪。」

「她叫佛瑞斯特太太。」我說。

他說，「是啊，只花一枚硬幣，確實很棒。」

「那我們也許可以帶她們上渡輪，再帶她們回我家？」我問道。

麥克嘆了一口氣。「我相信照規定妳不該帶照顧對象到妳家。」

我說，「我不管。我父母家又不是什麼高級公寓之類的。」

麥克只是氣沖沖瞪著我。

賽拉菲娜說，「別把我算在內。我要上班。」整個晚上我們都在考慮要怎麼招待佛瑞斯特一家。我們在咖啡館邊聽唱片界才子約翰・哈蒙的作品集邊討論這件事，三個人在華盛頓廣場公園吃西瓜時也在討論。我們到一家名叫「亞瑟」的迪斯可餐廳跳舞，談的也是這個。後來賽拉菲娜偶然結識一位神似安迪・渥荷的人，話題便改變了。

我鬱鬱說，「那傢伙，我不信任他。他好像是個有事不可告人的騙子。」

麥克說，「我們都是騙子，我們都是有事不可告人。我想我們該帶妳的朋友上渡輪，在公園野餐。」他搖搖頭加上一句，「但願妳別惹上麻煩。我不知道我為什麼同意這件事。」

我也不明白我為什麼要如此要求。尤其我在布朗克斯接她們一家人，告訴佛瑞斯特太太我的朋友在渡輪站等我們，場面很尷尬，我更不懂自己何苦來哉。她說了幾句話，我發覺她以為我的朋友是白人女性。除非講明，我也不知如何否認，所以麥克拿著盛裝我們午餐的大購物袋向我們走來的時候，她冷不防嚇了一跳。

可是麥克很少對人不知所措；他就是知道該怎麼做。他低頭對著夏莉西說，「嘿，這寶寶好美。」然後開玩笑說不能放心讓我抱她。不久他們已交換家譜；原來他們的家鄉都在喬治亞州的小鎮，兩地相距只有兩哩。

「照這樣看來你們馬上會發現彼此有親戚關係。」我說。

佛瑞斯特太太答道，「可能喔。」她在麥克面前柔和多了，小女孩也因此放鬆下來。她們似乎都很快樂。麥克本來很少談自己，現在也開始跟佛瑞斯特太太談起他母親，以及他初來密西根大學的原委。

「我到那兒是因為運氣好。」他說。

佛瑞斯特太太說，「我人生的開頭很倒楣。」她實話實說，並不自怨自艾。「我還沒長大就懷孕了。」

「可是妳用不著一直倒霉下去。」麥克說。

我們來來回回，來來回回不下船。佛瑞斯特太太似乎巴不得這樣搭一整天，可是小女孩們已細看過船上的每一吋地方，漸漸坐立不安起來。第六趟來回的時候水晶問道，「我們什麼時候下船？」

麥克向她咧咧嘴。「妳餓了沒？」他問道。

她點點頭。

「猜我給妳們帶來什麼當午餐，」他說。

「花生醬三明治？」

他裝出難過的表情。「妳怎麼知道？」

她說，「因為大家總是帶那個給小孩吃。媽媽說又便宜又養養。」

佛瑞斯特太太糾正道，「營養。別把我們家的秘密全部洩露出去，我們又不是每天吃花生醬。」

「每天都吃。」水晶說。

佛瑞斯特太太用一天以來最嚴厲的口吻說，「小姐，不要跟我頂嘴。」水晶立刻乖乖住口。

麥克說，「咦，小時候我每天吃花生醬，所以我長得這麼高大和強壯。」

兩個女孩子都咯咯笑；麥克看來像發育不良的樣本。我們下了船，麥克帶我們大家走向一輛契克公司的大計程車。珍妮絲問道，「我們搭計程車？我們？」

「我請客。」麥克打開車門，拉起兩張小摺疊椅給女孩們坐。水晶細聲說，「計程車，我們坐計程車！」我知道她的心情；在我們家搭計程車是深夜公車不開或者生重病才會做的事。大白天搭計程車好像有點作孽。哪怕是這麼擠的一輛計程車。

我們在華盛頓廣場公園下車，跑去坐在噴泉邊。我們吃三明治、聊天、聽樂師漫不經心彈吉他。佛瑞斯特太太雖曾訓誡女兒不要弄溼，她們還是立刻踏入噴泉。今天顯然不是會挨打的日子。

後來珍妮絲想上廁所，公園的廁所關著。佛瑞斯特太太聽天由命說，「總是這樣。」

我衝動地說，「我家離這兒只有三條街，我們可以到那兒上廁所。」

等我們到那邊，珍妮絲已急得跳來跳去，我忙著祈禱她別在進門前尿出來，沒注意到電梯管理員不高興的臉色。

出了電梯，麥克說，「管理員真友善。」我沒注意其中的嘲諷；我把一根鑰匙插入鎖孔，再插另一個，共打開三道鎖。接著我帶珍妮絲到浴室，大大舒了一口氣。

我們一個一個上廁所，然後離開我家。佛瑞斯特太太對古怪的藝品或枯死的樹不知有沒有什麼特別的看法，反正她沒說出來。小女孩看到大廳的抽象畫咯咯偷笑，不過佛瑞斯特太太一皺眉她們就打住了。

我們沿著第十街走到第六街，再沿第六街到地鐵站。麥克說他要到街頭大學登記一門課，就在那邊跟我們道別。佛瑞斯特太太說，「很高興認識你。」沒什麼好說啦。

水晶和珍妮絲齊聲說，「再見。」回布朗克斯途中，佛瑞斯特太太一路跟女兒笑鬧，我們在屈蒙街下車，她跟上車時一樣快活。

她問道，「我們接下來要去哪裡？說不定露絲要帶我們上月球。」

女孩們儘量配合她的歡呼說，「上月球，上月球。」

我一面揮手送她們上樓梯一面說，「上月球」，心想我們下一回不妨去天文館。「等著看妳們在那邊體重變多少！」

我回辦公室寫報告，省略了麥克赴會和我帶女孩回家尿尿的部分。然後我走下走到地鐵站，坐車回曼哈頓。

電梯管理員照例板著臉，但我沒多想。「沒客人？」他說。

我由錢包掏出鑰匙，高高興興說，「就我一個人！」我走進大廳，聽見電話鈴響了。

我拿起聽筒，我媽的聲音說，「嗨，小貓咪。」我立刻提高警覺。

我說，「嗨，出了什麼事嗎？」

「只有一點小事。」她精神愉快說。

「嗯？」

「我剛接到房屋管理人的電話。他問公寓目前是誰使用。」

「然後呢？」

「我說妳和室友暑假住那兒，可是他說妳有個黑人男友也住那兒。」

我說，「麥克在這邊待幾天。」

她嘆了一口氣。「他還說今天妳帶一對黑人夫婦和三個小孩上樓。」

我說，「是嗎？我公寓請誰來關他什麼事？」

「噢，寶貝，問題是……」媽遲疑半晌。

「怎麼？」

「他們希望妳的黑人朋友們使用載貨電梯。」

我說，「妳瘋了？現在是一九六七年。這不是南方，是紐約！而且不是什麼狂妄的公園街住宅，是格林威治村！」

「我知道，親親，可是有人不喜歡。」

我深呼吸，然後用最莊嚴的口吻說，「我會忘記我們這番談話。我絕不會告訴賽拉菲娜、麥克和我認識的人這事曾經發生。妳跟房屋管理人說什麼我可不管。」

我不知道我媽如何處理，我沒再跟任何人談起這件事。麥克從街頭大學回來，賽拉菲娜從酒吧回來，我們大大方方搭前面的電梯下樓，出去吃晚餐。

9 餐桌哲學家

我到「蝸牛餐廳」工作是為了艾倫．瓊斯；繼續留任則是因為其他的每一個人。

他是瘦瘦的知識份子，經常說些「你必須克服中產階級對舒適的依賴」之類的話。我們在一次反戰集會中相識，我是一見鍾情。他跟我說他在新開的高級法國餐廳找到一份侍者的工作，我沒問他這樣做怎麼不會良心不安；我只問自己該到哪兒找工作。我對餐桌服務一無所知，但我想像兩人深夜下班，一起在月夜漫步回家。誰知會發生什麼事？

我上門毛遂自薦，店主問說，「妳以前可曾在餐館工作？」他是瘦巴巴的怪人，一頭深色頭髮，衣著考究。我發現他在臉上擦蜜粉，嚇了一大跳。他上下打量我。我搖搖頭，嘀嘀咕咕說我學東西很靈光又很勤勞之類的。他說，「好吧，我們確實缺人手。去試制服，看妳穿起來好不好看。」

制服是法國農夫裝和花花公子兔女郎裝的高明混合體；裙子短又寬，背心束得很緊，乳房由低胸白襯衫內驚人往外聳。還有黑色緊身襪和高跟鞋。毛里斯看看我說，「好，妳，妳還可以。我帶妳看餐廳。」

他霸氣十足地走來走去，指出重要地標，活像是歷史名勝的守衛。他停在門口的一個設備下方指指上面說，「看到那水晶吊燈沒有？以前掛在英國皇太子的寢宮。」他看著我的表情又說，「不，是真的。我在英國的房地產拍賣會買的。」他帶我進主餐廳，得意洋洋地炫耀桃花心木餐具櫥和長長的紅絲絨簾子。天花板中間吊著另一個富麗堂皇的分枝水晶燈。他愛慕地仰頭說，「很美吧？我在法國買的。」

他給我看椅子（雕花橡木）、盤子（里摩日鎮細瓷）和杯子（水晶）說，「全是最好的！大家說安亞伯還沒準備接受真正的水準，我要證明他們錯了。我把一生的積蓄都投進這家餐館。」接著他帶我到廚房去見主廚。

主廚是胖胖老老的法國人，戴頂比腦袋瓜整整大一倍的無邊小圓帽。毛里斯誇耀道，「我從紐約的四季餐廳把他挖過來。」還說助理廚師羅爾夫也來自四季餐廳。他說，「還有這位是林肯，他來自底特律的倫敦排骨餐館，密西根州最棒的燒烤專家。」林肯咧著嘴笑，黑黑的臉上牙齒白燦燦的，善意地伸出手來。主廚把我當做塵埃，白眼看我。羅爾夫說，「啊，毛里斯，你終於開竅了。你為我帶一粒小櫻桃來裝飾廚房。」他講話有濃重的德國腔。我面紅耳赤。

羅爾夫摸摸我的下巴說，「小鴿子，妳的工作是拿冷啤酒給我，讓我開心。

和氣些，妳點的東西永遠不必等。」

毛里斯雙臂交疊在胸前，好像突然覺得廚房的空氣轉涼了，猛摟住自己。他一面往門口走，一面揉雙肩。「現在我介紹妳認識亨利。他會教妳怎麼做。」他仍交臂縮著身子，帶我走出熱烘烘燈火通明的廚房。

餐廳門關上後，毛里斯放下手臂。他宛如走一趟險路回來，踩著地毯幽幽嘆息。他帶著業主風範走過餐廳，把經過的每一塊桌布摸平，愛憐地摸摸桌面。我暗想他住的房子不知是什麼樣貌。

他帶我走向一個白髮黑人說，「這位是亨利。」那人正有條不紊拿起桌上的杯子，除去看不見的灰塵。「他是我見過最棒的侍者。」亨利從容不迫放下杯子，挪動八分之一吋，彷彿桌布上有張只有他看得見的圖表似的。他歪歪頭伸出手來，接著他拿起下一個杯子，挑剔地舉起來照燈光，眼睛不看我問道，「她全部都懂了？」

毛里斯搖搖頭。

亨利說，「好吧，老闆。我們從頭來。」他跟剛才一樣準確放下杯子，示意我到餐桌邊，拉出一張椅子。要開始上課了。

「妳知不知道餐館是什麼？」他問道。

「大家花錢吃飯的地方？」

他回答說，「是戰區。絕對不要忘記這一點。」他指指廚房門，「他們是一方。」他揮臂比比餐廳，「這些人是另一方。」他停頓一下，筆直瞪著我說，「我們呢？我們不過是中間人。廚房永遠不會忘記敵方，可是你把事情做好了，客人走出門外根本不知道自己打過仗。」

亨利教我怎麼樣準備、怎麼樣為顧客服務。他叫我打賞酒保，對打雜的助手大方一點（「他們若存心不喜歡妳，會害妳只收到一半小費。」他提醒道）。他教我煎黛安娜牛排，做香橙酒可麗餅。

他一面用銅質平底鍋融化奶油，一面說，「妳若辦事高明，簡直像純金。不只因為兩個乾癟癟的可麗餅就要收兩塊九毛五。」他加上檸檬汁和橙皮甜酒，點亮火柴，盯著火焰看。

但他把凱撒沙拉留到最後。「這是妳發展某種人格以饗顧客的最好機會，就像演戲。」

照亨利的說法，編個好故事給顧客聽是我們的職責；可以提升顧客的用餐經驗。他自己的台詞經過多年修改，說他出身舞蹈世家，家人對他缺乏韻律感非常失望。他在平底鍋內挪動香橙酒可麗餅，故作悲傷地說，「彷彿白白浪費了腳趾頭。」

「真的？」我問道。

他答道，「真相被高估了。我家人只用腳做過一件事；插在一排棉花田裡往北挪。可是誰要聽這個？我讓客人回家有話可跟朋友說，總比大談他們在中西部最貴的餐館所吃的牛排有趣多了。」

在亨利的調教下，我很快就練就一口優美的法國腔和一套悲慘的說詞：我是交換學生，家人低估了在美國生活所需要的生活費。我每天加點油添點醋，還加上在歐樂榮島農場成長的細節。除了徐娘半老的法國女侍瑪麗兒，好像沒人放在心上。她從來不說什麼，只怨氣沖天看著我，只要在她聽得見的地方我幾乎說不出話來。

有一天晚上我們站在餐廳側面望著我們負責的幾桌，亨利說，「別理她，妳是幫顧客的忙，大家很欣賞。」

炫耀沙拉

【材料】

- 兩瓣蒜頭
- 半杯橄欖油
- 法國麵包切丁
- 一粒有機蛋
- 一顆小的長葉萵苣
- 半茶匙英式辣醬酒
- 半茶匙鹽
- 辣椒
- 半個多汁的大檸檬
- 四片鯷魚各切成四小塊
- 四分之一杯新磨的巴馬硬乾酪

油炸小麵包丁：壓碎一瓣蒜頭，放在二茶匙橄欖油中稍微加熱。放入麵包丁，以中火嫩煎，不斷攪動，直到油炸小麵包丁各面都變脆呈金黃色。放在廚房紙巾上晾乾。

蛋連殼在沸水中嫩煮一分鐘。暫放一旁。（因為蛋不煮久，不足以殺死生蛋可能含有的沙門氏菌等細菌，所以宜用信用可靠的生產者所出且經過檢驗的蛋。）

將萵苣洗淨晾乾，撕成一口一口大小，以擦碗毛巾包裹，冰凍到可使用為止。

將各材料在托盤上排好上桌。

在客人面前將剩下的一瓣蒜頭剝皮，切成兩半，一半在沙拉缽底部壓碎。加入長葉萵苣和剩下的橄欖油，徹底搖拌，每一片葉子都要沾上醬料。加入辣醬油、鹽和辣椒調味。

把蛋打在萵苣攪拌，直到葉子閃閃發亮。以叉子刺入半顆檸檬，把汁擠在萵苣上。攪拌至調味醬鮮奶油狀，加入鯷魚再混合。

試吃。或許你想多加檸檬？儘管加！多一點辣椒？也加。你也許想叫客人也試吃點沙拉。如果調味已令你滿意，加入乳酪和油炸麵包，再攪拌，端出待客。

可供四人食用。

「蝸牛餐廳」的每個人都明白這家餐廳要完蛋了，只有我例外。還有毛里斯。

亨利說，「妳一無所知，而毛里斯自稱傻瓜，確實不假。可是這個人有一點我很喜歡：他有做夢的勇氣。

亨利用不著做夢：他喜歡他的工作。我看著他低頭對顧客柔聲說今天晚上荷蘭酸辣醬蘆筍棒極了，不禁想起父親用手撫著書頁的樣子，彷彿鉛字正跟他說話似的。他也是熱愛工作的男人。

亨利熟知餐館有關的一切，而他很慷慨，不吝於教人。頭一晚他教我怎麼拿穩托盤上的雞尾酒，按什麼順序端開才不於傾倒。第二天晚上教我顧客退回一道菜時該怎麼應付廚房。

他解釋說，「廚房不是跟妳打仗，所以妳該把過錯擔起來。說顧客抱怨牛排過熟，羅爾夫會說沒有過熟；他必須維護自己的榮譽。可是妳若說客人要求五分熟妳卻寫成全熟，那又是另一回事了，因為過錯在妳。羅爾夫會對妳大吼大叫，會罵妳白痴，但他會重新做一客牛排給妳。」

第三天晚上我把一位顧客的雞尾酒忘掉了，亨利叫毛里斯送一瓶香檳給那人表示問候。我謝謝毛里斯，亨利低聲說沒有必要。他解釋說，「這對他有利。毛里斯不希望客人不開心。妳知道嗎？顧客愈有錢愈喜歡免費的東西。」

第四天晚上我跟他說我一直做同樣的惡夢。「就在這張桌子，他們不斷叫道

『小姐，喔，小姐』，還向我揮手。我一直說『我馬上來』，可是一直走不到他們那邊。」

他安慰道，「那種夢我記得，會過去的。」突然間他臉上露出古怪的表情。我望著他表情變動，像浪花擾亂平靜的水面。

他說，「妳男朋友放太多酒了。」接著已經走遠。下一刻艾倫‧瓊斯點起一根火柴，舉到鍋邊，火焰冒起來，紅絲絨窗簾著火了。顧客還沒弄怎麼回事，亨利已經滅了火。

艾倫一臉怯色說，「多謝，老兄。」

亨利逛回我站的地方。「你怎麼辦到的？」我問道。

他漫不經心說，「悶熄呀。」同時摺起一塊油布，塞回馬甲口袋裡。

可是有三個問題亨利沒法幫我：一是艾倫‧瓊斯，一為羅爾夫，一為瑪麗兒。艾倫‧瓊斯常送我回家，可是他沒牽我的手。他換下燕尾服，縮攏身體穿上橄欖綠的剩餘物資軍襖後，就開始訓斥我的物質主義傾向，跟我談他讀到的神秘主義大師古德師夫的思想和他最新的興趣——攝生飲食法。我覺得他棒極了；但心裡好絕望。

不幸羅爾夫擁有艾倫‧瓊斯所缺乏的熱情。每天晚上廚房的溫度漸漸升到華氏一百二十度，他要求啤酒的次數愈來愈多，而且愈醉愈好色。

「一客酒燜小公雞。」我說。

「什麼？」

「一客酒燜小公雞。」我複述。

「大聲一點。」

「一客酒燜小公雞。」

他會說，「你們聽聽，她要公雞耶！」整個廚房哄堂大笑，我則滿面通紅。

有一天晚上他跟著我走進巷子去抽菸。「我有東西要送妳。」他說著走到垃圾桶亂翻。

「垃圾？」我說。

他說，「等一下妳就明白了。」他腦袋伸進垃圾桶，往空中拋擲破蛋殼和用過的紙巾，最後終於拿出一個銀箔紙包的長形包裹。他扔給我說，「摸摸看。」重得嚇人。「整條嫩腰肉。對我好一點就送給妳。」

「不，謝了。」我說。

「反正妳最好對我好一點。」他說著側身走過來，色瞇瞇看著我襯衫內聳起的乳房。

「我怎麼辦？」我向亨利哭訴道。

「妳領回家的錢有多少？」他厲聲問道。

「運氣好一晚可拿三十五元。」

「妳想轉往只賺一半錢、男人會把手伸到妳裙子亂摸的雞尾酒廊上班嗎？」

我不想。

亨利輕蔑地說，「羅爾夫不會做什麼。他只是嘴上占便宜。何況再過不久毛里斯就要破產了。」

「為什麼？」我問道。

他堅信不疑地說，「毛里斯完全做錯了。沒人在餐館用里摩日細瓷和水晶。妳知道為什麼？」他停頓半晌。「因為在洗碗機裡會破，再過幾個月就一點也不剩了。他已經損失掉一半的肉；那個沒用的胖法國佬不分青紅皂白偷他的東西。」

我說，「偷東西的是羅爾夫！是他要送我肉。」

「他只是盜用法國佬的贓物。羅爾夫自己不偷。」

「你是說人人都知道主廚偷東西？」我問道。

亨利達觀地說，「當然。毛里斯若有頭腦，就會每天晚上出去檢查垃圾桶。」

「你不覺得你該告訴他？」

他莊嚴肅穆地說，「不關我的事，」然後回到正題。「下次羅爾夫騷擾妳，記住一年後他會回紐約在別的餐館工作，妳會去端雞尾酒。」

還有瑪麗兒。她在員工用餐時間怒目瞪我，在餐廳則迴避我。但她尊敬亨利，只要有亨利在時她就保持距離。

可是他第一次休假當晚，她揚起眉毛看我為四人餐桌拌凱撒沙拉。男賓很穩重，戴條紋領帶和小指鑽戒，他們的太太體型龐大，很有同情心。我拼命說自己的身世，哀嘆我失落的小島、家裡養的羊和母親自己做的果醬有多美。我跟他們說美國好冷，我可憐兮兮。淺金髮的女士眼淚都快掉下來了。

她隨時可能真心一哭。她點了我不熟的太平洋油鰈。我深怕我會漏過一根骨頭，害死顧客。平日亨利總是為我剔骨取肉的。

可是現在我必須靠自己了。我對著魚猶豫不決，瑪麗兒撲過來整我。

她說，「那麼，孩子，來完成精采動作吧？」她開始以精確的巴黎腔法語給我指令。後來她告訴我：她以為我一個字都聽不懂，會尷尬得落淚，逃之夭夭，永遠不回來——至少不會以法國女人的身份回來。

沒想到我一字一句照她的吩咐行事，她說，「妳從頂上的骨頭開始。拿叉子把它輕輕抽出來。那些骨頭很小。對，這就對了。現在弄下面。現在刀子順著魚中央劃下去。輕輕的，輕輕的，骨頭感覺得到。」

她一步一步帶我照例行方式進行。最後她叫我把第一份拿給右邊衣著很可怕還戴著花的老太婆。我嚇一跳抬頭看她，她繼續用法語說，「噢，美國佬！他們一句也聽不懂！」接著她就退回她的崗位了。

後來我去謝謝她，她只搖搖頭用法語說，「我簡直不相信妳聽得懂我的話。」去魚骨一事使她對我的稱呼已從客氣的詞跳到親暱的字彙，個中的意義很明顯；在瑪麗兒眼中我已變成法國人，她接管了我的教育。

隔天晚上她說，「把她交給我，亨利。你已教她美式方法。現在我來教她法國方法，完成後她或許可幫助執行我們的小計劃。」

「什麼計劃？」我問他們，他們都不肯說。

瑪麗兒自豪地開始慢慢將她在旅館學來的東西傳授給我。她教我剔魚骨、做菜肉蛋捲，一手放在背後以湯匙和叉子為顧客服務。她叫我再三試吃沙拉，最後我眼睛不用看就可以倒出比例精確的橄欖油加醋。她說，「就像打字，妳的手指必須熟到不必用腦袋想。這一套妳以後用得著。」

晚上最後一批客人離開餐廳，我們將餐桌重新擺好，羅爾夫將一鍋鮮奶油放在小瓦斯燈上連夜燒，出納威廉也對好帳之後，我們就一起出門喝一杯。他們都談起以前做過的餐廳，想把彼此的恐怖故事比下。我的年齡還不能合法飲酒，可是我混在人群中，沒有一位酒保質問我有沒有權利在場。

有一個禮拜天林肯邀我們大家到他惠特摩湖畔的小屋去。中西部最棒的燒烤專家挖了一個烤肉坑，整天把排骨架在舊床的彈簧上烤。氣味盤旋飄到乾爽的空氣中，我們喝啤酒、說笑話。羅爾夫難得清醒，一個人去散步，手上抓著東西回來。

他像發現大寶藏一般張開兩手說，「看，羊肚蕈。」

林肯說，「噢，是啊，這邊到底都是，儘管拿。」

羅爾夫熱情洋溢，忽然顯得年輕多了。他說，「我們必須儘量多採一點。如果能找到夠多，我會擺進明天晚上的菜單。」他將我們分成幾隊去找羊肚蕈。

瑪麗兒向來腳踏實地，她問道，「萬一摘錯了呢？我們會毒死顧客。」

羅爾夫拿一個很像童話書中仙女陽傘的東西說，「不可能，沒有別的菇類像羊肚蕈，連艾倫・瓊斯都不可能把羊肚蕈和毒蕈搞混。」

我們抱著大把大把羊肚蕈回來；到處都是。羅爾夫在林肯的鄉林小木屋將洋蔥切成薄片炒羊肚蕈，他高興起來還有點迷人呢。

他說，「羅爾夫和林肯的排骨香蕈。你看如何，林肯？毛里斯破產後你要不要跟我一起做生意？」

林肯說，「可能。但我想該叫『林肯和羅爾夫的排骨香蕈』才對。」

「你看他能撐多久？」艾倫・瓊斯問道。

亨利慢慢說，「呃……依我看，他說不定能再拖六個月。如果那肥佬法國人不貪心的話。」

羅爾夫說，「我叫他別再偷東西，否則我要告訴毛里斯。我從來沒找到過這麼好的工作，我希望有辦法長久。」

「為什麼不行？」我問道。

艾倫・瓊斯說，「是啊，毛里斯不能用便宜貨取代細瓷和水晶嗎？」

其他的人把我們當做甜蜜的笨小孩盯著我們看。「是顧客問題。」他們齊聲說。

「顧客怎麼啦？」我問道。

羅爾夫走過來，把一枚羊肚蕈塞進我嘴巴。有泥土味，像整個鄉村濃縮成一小口。「再加點鹽？」他問道。他由手指間將鹽灑到平底鍋內，又將一枚羊肚蕈放進我嘴裡。鹽巴加強了原有的風味，使它更深濃。

「我不知道還有什麼東西味道像這樣的。」我畢恭畢敬說。

瑪麗兒帶著前所未有的敬意望著羅爾夫說，「正是！美國人連自己有什麼寶貝都不知道。蝸牛餐廳之類的飯館給他們用太浪費。」

亨利柔聲說，「你可曾注意我們有多少重覆來的客人？」

也就那麼一個——有位藝術史教授每晚獨自來叫主廚做些特別的菜色，從來沒有別的顧客回來。「等每一位好奇的客人試過這家餐廳後，毛里斯就沒有顧客了。」他說。

我問道，「換了你，會有什麼不同的做法？」亨利看著瑪麗兒，我看出他要問她一個問題。她近乎不知不覺點點頭。

他說，「我們都想好了。毛里斯的問題是菜色太別緻，客人嚇壞了。我在餐桌畔服務一輩子，我知道大家要什麼。我們來提供他們認識的食物，只要更好吃，客人走出我們的餐館就會說，『我不知道乳酪通心粉可以這麼好吃。』很簡單，真的。」

瑪麗兒說，「我們要脫下燕尾服，我們要友善一點。大家會喜歡來我們的餐廳，你們等著瞧。」

時間一週週過去，毛里斯白髮慢慢增多，皺紋也增多了。他不再化妝，無瑕的衣裳偶爾有了污斑，腳步也不再活潑。有一天我比平常早到，發現他在餐廳裡發狂地從這桌跑到那桌。他手指握著盤子中間的鋸齒狀裂縫對我吼道，「看這盤子！」並抓著盤子向牆壁砸，眼看它碎裂，小碎片彈到地毯上。他走到另一張桌面檢查盤子，又對牆砸了一個，然後再砸一個。

他砸完後用手罩著眼睛，然後面如死灰看著我。「對不起。」他低聲說完就去拿掃把。

那天晚上羅爾夫上樓到毛里斯的「辦公室」——堆放多餘桌椅的房間，灰濛濛的。我上去換掉制服，看見他們一口口輪流喝紅酒，在一張紙上潦潦草草寫數字。他們下來後，毛里斯走進廚房，對主廚說了幾句話，主廚聳聳肩，開始收拾刀具。

羅爾夫出其不意來到我後面說，「我們不需要他，也不想付他的高酬勞。請他是沒必要的花費。」主廚甚至沒說再見就走了。

顧客少了，小費也少了，我們不需要侍者全部留下。不久餐館就靠基本幹部來經營。艾倫．瓊斯去服替代兵役時，餐館並沒有補人。接著毛里斯將我的服務時數削減到只剩週末。我在那條街找了一份雞尾酒女侍的額外兼差。

我每晚回家途中都順便去坐坐，可是餐館的氣氛變得不太愉快。有一天晚上亨利問道，「發覺有什麼不同嗎？」我四處張望。我沒發覺。

我走到爐邊，盛了一點剩下的酒燜小公雞。我說，「我覺得不可思議，我侍候的那些白痴寧可吃街上另一家的爛菜，不愛吃羅爾夫的傑作。這道菜棒極了！」

瑪麗兒進來說，「啊，美國人！他們懂什麼？」

亨利硬要問到底，「可是妳有沒有發覺什麼不同？」他指指一罐番茄糊，跟我冰箱架子上那罐發霉的差不多。「超市買的，這表示毛里斯付不出錢了。撐不了多久啦。毛里斯到處欠債，信用已破產，真遺憾。」

那夜毛里斯第一次跟我們出外喝酒。他點了一客雷米馬丁，舉起小酒杯。他辛酸地說，「敬我，最後一位夢想家。」

「你怎麼辦？」亨利問道。

「拍賣一切，關門滾出這一州。」毛里斯說。

亨利說，「你若回來，有一份工作等著你。」他看看瑪麗兒，瑪麗兒點點頭。「法國女士和我要自己開店。羅爾夫替我們掌廚，我們需要一個總管。」

毛里斯看著他好一會兒，搖搖頭。「我看不會吧。但我祝福你們。亨利？」

「怎麼？」

「力求簡單。」

「你說得對。」亨利說。

10 突尼斯

大學最後一年我經常為前途擔憂。我將獲得文學士學位，社會學成績優等，但沒有任何就業準備。真希望學校生涯永遠不要結束。

賽拉菲娜也同樣討厭離開。她深深涉入政治，完全不確定要怎樣安排自己的人生。

我們倆六八年的夏天都在安亞伯度過，卻沒在一起。賽拉菲娜講明她對白人朋友沒興趣。我雖諒解，仍不免感到寂寞。我打電話去她肯跟我交談，但她從來不打給我。

那段時期令人灰心。「蝸牛餐廳」關了，亨利的餐廳還沒開張。雞尾酒女侍的工作很糟糕，連穿短裙、男人伸手亂摸都被亨利說中了。

我想念賽拉菲娜，也想念麥克，他含蓄指出他想要拓展我們的關係；我媽當初說得一點也沒錯。我沒回應，他就跟我疏遠愛上了別人。我很痛苦；顯然該交新朋友了。

藝術史班上的一位女同學問我要不要搬進她的公寓，我獲此良機，高興得跳起來。派蒂六呎高，是藝術家，是我所見過最最浮誇的人。她赤腳裹著一捲捲布疋和天竺薄荷煙來上課。每走一步，鈴鐺和臂鐲就叮噹響。她名滿校園，我想到要當她的室友，又是得意又是驚惶；她害我自覺像討厭鬼。

我搬進去之前，派蒂把公寓從上到下刷洗乾淨，甚至空出兩個壁櫥。我好感動好驚訝：我料想她這人一定很有趣，卻沒料到她這麼體貼。派蒂除了極愛運動——她每天早晨六點出去，赤腳跑礦渣跑道——還很大膽。

後來派蒂告訴我：她從來沒見過像我這麼喪氣的人物。我心境確實很消沉。真實世界裡，芝加哥會議發生暴動，伍士托有嬉皮愛情聚會，但我卻封閉在自己的悲情中。我感覺痲痺。賽拉菲娜打電話來問我要不要跟她去旅行，我覺得她活像丟給我一條救命索。我說，「只要便宜，什麼地方我都願意去。」

她說，「北非如何？我們可以買便宜機票到羅馬，從拿波里搭渡輪到突尼斯；再從那邊到阿爾及爾，然後轉往摩洛哥。穆罕默德說我們可以到梅克納斯暫住在他家，他說他母親會教我們做她拿手的『巴斯提亞』。」

「好極了。」我說。

我把計劃告訴我媽，她問我：「妳為什麼想去那邊？」

我說，「因為稀奇呀。別人都不去那兒，而且很便宜。」

我拼了命想保住賽拉菲娜的友誼，但我當時不知道這一點。

穆罕默德的「巴斯提亞」

【材料】

*雞湯
*兩隻小型雞洗淨
*四瓣蒜頭剝皮
*一茶匙鹽
*一根肉桂
*一把荷蘭芹
*一個大洋蔥剝皮切碎
*四分之一磅大小的生薑剝皮
*一茶匙胡椒粉

・四分之一磅奶油
・四分之一杯檸檬汁
・八個大蛋打散
・四分之三磅杏仁
・四分之一杯糖粉
・兩茶匙碾碎的肉桂
・一包　薄的生麵糰解凍

打*號的材料放入大平底鍋。煮沸，加蓋，降溫燉一小時半。

雞由湯汁中取出，撕成一口口的小塊，擺在一旁。

過濾湯汁，煮到剩兩杯，加檸檬汁用文火煨五分鐘左右。慢慢加打好的蛋，不斷用木匙攪至蛋凝成厚塊，大部分湯汁蒸發為止，約需十分鐘。

放涼。

以煎鍋將兩湯匙奶油加熱，炒杏仁，等聞得見香味，杏仁呈淺棕色，即放在紙巾上晾乾切碎，加糖粉和肉桂混合。

食用前一小時，烤箱預熱至四百度。

攤開擀薄的生麵糰，進行期間先放在濕毛巾下保濕。以熔化的奶油刷塗鍋底。生麵糰一片片鋪在鍋底，蓋住整個表面，等生麵往鍋外四面八方延展二吋為止。以奶油刷生麵糰頂。

灑上一半堅果混合料，再鋪上生麵糰，刷上奶油，加上一半雞肉，再鋪生麵糰，再刷奶油。加上一半蛋汁糊，再鋪一層生麵糰，再刷奶油。把剩下的雞肉和兩層刷過奶油的生麵糰加上去。再加剩下的蛋汁糊和兩層生麵糰，各刷上奶油，把剩下的杏仁糊灑在上面。剩下的生麵片全部鋪上去，也刷上奶油，只留三片。

把「巴斯提亞」邊緣向內摺到頂上，做成整齊的包裹。把剩下的生麵片放在上面，剩下的奶油大部分往上澆。

烤二十到二十五分鐘，直到頂端的生麵糰片呈金黃色。煎鍋由烤箱內拿出，小心倒在一長條抹過奶油的燒烤箔片上，刷上僅剩的奶油，再烤十分鐘。

撒上糖粉和肉桂，立刻端出待客。「巴斯提亞」應以手指食用，稍微會燙人。

可供十人食用。

我們嚇得半死，只是兩個人都不肯承認罷了。即使到過拿波里，突尼斯還是顯得好陌生。乘船過去——睡甲板十二美元——一點也不浪漫，髒兮兮的。如今我們已到此地，沿著泥土路跋涉，找地方棲身。山水乾熱無色彩，每走一步就有一小撮一小撮沙子揚起。我們的行李愈來愈重。賽拉菲娜用力吞口水說，「我想起《豪情》片中的加利古柏。別張望，我們被跟蹤了。」

我冷冷說，「我知道。」那輛黑轎車已在我們後面跟了好幾條街，保持審慎的距離。我不想看，但我覺得車上有兩個小伙子——說不定是兩個大男人。賽拉菲娜忍不住回頭。「別張望。」我噓聲說道。我們熱得要命，靜靜再走過一排房子。我慶幸我們有兩個人，慶幸我們在一起。

車子走近了，其中一位青年由車窗探頭說，「我們知道一家旅館。」

賽拉菲娜低聲說，「我相信你知道。」我回頭看兩個小伙子。他們好像很斯文嘛。「我們不跟男人說話。」我說。其中一個小伙子笑起來。

他微笑說，「只管跟我們走。」他的皮膚呈咖啡色，髮色深，襯得牙齒好白好白。開車的人把轎車駛近我們身邊，我們就那樣默默走過幾排房舍，至少他們像是帶我們往城中心走。

他停車，從小小的車內直起身軀走出來，站直後把車子都襯得小了。賽拉菲娜咯咯笑，我狠狠瞪她一眼，但傷害已造成；他把這一笑當做自我介紹。高個子向她伸出手來，握握她的手說，「泰布。」小個子也伸出手說，「諾瑞丁。」我握住他的手。

他們跟著我倆進旅館，用阿拉伯語和櫃檯內的人急促交談。那人看看我被太陽灼熱的粉紅面孔和賽拉菲娜涼涼的褐色面龐，在一張紙上寫了幾個字。諾瑞丁看一眼，冷笑一聲，搶過紙條來撕掉。那人又寫了一個數字。諾瑞丁又撕掉。他們倆好像很喜歡這個遊戲；玩了好久。最後諾瑞丁搖搖頭轉向我。他把數字給我看說，「可以嗎？」一晚七毛五分美元左右。我傲然說，「我們要看房間。」櫃檯內的人抓起一把鑰匙，領我們上樓。

房間不錯，比我們在義大利住的任何一個房間好多了。我們說要住，並把行李放在床上，接著我們下樓謝謝小伙子們。

諾瑞丁說，「來喝杯茶。」賽拉菲娜和我對望一眼，點點頭，擠進汽車後座。

天氣很熱。我們光禿禿的小腿黏著塑膠座椅，車內的空氣好沉重，每次我呼吸都覺得熱氣穿過喉嚨傳到肺臟邊緣。賽拉菲娜搖下車窗。泰布腳踩油門，開得好快，只以兩輪著地拐過第一道彎口。

我緊張兮兮看了賽拉菲娜一眼。我們為什麼要答應呢？這兩個人是誰？我們要去什麼地方？諾瑞丁指指遠處，我們看見阿拉伯人聚居區，亂糟糟的石屋像中古城市般堆在一起。車子開往那個方向，拐離又寬又直的大街，駛到蜿蜒的小街道，拐一個彎路面就狹窄幾分。房屋的牆壁愈貼愈近，最後我們向兩側任一邊伸手都可以摸到屋牆。等車子不能往前開了，泰布便停車開門。他走下車，我們嚇慌了，默默跟上去。

一群小男孩向我們奔來，吱吱喳喳說著阿拉伯語、法語和英語。諾瑞丁不耐煩地趕他們走，踏入一處有番紅花、辣椒、薄荷、小茴香氣味的神秘迷宮。我聽見紡織品的沙沙聲，遠處則有高亢帶哭調的阿拉伯音樂，聽來像恐懼和快樂的呼喊。

我們經過擺滿織花毯、平織布和琥珀珠的幽暗店鋪。四周都是涼爽厚實的牆壁，賽拉菲娜舔舔嘴唇，噓聲對我說，「我們可能迷路，永遠找不到出口。我們可能永遠失蹤，甚至沒人知道我們在突尼斯！」

這時候泰布停下腳步，拉開一道遮簾，招手叫我們走進一家鋪子。我們倆不敢上前。這不像我們到過的任何茶室，裡面黑漆漆的，矮几四周有一堆堆褪色的東方地毯，上面躺著手端藥草茶杯的男人，沒有女性在場。空中滿是如泣如訴的音樂，男人閉著眼睛聽，用手打拍子。賽拉菲娜低聲說，「看來像鴉片窟。我們不要進去。」

也許很危險。我知道我們的表現蠢蠢的，可是賽拉菲娜跟我在一起，這幾個月我就數現在最快樂。何況要退出這場冒險也來不及了。我們已進門，茶也點了。

諾瑞丁隨著音樂晃頭晃腦，畢恭畢敬說，「那是翁姆・卡梭姆的音樂。」

茶來了；甜得膩人，放了好多薄荷，但好像不含什麼危險的藥物。諾瑞丁像大官一般往後靠說，「突尼斯的人都愛到露天市場來喝茶，這是習俗。妳們瞧著吧，一旦妳們認識了突尼斯，就離不開這兒。」我看看賽拉菲娜；聽來像一則邪惡童話的開場白。

泰布和諾瑞丁改說法語，我聽得懂，然後改說阿拉伯語，我就聽不懂了。他們揮著手，聲音愈來愈刺耳，辯論愈激烈我愈緊張。他們正在談什麼？

我看著他們吵。高個子泰布面容削瘦，輪廓明顯，鼻子帶貴族氣。他平靜得嚇人，身穿白襯衫、深色褲子，看來像安東尼奧尼電影中鬱鬱漫步的人物。矮胖的那一位比較活潑卻沒有那麼迷人。他的方臉圍著一圈捲髮，看來好強壯，雙手好像可以捏碎別人的腦袋瓜。現在他突然不再聊下去。

他說，「注意！」我坐直起來。「我們已決定帶妳們到哪裡吃飯。」

賽拉菲娜和我訝然對望。他們在爭論晚餐的事？

諾瑞丁說，「自然嘛。妳們初嘗一座新城市非常重要。我們要妳們喜歡突尼斯。今晚我們去露天市場的一家小餐廳。明天晚上我媽要做清蒸小米給妳們吃。」

賽拉菲娜嘀咕道，「怎麼回事？妳們是迎新團嗎？」

泰布說，「對不起，我不懂。」

「我也不懂。」賽拉菲娜說。

等他們放我倆下車，我覺得頭暈暈的，好像憋氣憋了好幾個鐘頭。心境一下子鬆弛下來，我們一路爬樓梯回房間一路嘰哩呱啦。

我說，「我們到底怎麼想的，竟跟兩個陌生男人走？」

賽拉菲娜說，「頭幾分鐘我還以為我們會被阿拉伯聚落吞掉呢。」

「妳想他們打什麼主意？」我問道。

「噢，只是貪圖我們的肉體。」她答道。

「我們也許該求神保佑，他們請客的事就算了。」

其實我倆都知道我們會去赴宴的。

他們選的餐館在舊阿拉伯區。我倆照他們的指示走狹窄的巷弄，經過疤痕累累的建築，轉進一條尾端有珠簾門的死巷。裡面是一個擁擠的小房間，牆上以膠帶貼著許多雜誌上剪來的圖片。諾瑞丁看到我們，跳起來猛揮手，深怕我們找不到他們似的。他們坐在一張餐桌畔，桌上鋪有塑膠，沾滿磚紅色的「哈里撒」辣椒醬污痕。起先沒人開口，後來我們開始了一段荒誕不經的談話——大凡跟陌生人為伍，可以重編自己的故事時就會這麼聊法。我們說我們是研究生；他們自稱是在法國讀過書的工程師，我心中存疑。

我們正談著話，有位頭髮烏亮盤在頭頂的美婦人將一盤三角形的酥皮點心放在桌上。諾瑞丁伸手拿了一個點心說，「注意！這是突尼斯西亞的國食，現在我教妳們怎麼吃加料含蛋三角酥餅。」

賽拉菲娜從來不喜歡人家教她怎麼做某件事。他還沒說完，她已拿起最近的點心咬了一口。東西迸出來，我們倒抽一口氣；賽拉菲娜滿臉都是蛋。

諾瑞丁和泰布笑起來，我忍耐片刻也笑了。諾瑞丁說，「我告訴妳，吃加料含蛋三角酥餅需要練習，我來示範。」他抓住脆脆的多層皮三角點心上面的兩個角，輕輕以牙齒夾住第三個角，咬一口開始吸吮。他一面吞一面說，「看到沒？蛋要先吃。」

我練習吃了兩個，享受吃香濃危險食物的快感，因為太好吃了，又吃下第三個。蛋擺在一層蔬菜加辣味「哈里撒」上面，每次喀擦作響的兩層酥皮間射出蛋黃，總會給人不可思議的刺激。

泰布輕聲對賽拉菲娜說，「明天妳會吃得更順。」並遞給她一盤番茄、黃瓜、洋蔥、橄欖和一籃麵包。她垂著睫毛看他良久，開始咬麵包。

我好嫉妒。泰布自知能迷住女人卻蠻不在乎，他有一種冷漠的魅力。他話不多。諾瑞丁把兩人份的話都說光了；後者外表不出眾卻熱誠有書卷氣，而且非常愛國。現在他開始講述一度統治他們國家的哈夫齊家族。「十三世紀阿布・薩卡里亞在北非各處建立露天市場，他太太建了很多學院。突尼西亞是全世界最文明的地方，歐洲各地的人都來住這兒。」他得意洋洋說。

「真的？」賽拉菲娜慢吞吞說。她伸手拿起一個加料含蛋三角酥餅，以手指巧妙抓住上面兩個角，將下角放入口中，慢慢吸蛋汁，眼睛一直盯著泰布。

他說，「了不起！妳一定有突尼西亞血統。」

後來賽拉菲娜呻吟道，「他甚至沒摸過我的手！連我們跳舞的時候他都保持距離。」

我心灰意冷地說，「我不會讓諾瑞丁碰我的手。」飯後他們帶我倆到新城區的一家大夜總會。諾瑞丁腳步輕巧得驚人，他神采奕奕拉著我滿場飛舞，我則巴巴看著泰布。我不確定我們已成雙作對，如果是，我已輸了。

賽拉菲娜不理會我的話，繼續說，「他堅持坐著不跳所有慢舞。我離家後見過的第一美男子心目中的玩樂竟是扭扭舞！」

我提醒她，「八個鐘頭前妳還怕他想要妳的肉體，現在妳竟怕他不想要。」

賽拉菲娜依舊搖頭，哀傷地說，「到這邊來也許來錯了。」

第二天晚上諾瑞丁帶我們到他媽媽家。花園裡的橘子花銀燦燦映著月光，空中香氣很濃，蜜蜂在蜂巢內動來動去。諾瑞丁低頭脫鞋，身軀堵住了小小的入口，接著他帶我們走進一個天花板低低的暗室。到處是地毯散列在地板上，釘在牆上，隨意罩在傢俱上。諾瑞丁的媽媽站在中央，從頭蒙到腳，雙手合十問候我們。我望著她的眼睛，自覺退回到一百年前。

後來諾瑞丁跟我說媽媽不識字，我設法想像一個會說三種語言的工程師卻有個文盲母親是何種況味。我想像不出來，可是光看到這位神秘的女人已叫我自覺笨手笨腳，張口結舌。這時候諾瑞丁的姊姊穿著直直的海軍裙和白絲綢襯衫蹦蹦跳跳走進房間來為我們解圍。諾瑞丁說，「敏娜在大學教書。」說完後就接手問我們到過什麼地方，目前要去哪裡，為什麼來突尼斯。

她說話的當兒，她母親在中央的一張圓形矮几上擺出一盤盤食物。有顏色像石榴石的晶亮甜菜，有用橘子花水添香的磨碎胡蘿蔔。胡瓜點綴著橄欖，柑橘灑了玫瑰露，食物亮閃閃的。母親離開房間後，諾瑞丁和敏娜開始取食，用手指拿東西吃。

敏娜用輕快的嗓音問道，「我若問妳們的出身，妳們會不會生氣？」

我暗想不知該不該說我是猶太人。我幻想他們會全部跳起來，掀桌命令我出去，可是敏娜只是和藹地點點頭說，「突尼斯曾是許多猶太人的家。」她轉向賽拉菲娜。

「白人女子和褐膚女子交朋友在美國是不是很不尋常？」敏娜問道。

「不會。」我說。

賽拉菲娜同時說，「會，會的。」

諾瑞丁的媽媽拿一大條麵包再次露面，我們又沉默下來。泰布撕下一片，沾沾香辣青椒拌番茄。賽拉菲娜模仿他。她撕下麵包、沾沾香濃的茄子沙拉時，姿勢突然變得很誘人，她舔舔手指。

諾瑞丁說，「注意！這只是第一道菜。」他開始跟我們談突尼西亞的農業。等他說到棗子的年產量，我再也憋不住笑。我瞥見賽拉菲娜的目光。她說，「住口！」接下來我們都忍俊不住。場面一時很緊張，這時候敏娜嘴巴翹起，也咯咯笑起來，這就沒關係了。

我們實在吃不下了。

但我們照吃不誤。

菜盤以夢幻般的速度上來又收走。每一盤菜離桌好像跟來時一樣滿，我心想剩菜不知怎麼處置。

特製主糧出現了，金字塔形的小米穀物、魚和香料堆得好高，足夠餵飽一座小城市。諾瑞丁伸出右手。他優雅地沾沾盤裡說，「我教妳們清蒸小米的恰當吃法。」他往自己這邊抓一點小米，一路抓一路捲，然後將圓球塞進嘴巴。他說，「妳們會發現我的手指沒碰到嘴巴。現在妳們試試。」

我試一試。小米在手指間不斷往外飛，我只抓到一把空氣。「再試。」他堅持說。這次我抓到三顆小米粒和一片魚。諾瑞丁說，「好些了，但妳碰到了嘴巴。再來。」

我不斷試，根本忘了我有多飽。最後我練熟了這項技藝，此時賽拉菲娜正慫恿泰布教她吃，為了上這一課愈靠愈近。他教她怎麼抓小米粒的時候，她身子靠在他身上，他挪開了。但有一次他不自覺伸手撣掉她臉頰上的小米粒，然後連忙縮回去，活像她的皮膚著火了似的。

我們本來打算在突尼斯住幾天，就轉往阿爾及爾和梅克納斯。可是一個多禮拜過去，我們都沒說要走。小伙子們隨時跟在身邊，我們骨子裡似乎裝滿甜甜的突尼西亞蜂蜜，害我們步調趨緩，節奏改變。

我們散步和跳舞。我們黎明在「巴黎咖啡館」的露台上啜飲清涼的檸檬汁，傍晚吃辛香的陶鍋煲和烤莫古伊香腸，我們在阿拉伯聚居區的巷弄裡亂逛，看噴泉在太陽曬焦的庭院變幻著。諾瑞丁偶爾像哥哥或表哥牽我的手。此外還有泰布。

我們倆對他朝思暮想。賽拉菲娜不只如此，但他好像不太有感覺。她氣沖沖說，「過了這麼久我們還只是朋友，真希望我能瞭解這個國家。」

接著諾瑞丁說起要開車沿海岸到紹瑟、馬地亞和史法克斯。他堅稱，「妳們必須看看大回寺，是公元八五一年建的。還有伊斯蘭建築的傑作拉巴特城，更古老。」

賽拉菲娜忍住不打呵欠說，「真叫人興奮。」

「拜託，別再看紀念建築了。」我提出異議。

是泰布堅持要去。他說，「薩赫勒地區不只有紀念建築。那兒的海灘是全世界最美的，我們來得及在下禮拜回來參加舍妹的婚禮。」接著他伸手抓賽拉菲娜的手臂慫恿道，「拜託去嘛。」事情就說定了。

南行的路空盪盪的——我印象中如此——高高的棕櫚樹林立。驢子在路旁吃草，我們走過，牠們抬頭看看，耳朵一動一動的。偶爾有單峰駱駝晃進道路，泰布只好不耐煩地猛按喇叭，叫駱駝騎士讓開。

幾個鐘頭後，我們停車游泳。海灘上沒有人，我們分開換泳衣，我想起兩個小伙子從來沒見過我們不穿裙子和襯衫的模樣，突然矜持起來。我看看賽拉菲娜豐滿的胸部和細腰，真懊悔吃那麼多清蒸小米。說真的，小伙子看到她都傻了眼。

後來我們在路邊一棟刷過粉牆、帶藍色雨篷的簡陋小屋前停車。我們是唯一的客人，店主跑來跑去把椅子拉到桌邊。彼此協商一番——負責說話的當然是諾瑞丁——那人就離開了。我們聽見他在廚房窸窣走動，跟廚師交談。

一瓶玫瑰酒出現在桌上，我十分吃驚；兩個小伙子在突尼斯滴酒不沾哪。這酒新鮮、冰涼，口感很烈。我們喝第一瓶，吃辣味杏仁和四周樹上摘的橄欖。第二瓶我們配焦烤辣椒加番茄做成的「梅丘亞」。等我們吃烤魚，我已經面紅耳赤了。桌子對面，泰布正用手指慢慢餵賽拉菲娜吃棗子。接著她拿起一片西瓜——甜得幾乎叫人受不了——優雅又銳利地一小口一小口吃下。泰布看得入神，他第一次把視線別開。

我們登記住進沙灘棕櫚樹之間的平房旅社，已經快要天黑了。賽拉菲娜一面更衣一面靜靜哼歌，我覺得好淒涼好空虛。我們沒有多說話。半夜我醒來一次，覺得賽拉菲娜好像不在床上。可是早上她在，睡得很熟。我是做夢嗎？

我們在旅館吃麵包捲、喝咖啡，然後來到海灘，風光果然像他們說得一樣美麗，空空靜靜的。大海很藍，陽光燦爛，但不太熱；地平線有漁船漂浮著。我們墊著毛毯躺了一會，接著泰布跳起來說要去看他嬸嬸，諾瑞丁說要同行去致意。

「你沒說你有嬸嬸住這兒。」賽拉菲娜說。

他答道，「突尼西亞人到處有親戚。去不去？」

賽拉菲娜若去我當然會同行，但她不肯去。她回頭繼續看書，我翻身懶洋洋看著水面睡著了。

我醒來餓得半死。可是兩人沿海邊道路往鎮上走的時候，我心驚肉跳；我們不習慣在突尼西亞落單。我說，「好像空虛得可怕，似乎沒有一位觀光客來過這裡。」

賽拉菲娜諷笑道，「噢，嚇死人。」我們到達城市邊緣，看看貼在咖啡屋窗口的菜單，沒有一道菜有譯文。

「沒關係，」她說著走向一家門口掛有紅白藍條紋塑膠的小咖啡館。我們坐在室外桌的雨棚下，賽拉菲娜點了菜肉蛋捲、沙拉和一杯酒。

服務生面帶憂容，他結結巴巴用法語說什麼有蒼蠅、有蟲、需要搬到室內之類的。賽拉菲娜說，「裡面悶死人，我們不搬，幾隻蒼蠅我們不放在心上。」

那人點點頭走開。十分鐘過去。二十分鐘。四十分鐘。沒有東西送來。我們叫出那人，他說好的，好的，食物馬上到。我說，「還有酒，別忘了酒。」

他點點頭走回室內。又半個鐘頭過去，什麼都沒有。賽拉菲娜說，「真可笑，我自覺好像在等待果陀。」（※譯註：「等待果陀」為劇作家貝克特的作品。「果陀」代表不知是否會露面，甚至不知是否存在的東西。）

她去找服務生，回來一臉揶揄的表情。她說，「他們都回家了，門也鎖著。這邊只剩我們倆。妳看怎麼回事？」

事後我們說給泰布聽，他說，「沒什麼奧秘可言。」我們正在海灘上的陋屋用餐，狼吞虎嚥。他正在喝酒。「這不是突尼斯，是小城鎮，阿拉伯女人不能自己坐在外面喝酒的！」

「但我們不是阿拉伯女人。」賽拉菲娜說。

泰布斜睨著賽拉菲娜。「真的？」他客客氣氣問道。

我看看賽拉菲娜，突然明白男孩子們一貫看上她什麼：是烏黑閃亮的頭髮和蜂蜜色的皮膚。

「我不是！」她說。

泰布用安撫乖張小孩的口氣說，「我知道，我知道。」他開始剝橘子餵賽拉菲娜吃，她像小貓用牙齒靈活接住。我頸背刺痛，泰布的文靜消失了。

我們回到平房旅社，賽拉菲娜在水槽邊洗臉洗了好久。我說，「他們以為妳來這兒尋根，他們以為妳不知道自己的根源。」她低頭把肥皂沖掉，擦乾臉，面孔埋在厚實的毛巾中。

過了幾天，泰布的妹妹法蒂娜出嫁了。婚禮在一處芳香的突尼西亞大花園舉行，園內開滿鮮花，好像熱帶園林。穿西裝的男性像陰沉的黑點，所有女性都穿長絲袍，戴彩色面紗，連敏娜也不例外。

男人離開後，新娘坐在高高的肩轎上被抬進花園，身裹綢緞，染成橘紅的手掌伸在面孔前方。我們只看見她的眼睛抹著厚厚的眼圈粉。她被安放在高台上，花園裡的女人開始嚎叫，聲音由顫動的喉嚨迸出來，宛如心靈的言語。原始的聲音，有苦痛有讚許，飄進空中，飄出花園牆外。

音樂響起，女人開始跳舞，動作狂放又性感，拍臀擺胸，男女雜處的場合她們從未如此自由。好迷人唷。有人端出小糕餅，不時伴著笑聲、音樂和歌聲。節目進行好幾個鐘頭；最後我也參加舞蹈。知道沒有男人看，感覺怪怪的。我正要放輕鬆隨節奏酣舞，發覺賽拉菲娜不見了。

我非常驚慌，在餐桌間跑來跑去找她。她不在任何一張桌畔。她沒跳舞。最後我看見花園最遠的角落有一群女人。喏，她在那邊，很靜很靜，四周圍著十幾個女人，正用高亢活潑的嗓音說話。敏娜也在圈子裡，手拿一件衣服舉在賽拉菲娜頭頂，活像幼童正要給洋娃娃打扮。

敏娜在賽拉菲娜的短洋裝外罩上一件紅絲綢長袍，以銀線繡花的絲圍巾圍住她的頭髮，兩端拉起來落在她肩頭。她拿銀鍊繞住她的脖子，開始用眼圈粉為她畫眼睛。我目睹柔和的新女人出現。賽拉菲娜在花園彷彿適得其所。我落單了。

過了一會新郎來領新娘，其他男性也跟來了。泰布比別人高，我看見他目光落在賽拉菲娜身上，眼神一亮。賽拉菲娜也看見了。她嘴巴一歪，開始脫外袍。等泰布走到她旁邊，她已恢復原來的打扮，只是眼睛還抹著眼圈粉。

宴會結束了。新娘被扛出去，人人都說些婚禮有關的黃色笑話。蜜月明天開始。賽拉菲娜和我陪泰布和諾瑞丁站在花園外，不知如何自處。上床睡覺太早了。諾瑞丁提議，「我們去看電影吧，有詹姆士龐德的新片。」

我們下山到哈比波桂巴大街的巨型新影院，坐進包廂的長毛絨座位。廣告片已經上演，銀幕上幾位少年舉著可口可樂危險兮兮沿著加州人行道溜滑板。泰布大概試拉過賽拉菲娜的手，因為我感覺到她躲開時身體動了一下。接著鏡頭斜到舊金山的天空線，我突然希望我膝頭有一桶爆米花，希望我可以出去，發現所有車子都是福特車。

兩天後我們搭飛機到阿爾及爾，顯然該走了。泰布一語不發，表情卻非常熱切，活像一個見到滿漢全席的飢餓男子。他輕輕吻賽拉菲娜一邊的臉頰，再吻另一邊，又回去吻原來那邊。諾瑞丁顯得皺巴巴可憐兮兮。他喊道，「妳們為什麼要走？」他的豪爽似乎消逝無蹤，說來好像要怪他自己。

我伸手環抱他，又是感激又是抱歉。我在他耳邊說，「你說得對。一旦認識突尼斯，簡直走不了。」接著我登上飛機。

賽拉菲娜立刻點了一瓶酒。她說，「我覺得我好像從非常奇怪的夢境中醒來。到阿爾及爾只要我們倆就好了，行不行？再也不要男伴。」

「我沒問題。」我回答說。

可是才相隔不到一個鐘頭，我們下了飛機，看到一位黑黑高高、名叫德里斯的突尼西亞青年在跑道等我們。他說，「我是諾瑞丁的朋友。妳們逗留阿爾及爾期間，他要我照顧妳們。這是一座危險的城市。」

11 愛的故事

去一趟北非沒能改善什麼。我回來時跟臨走前一樣沮喪，甚至更孤單。我不知道該去哪裡或者該如何自處。

我媽說，「我的心理醫生認為妳該回紐約來，他覺得對我有好處。」

我咬牙切齒。我腦中迴盪著「那我呢？」的問號，但我只說聲「對不起，我要上研究所。」

我說出口之前甚至不知道自己訂了計劃呢。

「我們不出錢。」我媽威脅道。

我說，「好，我自己出。」

我在喜來登飯店找到午餐女侍的工作，在安亞伯較差的地區租了一戶廉價公寓。我幻想住在那兒一定很浪漫，可是隔壁的男人是怪物，整夜打同居的女人。我沒見過她，但我見過男的在人行道上走，是個白頭老翁，皮膚的色澤像久沒換洗的床單。看不出他那麼老當益壯，還兇得起來。

慘劇永遠在七點左右開始。砰砰砰的撞牆聲，然後我聽見他說，「起來，我說起來。」又是砰地一聲，一而再再而三。她從來不說話，至少沒大聲說，所以我聽不見。我則縮成一團，煮東西分散注意力，然後罵自己吃太多。最差的狀態是有一天晚上我做了十二人份的米布丁，站在爐邊直接從鍋裡拿來全部吃掉。

我沒有約會對象，自覺我會獨居在這戶可怕的公寓聽隔壁的慘劇一輩子。我到酒吧逃避那聲音，拼命喝酒，對初識的男人產生依戀。我滿懷希望留到打烊，然後一個人回家去聽隔壁的怪聲響。

賽拉菲娜搬到底特律去了。她寫詩、參加政治集會、跟激進戲劇團體過從甚密。有一天晚上她請我吃飯，我以為她要介紹我認識她的新朋友。

我到了那兒，發現只有我們兩個人，而且在一起很尷尬。電話不斷響起，她每次接電話語氣都不同，愈來愈尖銳愈武斷。有一次她說，「噢，孩子，你明知我是！」我試著想像電話另一端的人，唯一能確定的是他們的膚色。

我指望吃咖哩雞和無酵麵包，而且想吃她媽媽做的椰子麵包；結果吃到烤肋排、甜薯和生菜。臨走前我聽見自己說，「我很驚訝妳沒做豬小腸。」我開車回家，預料要很久才能再見到她。

我回家去聽尋常的砰砰聲，接著是起來讓他再打的命令聲。可是現在他成了破唱片，不斷說，「我說起來！」我想他說不定已把她打死了。我打電話報警，然後逃命，甚至沒等警察來。

我到夏天跟派蒂合住過的公寓，她說，「妳當然可以在這邊過夜。事實上妳可以住這間公寓，我再過幾天就要搬了。」

任何地方都行，帕卡街七一一號太划算了。建物老舊，建築部門把它列為不宜人居，租金只要一百元。屋主布魯先生甚至沒要求押金。

可是派蒂走了以後，她的公寓顯得好大。隔壁沒有怪人，我卻幻想有鬼怪，每次醒來都為想像的聲音心驚肉跳。晚上我鎖在臥室裡，這樣還是沒什麼效果。

白天這一切顯得很荒謬。晚上我獨坐在這棟廢樓的客廳，看著黑暗侵入公寓，一切顯得好可怕好陌生。我已年滿二十，如此害怕顯得很幼稚，我感到慚愧卻無計可施。

有一天晚上我正在檢查窗戶，思忖有什麼辦法讓自己更有安全感，思忖我該不該看心理醫生，門鈴忽然響了。我樂於見任何朋友，哪怕是我不太喜歡的朋友。不幸眼前穿著灰泥斑斑牛仔褲的高瘦男子卻是陌生人。

他一臉慌亂結結巴巴地說，「派蒂在不在？」他有一頭優美的棕色直髮，戴眼鏡，臉頰光滑紅潤。雖然衣服上有油漆和灰泥，卻顯得非常乾淨。我告訴他派蒂搬走了，他默默站在那兒，真像《美國莊稼漢》片中的農夫。我問他要不要派蒂的地址，接著又問他要不要吃晚餐。

我不記得我們吃了什麼。第二天晚上道格再度上門，我做了糖醋烤牛肉。時當七月中旬美國中西部的悶熱天氣，但我仍佐以馬鈴薯鬆餅和自做的蘋果醬。道格添了三碗。後來我用古老的「魔術主廚」爐子烤巧克力小方塊蛋糕，他陪我站在小小的舊式廚房，我們刷鍋刷了一整夜。

次日傍晚我做了一堆曲奇餅，用鞋盒打包。我打算說是我媽寄來的，這謊話不合時宜之深得我心。可是我敲門後，顯然道格很高興見到我，我什麼話都沒說，只遞上盒子。

他說，「我正希望妳來。我甚至買了一點酒，以備好運到來。」他的真誠無偽擄獲了我的心。我們喝完那瓶酒，回我家用餐。我做了維也納油炸小牛排，他從此沒走。

道格什麼都會修，什麼都會造，但他只讀過托爾金（J. R. R. Tolkien）的書。大多數人令他生厭，他兩歲就宣佈要當藝術家，害保守的父母大吃一驚。他一生未改其志，隨時只想到藝術問題，大半輩子真正要的伴侶也只有藝術。我們沒什麼共同點，但他立刻讓我感到熟悉，彷彿我一生都在等他來敲我的門。一開始我們就常把對方未說完的句子續完，派蒂特意把我們的名字交錯，叫我們道絲和露格。

我以為我們相愛是因為彼此截然不同。我早該知道沒那麼簡單，只要看看我煮些什麼就知道了。

一開始是我爸愛吃的東西。即使是濕熱的一百度氣候，我仍為道格煮填餡的豬肉片和泡菜。我做小鳥姨婆的馬鈴薯沙拉，跟火腿一起端出來；烤林茲市果醬夾心大蛋糕當甜點。我內心深處一定知道自己已找到跟爸爸志同道合的人。我若帶他回家，最後他會讓我認識家父這位德國君子更深入一些。

為道格和爸爸做的糖醋烤牛肉

【材料】

- 四磅牛頸或牛腿烤肉
- 五顆完整的丁香
- 一湯匙半鹽巴
- 一杯半紅酒醋
- 兩個洋蔥切碎
- 一杯紅酒
- 十粒胡椒子壓碎
- 四分之一杯加兩湯匙麵粉
- 兩顆完整的多香果
- 四分之一杯油
- 兩片月桂葉
- 兩湯匙紅糖
- 半杯磨碎的薄脆薑餅

肉放入玻璃缽。

鹽、洋蔥、辣椒、多香果、月桂葉、丁香、醋和紅酒拌勻。倒在肉上，在冰箱放三至四天，一天翻兩次。

由滷汁中取出，汁液留著。肉弄乾，在四分之一杯麵粉中滾一圈。以重煎鍋熱油，四面煎至褐色。取出肉片，放入重燉鍋，加鹵汁煮開，加蓋減溫，文火燉兩個半鐘頭。

肉片由鹵汁中取出，放置一旁。撇去油脂，滴乾汁液。加水成三杯半。紅糖和二湯匙麵粉攪拌。攪入四分之一杯水拌勻。慢慢加入鹵汁中，不斷攪到均勻為止。加薑餅再攪，把肉放進濃汁中以文火再燉十五分鐘。

肉塊切片，佐以醬汁端出。

可供六至八人食用。

「A&W麥根啤酒攤」的紅髮服務員妝很濃，老記得道格的辣熱狗要加洋蔥和芥茉，經過那個攤位時我問道格，「我們要談些什麼?」他母親請我們五點去吃飯。

道格說，「沒什麼大不了。我們會談我們經常做的事。妳看好了。」

他停在一條街道中間，街道一側上方和另一側下方林列著看來差不多的房子。每家都有水泥步道切過一片袖珍草坪，每家都有三級台階通往一棟白色的小房子。這一家和鄰舍的差別在於車道上停著一輛亮閃閃的灰色福特車；鄰家車道停的汽車呈深褐色。

道格跟家人的關係叫我不解。他似乎還算喜歡媽媽和繼父，有點疏遠，他們並未真正涉入他的人生。他不是反叛，只是不在場。

門開了，道格的媽媽走出來。她豐滿怡人，白髮梳得整整齊齊，戴一副不太花俏的眼鏡，淺藍印花衣裳外罩一件圍裙，她向我們揮手，活像我們遠道跋涉而來，其實我們的公寓跟他們家只隔五哩路而已。

我們走上台階，手足無措站在那兒。道格和他媽媽沒有親吻。道格說，「媽，這是露絲。」她露出笑容。「嗨。」她說著指指屋內。

我們走進客廳，裡面擺兩張巴卡休閒沙發、一架大電視和茶几，幾乎塞得滿滿的。我繞過茶几時桌角刮到絲襪；我低頭一看，那兒有一本套著針繡花套的電視指南。道格低聲說，「我的溫妮姑姑是家族中的藝術家。」

廚房一塵不染，氣味像松香味的房間除臭劑。很難相信餐點馬上就要擺出來了。可是小飯廳的餐桌擺了四人份的餐具，每個位子上都有一粒塞了農家乾酪的罐頭桃子擺在一片捲心萵苣葉上頭。

道格的繼父進來問道，「晚餐好了嗎？」然後坐下來。他跟我握手說，「嗨。」用餐時間就沒再吭聲。

他母親說，「洛弟，今天我忙得像熱錫屋頂上的貓！」她看看我吐露道，「道格跟我說妳很會做菜。我沒法比，但我做了他最愛吃的菜。」

原來是她著名的炒麵，特色在於加了罐頭豆芽、罐頭洋菇、肉菜清湯塊和糖蜜；我們喝熱咖啡佐餐。

他媽媽說，「我喜歡妳的髮型，好特別。」她飛快瞄了道格的繼父一眼說，

「道格有沒有跟妳說我們有個表親是猶太人？」

我答道，「沒有，他沒提過。」她把視線轉開，然後問道，「妳懂道格的藝術嗎？」我點點頭，設法揣摹他剛完成的群集形體「大灰」擺在客廳的樣子。高度會超過電視。

「我好喜歡那件作品！」她一面舀第二次菜給大家一面說。「看來下禮拜會下雨。」我們聊起天氣來，道格心愛的甜點「杏子倒置型蛋糕」出場了。好熟悉；我的廚房架子上擺滿罐頭杏子。

七點我們走出門外。告辭後道格說，「很順利，我媽喜歡妳。」

「你怎麼知道？」我問道。

「剛剛她對我繼父說，『她像是不錯的女孩子。看今天晚上強尼卡森秀的特別來賓是誰！亞特・卡尼耶！』」

「她若不喜歡我，會怎麼做？」我打破砂鍋問到底。

他承認，「沒什麼不同，但我分得出來。」

爬吱吱嘎嘎的樓梯回到公寓，我聞到熟悉的灰塵、舊報紙和樓下店鋪泡菜的味道。我深呼吸，感謝我已到家，感謝我在這兒很有安全感。我們打開門，門上依稀還有派蒂抹的廣藿香油氣味，貓兒過來迎接我們，喵喵抱怨孤零零看家。牠跟我們進臥室，優雅地跳上我在「寶市」廉價店買的華麗雕花古董床。我打開窗口的扇葉，脫掉所有衣裳，撲通一聲躺在小貓旁邊。道格遞給我一杯加冰塊的綠波酒說，「妳可能看不出來，不過這頓飯真的很高級。」他踢掉鞋子、脫掉襯衫，在我身邊躺下。「我小時候我們大多在電視前面的摺疊桌用餐。」

我半信半疑問道，「每天晚上？」我決心還他這個人情。

我把番茄裝罐保存。我烤麵包、餡餅和蛋糕。道格在廚房釘架子，我們將超市外撿到的一張六呎長的蠶豆罐頭廣告掛起來。我們劃分其他的房間。客廳歸我，顏色和質地亂糟糟，擺一張紅絨躺椅，地板上到處是突尼西亞枕頭。餐廳歸道格；非常精簡，白牆黑地板，中間有一張大圓桌。唯一的裝飾是他的灰色雕刻，全是光滑的抽象形體。

我寫回家的信都附了食譜。我吹噓道，「我的錫耶納城文藝復興報告得到A。而且我發明了一種在南瓜裡烤的南瓜湯。先切掉頂端，把瓜子和纖維拿出來。一層層放入烤麵包和磨碎的葛魯耶乾酪，放到三分之二滿，然後填滿鮮奶油。將頂端蓋回去，烤箱開到三百五十度，烤兩個鐘頭。直接連同南瓜端上桌，南瓜肉千萬要跟其他材料一起舀出來。人人愛吃。」

媽對食譜和分數都不感興趣；她直接講到要點。她回信說，「我們什麼時候見見道格？」

我儘可能拖時間。可是次年夏天我通過了碩士考試，終於想不出新的藉口再拖了。

我們把東西搬上客貨兩用車，準備開往康乃狄克州的時候，我說，「現在他們給我媽服用鋰劑。目前她似乎相當正常，不過你對她煮的東西小心一點準沒錯。她拿東西給你吃，先看看我再放進嘴巴。你若看我擱在盤子上不吃，就照著做。」

道格說，「妳以前說過了。別擔心。不會有問題的，我不會讓她毒死我，而且他們會喜歡我。」

「你是說像令尊令堂喜歡我一樣？」我問道。

「他們真的喜歡妳。」他堅持說。

等我們慢慢駛進車道，已經過了十點鐘，但我的父母親還握著手坐在桌畔，幽暗的餐廳角窗裡燭光閃閃爍爍。我介紹道格，爸倒了一杯酒給他，媽和我走進廚房。父母親吃過了，但媽留下兩隻龍蝦，她把水煮滾。龍蝦下鍋後，我回餐廳替道格解圍，免得爸爸為難他。結果他根本不需要我幫忙；他們談得好投機，甚至沒看見我。

後來我們清理餐桌，媽說，「妳瘦了。」男士們已到外面草地上抽煙。我點點頭。

「一定是戀愛的關係。」她提示道。

我又點點頭。我不希望受媽媽引誘，談得太親密，一時說出自己原先不想說的話，事後再來後悔。我心境柔和又脆弱，等廚房清好我立刻跑去睡覺，道格還在外面跟爸交談。

我看了一會兒書，等我覺得道格硬長的身體躺在我旁邊，我幾乎立刻睡著了。「妳為什麼沒告訴我令尊跟威爾伯・萊特一起飛行過？」他問道。

「他什麼？」

「他跟萊特兄弟之一結伴飛行。妳不知道？」他撐起一隻手肘，低頭看我。

我不知道。我媽占據了太多空間，我整個童年都沒注意到父親的沉默。他幾乎從不談自己。「我發覺我甚至不知道他生在哪一個城市。」

道格說，「萊比錫。不過萊特兄弟到德國的時候，一家人住在柏林。」

「跟我說說我爸飛行的事。」我想起來說。

道格伸手拉我，我轉個身，我們像兩根湯匙挨在一起。他摸我的頭髮低聲說，「不，妳自己問他。」我們把燈關掉。

我已忘掉我媽端出超大型早餐、新鮮橙汁、麵包捲、冷肉片和咖啡蛋糕的細節。印象似乎一年一年擴大；現在回想起來有四種乳酪，不只利德克蘭茲乾酪，還有果凍甜甜圈和義大利蒜味香腸、西發利亞火腿和加拿大醃肉。甚至有頭一天晚上剩下的冷龍蝦尾。

道格說，「簡直是大宴！」

爸高興地說，「噢，露絲像她媽。米麗安很會做菜。」

道格看看我，同情的一瞥害我興奮到趾尖，我們一起承受。媽各遞給我們一杯鮮橙汁說，「我們在等你們。」

道格接下說，「我知道。」他跟爸碰杯。「乾杯，祝今天愉快。」他說。爸滿面笑容。

我突然想起威爾伯・萊特。「你為什麼不告訴我？」我嚷道。

「我猜從來沒機會提起。」爸和氣地說。

我說，「不過這是很值得誇耀的事！我的朋友會興奮極了。」

爸放下麵包承認道，「我從來沒想過這一點，我不知道妳會感興趣。對不起。」他似乎真的很懊悔。「他在一九〇九年來柏林，人人都去看美國佬展示他的新飛行機器。我的父母和權貴們坐在高台上，但我只能跟英國褓姆站在後面。我真恨她！萊特先生徵求志願者跟他一起飛，我就從褓姆身邊溜走。」他回憶往事，高興得笑咪咪的。「那飛機只是一架又輕又薄的玩意兒……」

我媽突然說，「恩斯特，別忘記你答應今天下午修浴室門。」

我爸爸只當她根本沒說話，繼續說，「……沒有座位，只見翅膀。威爾伯・萊特躺在中間操作槓桿。他的助手看看我，斷定我夠輕，就把我栓在他對面。我好開心。我們俯衝過民眾頭頂，不太高，我媽尖叫我也聽見了。想想她抬頭看是我飛過她頭頂，心裡是什麼感覺！」

「接下來呢？」

爸說，「噢，我們降落了。」

「如此而已。」

「噢，不盡然。父母親帶我回家，我媽把女褓姆解雇了，爸爸帶我上樓揍了一頓，我挨打就只有那麼一回。」他喝了一大口咖啡繼續說，「挨打也值得。不幸他們又雇了一位英國褓姆，比前一位更糟糕！」他轉向我媽，耐心地說，「好的，親愛的，我會修浴室門。」他怯生生往道格那邊微笑道，「說不定道格肯幫我的忙？」

道格修門，爸爸則站在旁邊發出佩服的聲音。我自覺無用，坐立不安，而且沒來由地生氣。我在屋裡閒逛，撿起東西又放下。媽出門辦事，道格和爸正在書本林列、鑲了松板而被媽稱為「圖書室」的房間裡。

我看看他們，心想我怎麼沒發現道格的體型跟爸一模一樣。他們倆都是瘦瘦高高，遠看簡直分不出來。爸說，「妳真該看看道格修那扇門！他動作好快！」

他手拿一本書，愛憐地撫摸書頁。他說，「你瞧，這是單字鑄排機的簡森體。因為y字母下垂的部分與眾不同，所以看得出來。」他走到架子邊，拉下另一本書，往外遞說，「看，這是整行鑄排機的簡森體。看出差別了吧？」

道格手撫書頁，鄭重點頭。「你手邊有自己第一次設計的書嗎？」他問道。爸歪頭思考。他走到書架前，拉下一冊書，打開來，撫摸書頁歉然說，「不太好。」他伸出書本給道格看。「有夠老派，幾年後我體會出只用右頁做標題浪費了大好良機，我開始也用左頁。」現在他如魚得水，大發議論；我突然想起他已在紐約大學教書本設計教了好多年。

爸走到書架前，逐一取下他最引以為榮的書：帶巨型S字母的《尤里西斯》，有一條河蜿蜒穿過書名的《悔悟者》。他給道格看《肖像與祈禱文》封面上葛楚・史坦的照片。他說，「當時算是新技巧。能把她的照片印在封面上，我興奮極了。我想將她的後腦印在後書皮上，就像書本由她內部衍生出來一般。不過班乃特・瑟夫說這樣太花錢。」

爸像換了一個人，充滿火花與熱情。我從來沒看過他這個樣子。道格不斷問問題。我實在提不起勁來湊熱鬧，但我每次經過圖書室，就感覺更孤單幾分。

他們談了一早上。爸用好多書引證他的論點，等媽回來猛按喇叭，圖書室簡直像被龍捲風掃過一般。

我們都跑出去看媽為什麼這麼吵，她指著車後伸出一件搖搖晃晃的東西說，

「看我剛才在一場後院拍賣會發現了什麼。」我們打開行李箱，看見一張少了一條腿、桌面好多層油漆剝落的舊桌子。「只花我五塊錢，而圖書室需要一張桌子。」

爸多疑地打量桌子說，「需要花點工夫。」

媽無憂無慮地說，「噢，我相信道格會修，露絲說他什麼都會做。」

「呃，我試試看。」道格說。

爸說，「我來幫忙。不過我們要先吃午餐，我餓了。我們何不出去吃？」我嚇一大跳，盯著他瞧。我們家向來由媽訂計劃的。

她說，「親愛的，別說傻話，我們還有吃剩的龍蝦。」

爸慷慨激昂地說，「我不想吃冷龍蝦。我想到碼頭邊的那家餐館好好吃一頓！」

媽一臉被刺痛的表情。她開口想說什麼，又變了主意，走過去拿皮包。

我們前往爸心愛的餐廳，那兒設備很老，木頭地板磨損成絨灰色，紗窗舊得向海灣方向鼓出去。他喜歡吃塞有蟹肉的凱伊萊姆餡餅，穿膠底鞋的女侍跟他調笑，遊艇停在碼頭邊加油。進門時我們穿過酒吧；裡面又冷又暗，有很多大拳頭的男人端著高杯子盛裝的冰啤酒。頭頂有棒球賽轉播震耳欲聾，道格和爸同樣冷漠地抬頭看一眼。爸說，「我以為美國男孩全都喜歡棒球。」爸說。

道格說，「我可不喜歡。」父親的面孔泛出最不尋常的喜色。

午餐席上他們一直詢問道格的工作問題。他跟他們說五歲那年他母親繳費讓他上通訊繪畫課程，還說他一輩子只想從事藝術。爸輕輕點頭說，「我瞭解，我六歲就製作第一本書了。」

媽生氣勃勃地說，「現在露絲有藝術史碩士學位不是挺好嗎？跟藝術很相配。」我發覺她把研究所當做另一個結識男友的門路。

午餐後我們分道揚鏢：爸和道格回家修桌子，媽和我去採購晚餐材料。我們帶著雜貨回來，爸站在門口，像七歲的小孩等不及想炫耀一項學校的作業。

他說，「米麗安，來看我們做了什麼？我們修桌子好好玩喔！」他靠在桌邊，證明桌子很結實。我一時希望桌子被他壓垮，結果沒有。「現在道格要給我看他的繪圖紙。」

爸爸的德國腔比我記憶中來得重；他的嗓音叫我心煩。我走進廚房時咬著牙，可是在廚房裡還是聽見他發問。他突然提高嗓音。「米麗安，進來這邊，妳一定要看看這個！」他嚷道。

媽一面走出去一面說，「玉米不要煮超過兩分鐘。」我把水放上去燒，自覺像灰姑娘。道格露面說要幫忙的時候，我仍在氣沖沖自言自語。

他一口氣順利剝下一根玉米的外殼說，「妳爸爸正向妳媽媽展示我的作品。

他說不定比我更在行。」

我不置可否說，「嗯。」

「妳真幸運。」道格說。

我看看他，非常驚訝。道格從來沒抱怨他父母對他的藝術不感興趣。他自給自足，我沒想到我家人害他感覺孤單。我過去伸手摟著他，惡劣的情緒全都不見了。

媽照平常的方式煮牛排，把肉放在燒烤鍋內煮一分鐘左右，翻個面，就宣佈晚餐煮好了。道格吞吞口水低聲說，「是生的。」他吃了六根玉米，把肉留在盤內。

爸胃口跟平常差不多。他吃完轉向媽說，「好棒的菜，親愛的。多謝妳。」我童年時代他每晚都要做一件事，就是親吻她的手，現在也不例外。

道格瞪眼忍住笑問道，「你怎麼會來美國呢？」

爸說，「噢，說來話長。」他轉身正對著道格。「我家有兩項企業，一為木材一為皮毛。兩樣我都討厭。表兄弟們說我把藍狐當做畢卡索名畫來處理，誰都看得出我沒有生意頭腦。所以他們讓我上大學，後來我對政治產生興趣。」

我看看父親，嚇一大跳。「政治？」

他天真無邪地問道，「我沒跟妳說過德國威瑪時代的學生和平運動嗎？」這是另一項他忘了提起的「小事」。

「妳知道這事嗎？」我問媽。

她說，「我想我們明天晚上在屋外吃，提醒我早上買些香茅蠟燭。」

「你是和平主義者？」道格問道。

我父親說，「而且是逃避兵役的人。」

太過份了；我跺腳走回臥室。

道格的腳步跟在我後面，我生氣不回頭。我諷刺道，「他確實喜歡你。」我自知舉止不當，但我實在忍不住。

「確實如此。」聲音有濃重的德國腔，我大吃一驚回頭。

「我以為是道格。」我說。

父親跟我進臥室說，「我講個故事給妳聽。我可以坐下嗎？」

我說，「別這麼客氣，房子是你的。」房間還是我中學時代漆的紅色，燈光很暗，他坐在床上，我幾乎看不見他。他說，「我跟妳母親結婚的時候，很高興她已經有個兒子。我已屆中年，老想要小孩。」他嘆了一口氣，用手抓頭髮，似乎想找個最有效的方法把話說出來。

包柏起先很恨我。那很自然，我瞭解。我搶走他媽媽嘛。我知道他能克服這一點。但我沒想到我們之間永遠有鴻溝。

我氣呼呼地說，「你為什麼跟我說這些？這些跟你從不告訴我你曾逃避兵役有什麼相關呢？」

他繼續說，「當時正在打仗。他是迷人的小男孩，竟說服轉角的藥房每星期賣他一捲泡泡糖。這是相當漂亮的一招；泡泡糖很難買。包柏每星期帶五分錢進去。」

「有一天我發現他沒嚼泡泡糖，是拿到學校賣。」

我說，「只有他會這樣。他是天生的推銷員。」

爸說，「是的，沒錯。我問他賣多少錢，他說一片五分錢。一捲有六片，所以他獲利百分之六百。我向他指出這樣是不道德的，但他只看看我說，『可是爸，同學搶著要！』」

爸又用手指抓頭髮，頭髮都立起來。他說，「妳知道，我們彼此不講話。情況從未改變。我覺得我們好像說著不同的語言。」他愛憐地看看我說，「接著我們有了妳。」

我忍不住脫口而出，「可惜我是女孩子。」

父親彷彿被刺了一下，但他沒說什麼：我們倆都明白，我已說出我們直到那一刻才體會到的真相。我想當時我已經發覺，我嫁給道格，就會給我最心愛的兩個男人帶來他們真正想要的東西：其中一位要的是父親，另外一位要的是兒子。

12 眼花心不盲

我們將結婚禮物退貨後，手上的錢已經夠買歐洲旅行優待票、兩張希臘貨輪船票和價值一千美元的旅行支票了。我們打算在歐洲住到鈔票用光；一九七〇年一天的生活費只要五塊美元，如果像我們計劃的那樣節省，甚至要不了五塊錢。

我們最喜歡的教授最近搬到克里特島，我們往那邊出發。他說他家是十四世紀威尼斯人建的石屋，俯視港口，還說歡迎我們愛住多久就住多久。

如果幸運，每一位快要成年的人生命中都有個名叫米爾頓的貴人。我的米爾頓是一位藝術家，具有波吉亞家族突出的鼻梁，曾挺著鼻梁走遍全世界的舊貨店；他總能找到一些美得驚人的東西。你跟他走在一起，他會突然說，「看！」你便發現先前沒看見的一朵花、一塊石頭或一個門把，十全十美，叫你恨不得伸手去摸。

「他為什麼對我們這麼好？」道格和我不斷互問。在安亞伯市，米爾頓庇護我們、邀我們參加他所有的宴會、把我們介紹給他的朋友。他們好像見識較多，活得較好，似乎知覺比一般人敏銳。他們從世界各地順道來訪，有在巴黎跟亨利・米勒跳過舞的女人，有到過黑山的男人。有一位正在修復塔斯卡尼地區某座山城倒塌的歌劇院。

米爾頓的朋友中我最喜歡一位名叫希麗的英國女子，她很美、很怪，而且非常非常風趣。她經營安亞伯市僅有的一家炸魚與薯條店「幸運吉姆」，店名是照她第一任丈夫金斯利．阿米斯所寫的書名取的。她的第二任丈夫是拉丁文教授，她老愛說他的缺德故事，甚至她自己更滑稽的故事。

米爾頓慫恿道，「說說小寶寶和蘋果嘛。」

她就談起兒子一歲時她請客的往事。「我在他嘴裡塞一顆蘋果，撲通一聲把他放上大托盤，就將他端到筵席中。」

米爾頓說希麗只是普通朋友，但我相信他偷偷愛上了她。誰看不出來？我注意到她一決定要跟拉丁文教授分手，米爾頓就宣佈要放棄終身教職。她要回歐洲；他便遷往克里特島。

不久我們也跟著趕到。我們搭渡輪到尚尼亞，由港口跋涉上山丘，推開米爾頓信上描寫的卵石庭院大門。米爾頓坐在一扇淺綠的門扉前面，眼前放一堆檸檬。陽光輕輕映在他臉上，雜著小樹的葉影點點。他舉起一個底面黑漆漆表面亮閃閃的銅鍋。他伸長手臂讓鍋子迎光映照著，「很美吧？我剛剛在市場發現的。那女人說我該用檸檬汁和砂子來磨。」

他跳起來擁抱我，鬍子搔得我面孔發癢。他說，「把你們的東西放下，別費心管行李。」他身上有乾淨床單、檸檬汁和克里特島空氣中到處存在的迷迭香氣味。「我們出去吃午餐。我剛才在林子裡打樹上的橄欖，我要拿一點橄欖油去換頓飯菜吃。愛芙蘿西克是著名的廚子，你們會吃到有史以來最棒的一餐。」

沒錯。不過我一生最好的餐食都是跟米爾頓一起吃的。我正要找出原因。

米爾頓的肉醬

【材料】

- 半個小洋蔥剁碎
- 半瓣蒜頭剁碎
- 二湯匙橄欖油
- 三條鯷魚切片
- 半磅雞肝洗淨
- 四分之一杯白酒（或任何剩酒）
- 二枝尖葉荷蘭芹切碎
- 小片檸檬皮切碎
- 一湯匙切碎的刺山柑花蕾
- 鹽
- 胡椒
- 一茶匙檸檬汁

以小煎鍋放橄欖油將洋蔥和蒜頭炒軟，炒約十分鐘。加鯷魚攪拌。加雞肝以叉子搗成糊狀，煮到不再泛紅。加酒、荷蘭芹和切碎的檸檬皮，不斷攪呀搗，直到汁液蒸發，肝像粗肉醬一般濃稠。

加刺山柑花蕾再煮一分鐘。加鹽和胡椒調味。攪入檸檬汁。擺在刷過橄欖油和大蒜的素餅乾或土司麵包上端上桌。

可供四到六人當開胃菜食用。

米爾頓說，「我的第二任太太，一連好幾天雙眼綁一條印花大手帕，就那樣走來走去。」我們正往山上走。爬著爬著，被我們留在山下的他那輛小飛雅特車顯得愈來愈小。「她正在練習失明。」

米爾頓從山腳指指高處聳立在深寶藍色天空下的一堆岩石。跟別的岩石堆沒什麼差別嘛，我不確定我有沒有看見他要我看的東西。可是我瞇起眼睛，依稀看到一縷輕煙從貌似煙囪的地方冒出來。我們一側是檜木和稀疏的灌木，我放膽一瞧，另一側是懸崖，直直陡落到海裡。白燦燦的鳥兒在天空中迴旋和鳴叫，下面的船好遠，像鴨子浮在水面。

我暗想我絕不會假裝失明，接著又懷疑這是否表示我有缺陷。我看得出米爾頓這樣的人為什麼會擔心失明的問題。他說，「快到了。」現在我已看到山頂的小屋，聞到木炭味和炒洋蔥混著迷迭香的氣味。石屋畔洋蔥堆積如山，把房子都襯小了。米爾頓低聲說，「政府叫他們種洋蔥。」這時候一位老婦人由石屋飛奔而出，叫著「米爾頓！」

她的頭髮漆黑，臉上卻佈滿皺紋，像小深谷一道一道。她說了幾句粗啞、喉音很重的希臘語，米爾頓由背包拿出一公升金黃色的橄欖油。她把油當做珍愛的小孩抱在懷裡，領著我們走到小屋側面的一間披屋。大海就在我們腳下。

她拿出小玻璃杯和一瓶映著光幾乎呈黑色的葡萄酒，又在桌上放一大條圓麵包，切了一點洋蔥，倒點橄欖油在碟子裡，然後拿起一根棍子走下山麓。

「她去哪裡？」我問道。

米爾頓一面倒酒一面說，「釣魚。」他穿著青苔色的燈芯絨衣褲和褪色的藍襯衫，活像是那邊長大的。「可能要花一點時間。」

我們一邊吃麵包一邊等她，麵包很有彈性，沾過味如鮮橄欖的香油後，好吃極了。道格伸手摸我的膝蓋，我腦中突然清清楚楚浮出自己真幸福的念頭。

愛芙蘿西克帶著一串小鸚嘴魚回來。她撥火烤魚，趁火焰劈啪燃起的當兒匆匆做了番茄、黃瓜和洋蔥沙拉。她從山麓採一點牛至葉灑在炭烤魚上面，又在蔬菜中滴一點醋和橄欖油，全部擺上桌。她一言不發看我們吃。

然後有乾燥無花果、杏仁和自家產的羊乳做成再滴上蜂蜜的酸乳酪，最後是煎鍋加蓋擺在火上烤的自製小核桃餅乾——手指一夾就輕輕碎裂。

太陽下山了。米爾頓嘆了一口氣，開口想說什麼又打住了。最後他攤開手臂，擁抱餐桌、小屋和四周的山巒說，「她是了不得的藝術家！」

我們臨走前愛芙蘿西克走出來，遞給我一束毛線，表面粗粗的、白中帶黃、非常柔軟。米爾頓說，「她用自家綿羊的毛紡紗，她說要我們當作紀念。」愛芙蘿西克看看我，雙手做出急速編織的動作，然後再度擁抱米爾頓，看著我們蜿蜒下山。天時晚了，但還很亮，我們好久好久還看見她在揮手。

米爾頓滿懷憧憬說希麗已在西班牙定居，但計劃來訪。道格和我決定留到她來。我們白天到克諾索斯和海拉克萊昂參觀古蹟，讓米爾頓專心工作。兩個人走幾哩路到鄉間，坐在田野說話，道格素描，我試用愛芙蘿西克給我的毛線織襪子——毛線量少，不夠織毛衣。

晚上我煮東西，道格和米爾頓在廚房談藝術。他們是鑑賞力強的觀眾；每餐吃完道格都引以為榮地看著我，米爾頓幾乎每天晚上都說，「等希麗來了，煮這道菜。」

我學到不少希臘語，可以在市場討價還價，不過有一天米爾頓決定陪我去購物。我們經過港口附近的餐館「奈龍」，店主潘特里斯從裡面示意我們進去，我們走過燉著羊肉、煎著茄子的廚房，米爾頓解釋店名說：「他想得起的字就數這個最高級。」

潘特里斯想跟我們談談他拿手菜「碎肉茄子蛋」的秘訣。我並不吃驚：大家經常送米爾頓食譜，他把食譜當做其他美麗的藝術品來收藏。他自己不煮東西，但他是真正的行家。

潘特里斯解釋秘訣——貝夏梅調味白汁不用牛奶，改用原汁雞湯——米爾頓直點頭。接著他問潘特里斯到哪裡買羊、哪一個林子的橄欖油最棒、他喜歡用誰的乳酪等等。潘特里斯神采奕奕談了好久。他做了幾個淫猥的手勢，畫了一個圖表，遞過去時還戳戳米爾頓的肋骨。

「什麼意思？」我問道。

「等一下。」米爾頓說。我們到了市場，他指指乳酪製造商——是女性，有種冷峻的希臘美，全身穿黑衣。「潘特里斯說她的酸乳酪最好吃，因為她晚上把大碗放在床下。」他說。我想起潘特里斯的淫猥手勢，向她買了一些。

潘特里斯還推薦獨眼屠宰商。那人賣阿根廷牛肉，無論他恰好切到哪一個部位，價錢都固定不變，但他賣羊肉非常考究，他選肉前要先知道對方怎麼煮法。米爾頓說出「潘特里斯」和「碎肉茄子蛋」等神奇的字眼，那人以手工切肉，非常小心和專心。接著我們回家，我做那道菜，米爾頓和道格下棋。道格若太久才下一步，米爾頓就站起來偷看鍋裡或者用手指去沾醬料。

我調笑道，「我不該費心做你出的功課，只要做菜就行了。」

他沒有笑。「我該鼓勵妳這麼做。」他一本正經說。

「噢，食物沒法當藝術。」我說。

「不能嗎？」米爾頓目視我良久說。

第二天米爾頓收到希麗的來函。他拿著信爬窄梯到三樓臥室，下來時表情好嚴肅。他說，「她不來了，我就怕她不來。」我暗想她不知道是否結識了新男友，但他沒說，我也沒問。他說道，「她說聖誕節她會設法到羅馬。我們何不在那邊碰面？」

顯然到了該走的時候了。

他許下諾言，「你們到羅馬，我會請你們喝全世界最棒的咖啡。」

那年很冷，我們不斷南行取暖。結果大錯特錯；我們在西班牙和葡萄牙租的房間沒有暖氣，有一天早上我們在西班牙的塞維爾醒來，發現床邊水盆裡的水都結冰了。

我們到每一家小民宿問道，「多少錢？」然後搖搖頭回到冷風中，自信可以找到更便宜的住處。區區一點錢必須撐到聖誕節。我們喝了很多稀稀的廉價酒，猛談藝術，每夜早早窩在床上，依偎在一起取暖。我們很快樂。有一次在馬德里，我前往美國運通公司，發現一封道格從葡萄牙寫給我的信。信上說，「嗨，躺在我身邊熟睡的可人兒露絲。」

我們沒收到米爾頓的隻字片語，但他永遠與我們同在。我們一路旅行一路替他收集東西。道格拍噴泉、水槽和電話線的照片，我寫下我們結識什麼人物、吃什麼食物的小故事。我們儘量從他的角度看待一切，等我們到羅馬，要告訴他的事已多得不計其數。

我暗想希麗不知道在不在場，可是我們到達米爾頓暫居的五樓公寓，只有他一個人。他親吻我，鼻子像冰柱頂著我的臉頰。他說，「這兒景觀很棒，但沒有暖氣。我們去喝咖啡吧。」

我們順著樓梯走回樓下，繞過街角。咖啡豆的氣味好濃，隔兩條街都聞得到，我們走近咖啡館，香味更濃了。那是濃烈誘人的香味，吸引我們上前走進屋裡。裡面到處堆著粗麻袋裝的咖啡豆，咖啡味濃得叫我頭暈。消瘦的男子懶洋洋倚著長吧台喝小杯小杯的蒸餾咖啡。咖啡很順口很好喝，吞一口純咖啡因，上顎餘韻繚繞，迴盪在眼睛後方。我覺得頭昏目眩。

我說，「好吧，你贏了。這是全世界最好的一杯咖啡。」

我們走出咖啡館，徒步漫遊。我們走了好多天。米爾頓熟悉羅馬的每一吋地方，他向我們奉獻這個所在，活像羅馬屬於他，他有權拿來送人似的。他帶我們到一座暗暗的小教堂後面說，「來，這兒有一幅卡拉瓦喬的作品……」結果就在那兒

——《朝聖者的聖母》，跟別的畫一起掛著，沒有燈光照明，完全受到冷落。他熟悉花園、蜿蜒的街道和零星的藝術收藏。他知道每一座教堂什麼時候敲鐘，哪一家咖啡館的捲餅最好。

「如果米爾頓別哭喪著臉多好，」晚上回到民宿，我對道格說。「我真希望我們能使他快樂起來。」

他說，「是的。是的，我知道。」

經營我們那家民宿的女人好喜歡米爾頓。早晨他頭一次來接我們的時候，她端一杯咖啡給他。第二天早晨她端來咖啡和蛋糕。次日早晨則是奶油雞蛋捲加蛋糕，還有自製的果醬。請他吃的東西一天比一天精緻；我想她迷上了他，他卻說她只是同情他身邊沒有女人。

他沒提希麗；我暗想她不知道稍後會不會來，也許根本就不來，但我不知道怎麼問法。有一天午餐我喝太多酒，終於提起這件事。

那是在小廣場邊緣的一家餐廳，名叫馬可餐館。我們走下幾級台階，發現前面的一張餐檯上擺了不少義大利餐前小吃，閃閃發亮，美得像珠寶。有紫水晶色的茄子、一盤盤切片的蒜味香腸、看起來像一堆堆玫瑰花瓣放著晾乾的乾醃牛肉等等。迸開的烤番茄令人垂涎，紅椒肉厚厚的，滑溜溜沾了油。節節疤疤的大牛肝蕈擺在小小的燉朝鮮薊旁邊，一整隻燻火腿放在架上，還附著黑黑的蹄和白白的毛。店主正用開口的火爐煮東西，但他抬頭看見我們，臉上立刻綻出笑容，忙跑過來擁抱米爾頓，吻他的雙頰。

我們配著餐前小吃喝了好多公升的酒，後來正菜上場，又喝了許多佐餐：先上來的是一盤盤義大利麵食，接著是全雞和淺盤裝的魚、蝦、貽貝和蟹。最後我們吃大塊大塊的帕爾瑪乾酪，我深呼吸問道，「希麗來不來？」

米爾頓整整一分鐘不說話，然後由口袋裡掏出一封信，讀給我們聽。信上寫她搭破車由西班牙到英格蘭瘋狂旅行的經過，非常熱鬧，而且她當然不是一個人。

米爾頓說，「聽來那個男的好像瘋瘋癲癲。」他苦笑著，彷彿這樣瘋狂實在了不起。

那天晚上道格說，「我有個好主意。我們裝一隻聖誕襪送給米爾頓，半夜留在他房門口。」

「現在就是半夜，而且是聖誕前夕。我們要到什麼地方去買東西？沒有一家店開著。」

「我們一定會找到什麼。」道格自信得叫人發瘋。

「我們沒有長襪。」

道格問道，「沒有嗎？」他雙臂做出紡織的大動作，跟愛芙蘿西克在山丘上差不多。

我們出門時女店主滿面春風；我想她以為我們要去參加午夜彌撒。某一方面來說也可以算是，臨走前她嚷道，「聖誕快樂。」夜色漆黑，繁星點點，空氣好冷好冷，好像要在我們四周裂成冰涼的碎片。街上冷冷清清的。

「我們自覺像瑪麗亞和約瑟在伯利恆附近漂泊。」我說。

道格拉起我的手。「妳宗教藝術片看太多了。」我們辛辛苦苦繼續前進，找東西買。沒有一家店開門。

道格終於承認，「妳說得對，這主意真蠢。我們不可能找到任何東西。」我說，「一定有某個地方買得到東西。我們試試火車站吧。」

即使在聖誕夜，即使在羅馬，火車站還是熙來攘往。候車室有個小女孩坐在母親腿上，旁邊放一大籃吃的東西，她呻吟道，「飲料，媽媽，飲料。」她母親走到攤子上買了一瓶「西納」。我們排在她後面；買了一瓶深紅色的酒放進行囊，外加四種語言的報紙、幾個柳橙和幾條巧克力。

「大多都是吃的東西。」道格垂頭喪氣說。

「米爾頓喜歡吃的。」我說。

可是我們深信只要用心找，一定會找到十全十美的禮物。我們在車站徘徊。突然間道格停下腳步瞪大眼睛。我看看他凝神望什麼：一個純銀的聖克里斯多佛紀念章。

「十全十美。」我附合道。

道格說，「很貴。」我拿出我們最後兩張旅行支票。

「幾乎是我們僅剩的財產。」我附合道。

道格說，「我們不可能永遠留下來。」我把支票交給櫃台內的男子。

他露出笑容，唇上的大鬍子抽動了一下說，「送給寂寞的旅人真是十全十美。」

第二天一大早米爾頓就叫醒我們。他說，「起來，起來。我借了一輛車。如今我受聖克里斯多佛保佑，要帶你們到山區過聖誕。」他穿著平常的燈芯絨褲，外加羊毛襖和軟帽。

我們沒問要去什麼地方或者去多久。可是米爾頓說，「這個時節托斯卡尼美極了。」我忽然想到我們不會回來吃晚餐。我們開車往北走了很久，然後進山區，停在路旁的一棟房子吃午餐。

餐廳又大又方，光禿禿的牆壁和石頭地板使屋內寒意逼人，我們是僅有的顧客。店主跑進來在大壁爐裡生火，我們把椅子拉近，幾乎坐在爐裡。煙霧漸漸瀰漫室內，灼痛眼睛，肺部也很不舒服。

米爾頓樂觀地說，「等一下會好轉。木柴只是有點濕。」

那人走回來，這次穿件圍裙，端著一瓶酒、幾個玻璃杯和一大圈麵包。他開始切麵包、揮手趕煙，爐火中間的烤架慢慢露出來了。他把切片的麵包放在架頂又轉身走開。回來時手上拿著一瓣大蒜、橄欖油和一個大破碗。他跳進火堆，由火焰中抓出麵包，把烤焦的一面翻起來，讓麵包留在那兒由一數到十，才由火裡拿出麵包片，抹上大蒜，刷上橄欖油，將碗裡的東西堆上去。

他各遞一片給我們。米爾頓咬一口說，「加雞肝的『布魯希塔。』現在你們明白我為什麼帶你們來這兒了吧。」

真是棒極了，雞肝略帶鯷魚、刺山柑花蕾和檸檬的味道，但大多是原味。我吃了第二片，然後吃第三片。身子覺得暖和多了，煙漸漸散去。懶洋洋的幸福感襲上心頭。

等店主端出幾碗熱騰騰只拌大蒜、油和乳酪的義大利麵食，煙霧已完全散光。店主對米爾頓說了幾句話就走開了。

米爾頓翻譯道，「他說慢慢吃。他去抓鱒魚，魚不太吃餌。」

我問道，「你是說他現在才要去抓我們的午餐？可能要幾個鐘頭！」

米爾頓和和氣氣地說，「我們有時間，晚餐前沒人等我們。」

我吃一口義大利麵食說，「我們要去哪裡？」一束束義大利麵彷佛有生命，在我嘴裡活生生的，橄欖油也風味十足。很難想像四種簡單的成份能結合得這麼完美。

米爾頓說，「去拜訪我的朋友姬麗安。她住在山區，在我所知最美的小城。」

我真高興他有女性朋友。

我們走到戶外，感覺沒那麼冷了。一行人開車走了幾公里，繞過一個深彎道，輪胎嘰嘰響，我看見四面的岩石刻有小動物。我揉揉眼睛，暗想自己是不是午餐期間喝了太多酒。看看米爾頓，但他的目光牢牢盯著路面。是我的想像嗎？

我看看道格，知道不是。我倆都目瞪口呆瞪著窗外；好像有什麼神奇的力量對鄉間揮揮魔杖，把動物從岩石囚籠解救出來。

米爾頓渾然不覺繼續開車。小動物變得更荒誕。我們都沒說話，最後我們經過一棟小屋。一位瘦如竹竿的男子坐在屋前的一張凳子上，靜得像另一尊石雕動物。這時候我注意到他一手拿鑿子，一手拿大頭錘，前面有一塊岩石。我們開車走過，石匠沒有抬頭，可是道格大叫一聲「停車！」米爾頓忙踩煞車，我們滑進路旁。

「什麼？」他問道。

道格只管開門下車。米爾頓和我跟過去。我們走向石匠，石匠站起身；這人個子很小，飽經風霜，看不出多大年紀。他招呼我們，手上的鑿子仍不斷敲打岩石。後來他放下鑿子招招手。我們追隨他繞過山麓，深入樹林。

他帶我們到一張活樹構成的桌子旁邊，四周盡是雕花板凳。一把核桃放在桌上，不時有松鼠衝下大樹，抓起一個又輕輕跑走，坐在我們頭頂吱吱喳喳。

整個地區好像著了魔法。我看看凳子下往外窺視的石兔和樹上嬉戲的石馬，知道我正在朝覲一位大藝術家。

這時候我看看米爾頓。他顯得很安祥，好像找到了原先失落的什麼。從上次聽希麗的笑話發笑至今，他頭一次顯得真正快樂。我自己也感受到幸福洶湧而來；他教我慷慨，我們終於送給他真正有價值的東西。

「起泡沫的酒。」石匠說著跳下板凳，消失在一個小洞窟內。他手持厚厚的綠玻璃瓶回來；是他用自家葡萄釀造的香檳。

他拉出瓶塞外的鐵絲框說，「祝福大家！」

瓶塞被酒液衝離瓶身，飛得半天高。酒往上泉湧再潑下來，淋了我們一身美酒。

就在這一刻，山上所有教堂的鐘聲開始在稀薄的嚴冬空氣中瘋狂響起。這是義大利的聖誕節；該回家了。道格伸手環著我，我看看米爾頓，希望他的寂寞已近尾聲。

米爾頓舉起空杯說，「我們可以喝音樂。」

13 失樂園

我們抵達紐約，身上只帶著十塊錢和我們說好要跟派蒂分租的那間閣樓地址。她告訴我們房子在唐人街附近，於是我們搭地鐵從機場來到運河街，肩負背包，順著包瓦瑞街向北走。天氣很冷，天空灰濛濛，我們一路不太說話，等中國店鋪漸漸消失後，我們的心緒愈來愈消沉。一旦橫越狄蘭塞，街上只剩蹣蹣跚跚走出酒館倒在雪地的男人。每次有酒館門推開，難聞的餿啤酒味和久沒洗澡的人類體味便噴到街上。真叫人洩氣啊。

道格轉入我們經驗中最污濁的街道說，「這是李文墩街？」有個男人在四號門口捲成一團，我們只好繞著他擠過去按門鈴。沒錯，派蒂的金色長髮由窗口飄出來，一把鑰匙包在手套裡順著五層樓往下拋。

我們拖著沉重的腳步上樓。派蒂將門漆成紅色，貼上一張附近地區的海報。內容是「毒品是給呆瓜用的」、「不要做呆瓜」，下面寫著「歡迎到失樂園」。我們到家了。

流浪漢在我們防火逃生梯下面的人行道閒逛；睡在我們門口的那一位裝了義肢，每天晚上睡覺前總會先取下來。有時候我們早晨下樓，發現義肢卻沒看見人，就會小心替他把義肢拿到裡面，免得被人偷走。對面的小酒館兼雜貨鋪傳來消毒水和殺蟲劑的氣味，音樂日夜響著。夏天我們推開窗戶想通通風，卻聽見《我和朱利歐在學校庭院》播個不停，樂音穿透我們的夢境。

我們那條街最常見的人是流浪漢、偷車賊和波多黎各老奶奶。老太太在二樓窗口小心盯著小孩玩街頭棒球。她們對於喝「波希米酒」的男人視而不見，卻瞪眼看著小偷慢慢把街邊贓車可以賣的零件拆走，不斷拆卸，最後車子只剩空殼，堆積垃圾，每星期愈堆愈多。等垃圾多到叫人討厭，有人放一把火，消防署的人不能置之不理了，汽笛嗚嗚響的卡車自會來把燃燒的大廢車拖走。等街角這些廢棄物不見了，住這條街的人都出來站在人行道上歡呼，像一場盛宴。

父母親當然被我們選的住址嚇慌了，連小鳥姨婆都抗議道，「李文墩街是我父母親搬到鄉下、搬到哈林區之前住的地方。你們為什麼要住那裡？」

便宜是原因之一。另一個理由是我喜歡住在我媽嫌危險不愛來的地方。道格喜歡這邊鄰近運河街，雕刻家在運河街需要買什麼就可以買到什麼，派蒂則喜歡靠近果園街形形色色的織品店；但我覺得附近最棒的是食品。

一九七一年下曼哈頓是廚師的天堂。黑手黨媽媽們還住在「小義大利」區，我只要爬下五層樓梯右轉，就可以穿越包瓦瑞街，看到漂亮的老婦人站在掛滿義大利蒜味香腸的小店。如果我在門外左轉，就會來到老頭子說意第緒語挑選符合猶太教規雞隻的地方。正南方是唐人街，那邊在當時和現在都深不可測，但卻沒把我嚇跑。

有時候我會走出閣樓，出去買一條奶油或一大條麵包，一走就是好幾個鐘頭，做夢般在各雜貨店逛進逛出。附近地區正在改變；老一點的居民搬走了，學生和藝術家搬進來。大多數人在超級市場買東西，老店的生意人好寂寞，有人問話，他們肯花半個鐘頭仔細回答。你若想要一份食譜，只要天真無邪問道，「你看這塊小牛肉我該怎麼處理？」就行了。

柏葛米尼先生的小牛胸肉片

【材料】

- 兩湯匙奶油
- 兩湯匙橄欖油
- 兩個洋蔥切碎
- 四瓣蒜頭切碎
- 三磅半到四磅帶骨小牛胸肉
- 三或四枝百里香
- 鹽
- 胡椒
- 一杯白酒

以有蓋大炒鍋將奶油放在橄欖油中熔化。加洋蔥炒十分鐘左右，直到半透明。以帶槽溝的湯匙將洋蔥取出放著。

加蒜頭爆香後加肉，帶皮的一面向下。煎至棕黃，翻面也煎至棕黃。加百里香、鹽和胡椒，再翻面。加酒和炒好的洋蔥煮沸，加蓋但勿蓋緊，溫度調低。

煮兩小時左右，每半小時翻一次。翻面時肉若黏住，再加幾湯匙酒，煮至很軟很軟。

肉由鍋內取出，放在切板上，肋骨向上彎。以手指抽出骨頭，將肉斜切成薄片。

以幾湯匙水泡溶煎鍋，刮起鍋底的焦褐餘羹，將醬汁淋在小牛肉上端出。可供四人食用。

註：帶骨小牛胸肉如今十分罕見；可要求肉販代為訂購。

陰森森的二月沿休士頓街前行，我瞟一眼附近更骯髒的街道艾倫街。有家店門前掛一面大旗幟，整排房舍就只有那一點色彩。我走近一點，發現不是旗幟而是一件破破爛爛的棉被。我看看棉被下的窗子，可是玻璃很髒，什麼都看不見。我推推門，門呀地一聲往裡開。

室內擺滿布匹，直推到天花板；羽毛到處飄。一個矮小駝背的男子摸黑坐著啃雞腿。絨毛緩緩在黑暗的空中旋轉，落在男子手上的雞腿、頭髮、鬍渣很多的面孔和破褲子上。他放下雞腿，雞腿落在一疋布面，布匹表層沾上一灘油污，他冷眼旁觀不當回事。「妳有什麼事？」他說。

「只是看看。」我答道。他起身拿起一條紅緞被子，織工錯綜複雜，他愛憐地用沾過食物的手摸摸表面。他說，「洋娃娃，我做的被褥好得很。」

原先我並不確定我要被子，這一刻我突然非常非常想要。「多少錢？」我問道。他悲嘆道，「啊，好被子不便宜。三十五元；不能再便宜了。當然啦，除非妳要絨毛。絨毛也漲價了。」

他給我看布料和圖案，偶爾拿一疋到門口，讓我就著髒兮兮的鐵柵玻璃框所透入的微光看看花色。過了一會他拿起雞腿來啃食，偶爾有羽毛飄落，他不理不睬。我們剛講好顏色，門突然開了，三位大塊頭的吉普賽婦人走進來。她們大模大樣跨進店門，手鐲叮噹響，真像童書插圖的畫面。

男人繼續吃東西，機警地看著婦人鑑定布疋。她們在店裡走動，不時有一疋布掉下來滾進通道；不久吉普賽婦人已涉行在排列成河的彩色布陣中了。

「妳們要什麼？」他嘴巴鼓鼓問道。

「被子，」塊頭最大的婦人表情不屑，在一條又一條狹窄的走道間上下搜尋，用手指碰觸織物說，「上回有更好的布料。哪裡去了？」

他說，「賣光了。」

她不相信。「帶我下樓。」她命令道。

他臉上露出極為驚恐的神色，瞄了我一眼。「洋娃娃，妳是猶太人？」他問道。不等我回答，他就把鑰匙丟給我。「照料店面？」他說。這實際上不是問句。他帶吉普賽婦人下樓梯。

他們過了一會才回來，又過了一回才討價還價完畢。婦人走了以後，男子撣掉一根羽毛，轉向我聳聳肩。「她們拿羽毛來給我，我替她們做被子。公平交易不算偷，不過……」

他還在談吉普賽人，門鈴又響了，門微微打開。羽毛飛入涼空氣中，一顆頗有光澤的黃腦袋出現了。「我的被子好了沒有？」那人滿懷希望問道。

「下禮拜二，洋娃娃，我保證。」男子說。

「你已經這樣說了一整年。」那人說。

他再說一次，「下禮拜二，洋娃娃。」門砰地一聲關上，憤怒與失望不言可喻。

後來我熟習了以下的例行常規：伊錫T先生說被子一個禮拜可以交貨——一定可以交——下禮拜二。過了一年，我早已死心不想拿被子，反正那時候我拜望伊錫T先生已不只商業往來，所以取不取貨都無所謂了。

我跟伊錫T先生在同一個禮拜結織「超級明星」，但這不是意外。我們有朋友的朋友認識安迪·渥荷，他們問我們想不想參加「工廠」的聚會，我們欣喜若狂。道格準備立即出發，但派蒂和我必須換衣服。我穿上紅色低胸短洋裝、綠色緊身褲和高跟鞋；但我比不過派蒂，她穿藍色牛仔褲都可以叫大家紛紛轉頭。她身高六呎，強而有力的面孔和結實的身材可比美雅典衛城的希臘女神像。派蒂看來既醒目又健壯，每次走過人們總是竊竊私語，「那是男的還是女的？」她喜歡穿誇張的衣服，害他們搞不清楚。

這一夜她穿戴比較出色的服飾——安迪·渥荷是她的偶像嘛。足蹬她用十號罐頭做的腳踝繫帶涼鞋，她幾乎有七呎高，而且身穿她為當代工藝博物館的一場展覽所設計的「紐約女子」系列服裝。這件衣服戲仿一位模特兒，乳房的部位做成嘴巴狀，手鐲是百元鈔票做的（不是真錢）。她的耳環是魚餌，假睫毛突出六吋。我們進屋時，「超級明星」站在門口尖叫道，「妳看來棒極了！妳是誰？」之後便擁著派蒂走到房間另一端。

大閣樓充滿香甜的煙霧和我們不認識的人。道格和我侷促不安站在那兒；很尷尬，不太好玩。可是安迪·渥荷是重要的藝術家，屋裡有不少名人。我們能躬逢其盛感到很光榮；我們來紐約的理由就在這裡。

我本來可以通宵留下，可是道格對於一屋子陌生人耐力有限。我們正準備離開，派蒂滿面通紅高高興興走到我身邊。她懇求道，「你們得請潔蕊吃晚餐，拜託妳煮些真正了不起的菜色。她說安迪正在找人為下一部電影做戲服，她說她要引介我！」

潔蕊走進我們的閣樓，好奇地東張西望。她檢視廚房架子，架子是用廢棄的工業輸送台和過大野餐桌拆下的木料做的，一眼就看得出來。她看看自製的沙發，用手撫摸冰箱和廚房大部分平面上所貼的貼紙。她瞄瞄我正在攪的鍋中食物，嘆道，「你們都好有創意。」還低頭對著瓦斯，我真怕她烏黑的捲髮會著火。

我正在做皮威太太教我的「果姬兒」甜點。東西從烤箱出來，顯得肥肥膨膨的，潔蕊拿了一點到閣樓尾端，派蒂正坐在縫衣機邊。她看看派蒂的戲服，尖叫道，「我喜歡，我知道安迪也會喜歡的！」接著她走回廚房再拿一塊「果姬兒」。半路上她瞥了一眼道格的雕刻。

抽象的造型引不起她的興趣，男人卻使她興致高昂。她以欣賞的目光看看道格的背部說，「他娶妳是不是因為妳很會做菜？」

我不知道該說什麼。

她進一步說，「我打賭妳經常煮東西給他吃，最後他終於開口求婚，」然後悵然往下說，「男人真的喜歡會煮菜的女人。但願我知道怎麼煮。」

她站著看我洗萵苣，站得稍嫌太近，害我很不舒服。我往後挪，她也跟著挪。「我若會煮菜，一定可以打動我的男朋友里克。」她說。

我一句話也沒說。她不走開。我聽見派蒂的縫衣機啟動了。道格打開電動帶鋸。我彎身拿出烤箱裡的餡餅。潔蕊活像看見什麼陌生的怪物，忽然大聲尖叫說。「噢，那是什麼？」真的好大聲好大聲，我手上的餡餅差一點掉在地上。

「檸檬調合蛋白。」我說。

她低語道，「美極了！妳能不能教我做？里克喜歡檸檬蛋白餡餅。」

我半信半疑看看她。「也許我們該先做點比較容易的東西。」我說。

她說，「好。」

我這才發覺自己已答應幫她上烹飪課，真惶恐。

下次上門的時候我問伊錫T先生，「你相信嗎？我不知道該怎麼辦。」

他說，「別擔心，洋娃娃，妳辦得到。不過我告訴妳，妳何不到魯德洛街向漁夫要一份食譜？每個女孩都該會做魚餅凍。妳該看看禮拜五到那兒的花稍貴婦！」

這話不假：禮拜五早晨，骯髒的地下室魚鋪門前的街道擠滿加長型轎車。

伊錫T先生慫恿道，「進去，妳可以學到一點東西。」

那個禮拜五我跟著一位身穿考究貂皮大衣的婦人走進門口，簡直說不出話來：好噁心。我熟悉的魚市場鋪有潔淨的白磁磚，堆著漂亮的檸檬，看來好純淨。

這兒卻是不通風的狹窄空間，漁夫們戴著沾滿血跡的圍裙。我覺得他們看來像屠夫——誰想得到魚會流那麼多血呢？那些男人站在那兒斬魚頭，穿皮草大衣的女人拼命講價，活像多給一文錢都嫌可恥。真落伍。

我站了一會兒，只是旁觀。輪到我的時候，我要了兩磅魚肉混合料。那人抓抓鬍渣很多的下巴，用生鏽的桿秤秤好，拿白紙包好遞給我。「我怎麼處理？」我問道。

他轉向一位穿皮草的女子。「嘿，愛西，這位小姐要食譜。能不能幫她的忙？」

愛西是個矮矮胖胖的婦人，留一頭艷橘色的頭髮，臉色紅潤。她用手肘輕輕推我說，「一點魚餅凍可以促進關係。」她甚至眨了眨眼。「我要去史崔特的無酵餅店。到我車上來，我給妳食譜。妳有鉛筆嗎？」

我有鉛筆。司機打開門。車子呼呼向東走，愛西說，「這樣的社區，」她指指伊錫T先生的店鋪說，「偉大的藝術家。妳需要被子，再也找不到更物美價廉的。可是速度真慢！為了買條被子給我女兒過生日，我不得不吼來吼去，差一點心臟病發。而且真自以為是！我要買一條藍被子給雷琪；那是很好的意第緒色彩。他說該用綠色。吵了半天！」她回憶起來喜孜孜嘆口氣。

她說，「喏，來談食譜。記住，魚只是起步。妳還需要無酵餅。」凱迪拉克車在工廠前面停下來，她正好口授完畢。

又小又熱的建築物擠滿穿黑色長襖、戴圓頂無邊帽的男人，正由輸送帶取下扁扁的方塊體。愛西脫下手套說，「兩磅。要確定是熱的，我費力氣來這邊，不是來買陳貨的！」她下巴往我這邊一伸說，「她也是，她要買五角錢的份量。」然後伸手摸我的無酵餅，確認我沒有上當。

潔蕊第二次來吃飯，我做了魚餅凍；我以為可以打動她。她覺得黏糊糊的，道格和派蒂也有同感。說老實話，我自己也不見得很喜歡魚餅凍。

下回我見到伊錫T先生，他建議道，「也許妳可以試試義大利菜？莫特街有位義大利屠宰商。他的肉不符猶太清規，可是吃不死人。也許他可以給妳一點東西教教妳的好朋友。」

我堅稱，「她不是我的朋友，我甚至不喜歡她。」

他只是聳聳肩。

魚餅凍吃癟之後，我不打算接受伊錫T先生的勸告找附近的供應商。不過有一天我打那兒經過，往門內看一眼。店鋪乾淨明亮，屠宰商穿著一塵不染的圍裙。肉櫃擺滿大捲大捲加了香草調味的香腸，羊肉塊都以有邊的小束腹褲裝飾著。

真誘人。

屠宰商說，「坐，坐。在下約瑟夫．柏葛米尼。有什麼事要我效勞嗎？」

「我要一點羊肩肉。」我說。他小心挑了一塊肉，拿在手中。

「這可以嗎？」他問道。

我點點頭。

「多少？」

我說，「兩磅。你能不能切成方塊？」

「要燉？」他問道。

我點點頭。

他奚落道，「燉肉用不著羊肩。」他把肉放回肉櫃，取出一些羊脖子，秤秤重量，在一張紙上寫價錢，然後細心將肉和骨頭分開。

「這樣便宜多了。」他說。

「可是好費工。」我抗辯道。

「妳以為我在這邊是幹什麼的？」他問道。接著他開始闡述他的政治理論。他以薄薄的剔骨刀指著我說，「妳知不知道每一家製造商若在工廠裝一個十五美元的設備，空氣就可以乾乾淨淨？我們可以不受污染之害。他們為了區區十五元害死我們大家！下流的雜種！」

後來我多次前往，他一路發表他的理論，經營他的肉櫃，提供改造世界的建議，也教我怎麼做便宜的餐點。「妳試煮過小牛胸肉嗎？」他問道。我沒做過。「有沒有鉛筆？」

潔蕊第一次來上課那夜，我做了小牛胸肉。東西煮著，閣樓瀰漫著芳草、洋蔥和大蒜香，她和我著手上課。

這可不容易。

我向伊錫T先生抱怨說，「你絕對不會相信！水滾了，她居然問我那泡泡是什麼。」

他輕輕笑，我繼續往下說，「她站在那邊看了好久，妝都漸漸花掉了！等我教她煮義大利麵食，擺在濾鍋裡放乾，做個簡單的番茄紫蘇洋蔥醬，她的捲髮已直掉，睫毛膏順著臉頰往下淌。」

他說，「聽好，洋娃娃，妳若能教那個女孩煮菜，妳該寫一本書。」

「是啊。」我用諷刺的口吻說。

他說，「真的，考慮看看。」

里克喜歡這道義大利麵。下一週我們著手做果仁巧克力方塊小蛋糕。

我把雙層鍋遞給潔蕊，指示道，「架在滾水上熔化這兩塊巧克力。」她一臉疑惑的表情。

我氣沖沖地說，「下層鍋放水，上層放巧克力。把上層鍋套進下層鍋內，然後放在爐子上燒。」

我早該想到的；她當然把水和巧克力擱進同一個鍋子。我們重來一遍。

我把水放在下層鍋燒開，巧克力擺在上層鍋熔解，「看吧，這樣巧克力才不會燒焦。」

「才不會什麼？」

「燒焦產生非常難聞的氣味。」我把熔化的巧克力由火上移開。

「現在我們來把奶油打成鮮奶油狀。」

「我不知道妳能用奶油做成鮮奶油。」她說。

我嘆了一口氣。「意思只是叫人攪到軟化為止。」

「那為什麼要稱之為鮮奶油呢？」

事後道格說，「她一定是裝的——是超級明星人格特色的一部分。不然就是有人告訴她男人喜歡笨女人。」

以前我從來沒量過酥皮的各種成份，但我現在刻意度量，細心記下我用多少麵粉、胖子牌奶油和冰水。沒有用；「超級明星」第一次做的餅皮好老好老，她嚎啕大哭，「我不能給里克吃這個東西。」我突然想起道格的奶奶給過我一張舊食譜，她說保證萬無一失。我將蹩腳貨扔進垃圾桶，取出一個乾淨的碗。

我對「超級明星」說，「將四杯麵粉、一湯匙糖、兩茶匙鹽放進那個碗裡。」她小心翼翼慢慢弄，以刀刮平每種成份。

「現在用叉子攪。」我命令說。她吃力地照辦。

我將胖子牌奶油和另一個量杯遞給她。「量出四分之三杯那種材料。」

她說，「噢，好噁心。」我再引導她怎麼用切刀將奶油切入麵粉中，直到一團團奶油變得像蠶豆一般大小。

我又遞給她一個量杯，叫她裝半杯水，再遞上一瓶醋說，「現在加上一湯匙白醋和一個蛋。」她把蛋打進去。「攪拌在一起，加到麵粉和奶油混合料內。現在全部用叉子攪勻。」

她嚷道，「看！都合在一起了。」

我撕開蠟紙，放在櫃台上說，「本來就該這樣。分成五團，各用這個包好。」

目前為止還沒有問題。我把小麵糰放進冰箱晾半個鐘頭，她低聲談里克，說他是了不起的情人。

真的萬無一失。「超級明星」擀麵糰的時候用力捶過，但餅皮一層層細細呈雪花狀。

我答應，「下禮拜做檸檬蛋白餡餅。」

她答應，「下禮拜我會設法叫安迪來看派蒂做的戲服。」

我們都不太樂觀，但我們把閣樓刷乾淨。派蒂日夜不停地工作，想完成一整組戲服，我則掛心要做什麼菜請偉人吃。柏葛米尼先生建議做乳豬。

「乳豬不可能出錯。」他把一個蘋果塞進嘴巴示範道。

我說，「太貴了。何況他若吃素呢？」

他嫌惡地說，「啊，妳不能給他吃沙拉呀。」

最後我選了一種複雜的義大利麵食，花兩天製作。我還在滾袖珍肉丸時門鈴響了。我們都滿懷希望跑到窗邊，可是「超級明星」緊貼著建築物，我們看不出有沒有人跟她在一起。

我們注意聽樓梯上的腳步聲。「聽來好像只有一個人。」我說。

派蒂說，「也許安迪走路很輕。」門突然開了。「超級明星」無憂無慮快步走進來，脫掉銀色緞襖，她手上戴著二十五個圓環臂鐲，現在開始卸下第一個。她高興地說，「準備做檸檬蛋白餡餅吧。」只有她一個人。

「安迪不來嗎？」我問道。

她無憂無慮說，「噢，不，他不在城裡。我從哪兒著手？」

派蒂拖著沉重的步伐走到閣樓屬於她的那一邊。我在六十呎外聽見她咬牙切齒。「超級明星」沒發覺氣氛凝重；她專心把蛋黃蛋白分開。

課程進展得出奇順利。

對我們大家都是如此。

次日伊錫T先生說，「告訴我，她男朋友喜不喜歡那餡餅？」他把一壺水放在電熱盤上準備泡茶，然後舀點櫻桃蜜餞放進兩個高玻璃杯，把茶倒進去，遞一杯給我。接著他在布疋間坐下，以期盼的目光望著我。

我說，「餡餅十全十美。但事情的結果不符合她的願望。」

他點頭鼓勵我往下說。

「我想她以為只要遞上餡餅，情人就會向她求婚。」

伊錫T先生說，「可是他沒有。」彷彿他已知道結局。

「她到他的閣樓按鈴，他往外看，發現是她，就叫她稍後再來。她說她有東西要送他，於是他用繩子吊一個提籃下來。她把餅放進籃內，他拉上去，探頭出來說餡餅好漂亮，但她還是不能上去。他有客人。」

伊錫T先生略表不平說，「她怎麼待人，人也怎麼待她。她不守信用。」

接著他像小孩般怯生生伸手到櫃台下面，抽出一團膨膨用細繩綁的紅絲絨方形物體交給我。

他說，「喏，洋娃娃，我守信囉。」

14 柏克萊

紐約的生活本來應該不錯——要不是我媽插手的話。

她一再說，「我知道這不關我的事，但我想跟派蒂合住的事可能該重新斟酌。」一起先我以為她擔憂朋友們看不慣我們不合傳統的生活安排，這我可以理解。我們住在包瓦瑞貧民區已經夠糟了，新婚夫婦跟另一個女人合用一間閣樓更糟糕。別人會怎麼想呢？

後來我才發覺她煩惱的不是生活安排；她只是忌妒。她自己想跟我們住。哥哥嫂嫂住在國外，但我在紐約，她希望我全心注意她。

於是她巧妙介入我們的生活。她經常打電話來，她的聲音跟蹤我到每一個地方：我工作時如此，我度假時如此，我在家時如此。跟我的青春期正好相反。她堅持跟我們共度生日和假日，我們若遠行不帶她，她就發脾氣，哪怕是她自己出的主意。

一九七二年她居然建議我們到義大利去拜訪米爾頓。她說，「機票錢好低，不利用簡直罪過。」可是我們的計劃訂好之後，她卻躺在床上哀嘆她被遺棄了。她氣沖沖說，「生兒育女有什麼用，如果兒女只會走得遠遠的？」爸到閣樓來求我們不要去。我覺得透不過氣來。

是真的透不過氣來。我在地鐵車上開始驚慌。列車咻咻駛進車站，我抓緊柱子，深怕我會跳下鐵軌。門安全關上後，我鬆了一口氣，但只是暫時；接著我又擔心我會尖叫不止。我受不了橋梁或隧道，開始嚴重頭疼，不敢走出屋外。實在受不了。

派蒂說，「是妳母親——她害妳發狂。」

道格有同感。他說，「我們必須離開紐約，走得愈遠愈好。」

派蒂說，「快搬。我不喜歡妳走，可是妳真的非走不可。免得來不及。」

我知道他們說得對，我轉向道格說，「你得告訴我父親。」

「我知道。」他回答說。

爸顯得極為傷心。他深深嘆息，吸了一口氣。最後他說，「你們的看法沒錯。但我說不出你們走後會我多麼孤單。」

我想像沒有我們他的生活會是什麼光景；媽會暴怒，拿他當出氣筒。「她向來這樣子嗎？」我問道。

爸低頭細看他的鞋子說，「妳知道，我真的想不起來了。她不可能一直這樣吧？」

我們把一切財物打包放上客貨兩用車：包括道格的工具、我的被子和一千美元。我們要前往加州，西行途中我一路唱歌。

我們抵達柏克萊是在初春，我跨下客貨兩用車，四周盡是夜晚開花的茉莉香味。我以前沒聞過，那種香味實在太濃了，我頭暈眼花。即使現在事隔多年，茉莉香仍叫我想起當時的自由滋味。

我們在一位朋友家的院子搭帳篷，開始找房子，但我們沒認真找。尼克是七〇年代初期駕車全國亂跑的那種人，住在他家很好玩。九點左右就有客人露面，往往通宵不走，喝酒、辯論藝術、大談政治。有時候我凌晨六點鐘走進屋內看水門事件聽證會，發現尼克和他的女友瑪莎仍在喝廉價酒、吃乳酪、對三教九流的客人高談闊論。

通常他們喝完酒，直接喝咖啡。我做烤麵包，大家擠在客廳看道格在跳蚤市場花三塊錢買來的多顆粒灰色電視。螢光幕上的影像好模糊，我們幾乎認不出想污政府錢的戈登·利迪和約翰·狄恩的形影。

我們什麼時候談起要一起找房子的？是誰的主意？我想不起來了。但我們到柏克萊不久便決定要共享資源。

我們很快就發現沒人肯將房子租給一群人——這是人家對我們的稱呼——於是

我們決定變成自住型屋主。我們走進「梅森─麥克杜飛地產公司」，見到這麼窮的潛在客戶，接待我們的斯文老頭打了個冷顫。我看見自己映在他大圓眼鏡上的形貌──像吉普賽浪人，濃密的黑色捲髮披肩，雜色裙子拖在地上。尼克站在我旁邊，鬍子好密，看來像先知以賽亞。瑪莎臉色蒼白，留一頭金色長髮，臉形像月亮；身穿她用天然材料做的條紋衣裳，看來好像只有十二歲。連清秀的道格也長髮披肩，門牙少掉齒冠的地方塞了根金屬嵌釘。

老頭叫我們坐下，請我們填表格。我們氣得半死。我們問他：我們有多少錢關他什麼事？我們眼睛骨碌碌轉，嘆口氣抱怨他們的官僚作風。他輕聲解釋說他必須知道我們的財力才能協助我們買房子。

我們寫下平日的謊言。我說我是作家；其實我真的靠寫期末報告謀生，有時候一天寫三、四份。這工作很有挑戰性，若能保証拿到好分數，酬勞還很高哩。道格說他是木匠；他在鎮上各處立招牌拉生意。瑪莎自稱為學生。這是如意算盤。她輟學跟尼克同居，偶爾說要回學校。只有尼克真正有工作，不過寫出來也不太動人：他專門替前衛音樂家製作電子樂器。

老頭嘆了一口氣，帶我們去看幾間房子。頭一間是棟優美的古宅，由樓梯轉角的窗座可以眺望海灣風光。我很喜歡，尼克卻對這個社區有反感。他說，「我可不要住在居民雇女傭、開賓士車的鬼高級街道。我給人地址會覺得難為情。」

接下來看的房子沒有車庫，所以道格反對。他說，「尼克和我要把工具配在一起合開一家店。否則合買房子有什麼用？」瑪莎反對下面三間房子，嫌沒有空間放她計畫帶來的堆肥。

「錢寧道」宅子什麼都有：有車庫，有地下室，還有個大後院。這處位在柏克萊平原的普通社區連尼克也無法嫌它有小資產階級味道。最棒的是，十七個房間各漆不同的顏色，屬於安女王（Queen Anne）時代的優美古宅，出價只要二萬九千美元；分成四份，抵押貸款和稅金每個月只要各繳四十五美元就夠了。道格歡呼道，「我們不必真的再找實際的工作，永遠用不著！」

我們計劃自己種糧食；既便宜又不必依賴邪惡的綜合大農場。同時瑪莎和我每天烤麵包，學習省著用一隻雞餵飽十五個人。我們發現用比較便宜的雜肉效果不錯，還實驗煮舌頭肉、魷魚和心臟。

彼時柏克萊每個人都開始讀《小行星食譜》，知道吃食物鏈頂層的東西在道德上是站不住腳的。肉完全從我們的生活中絕跡。

瑪莎和我乖乖照那本書從頭煮到尾，包括鷹嘴豆餡餅（可用蛋白質有十一克）和花生芝麻白汁麵包條（十二克）。食譜很營養，政治上很正確……但很乏味。我們開始偷偷修正，變化內容使味道好一點。

我們最成功的一道食品是乳酪飯；我們比食譜上多用一倍乳酪，多用兩倍大蒜，做出了美味的佳肴。

乳酪飯（謹向法蘭西斯・摩爾・拉培致歉[5]）

【材料】

・一杯黑豆
・一杯半白米
・一茶匙鹽
・三瓣蒜頭剝皮切丁
・兩個洋蔥切碎
・一罐四兩的青椒切碎
・一個新鮮特種辣青椒切碎
・一磅傑克半軟乳酪切成細條
・一磅農家軟乳酪

豆子泡水蓋滿過夜。
早晨將豆子弄乾，加四杯清水煮一小時左右或煮軟。放涼。
同時煮飯：三杯水煮滾，放入米和鹽加蓋，調成小火，煮二十分鐘或至水蒸發為止。微微放涼。
以大碗混合米飯、豆子、蒜頭、洋蔥和青椒。
烤箱預熱至三百五十度。

5 《小行星食譜》作者。

大砂鍋抹好奶油。底部放一層米飯和豆的混合料。上鋪一層傑克半軟乳酪和農家軟乳酪。再加一層飯和豆，不斷一層層往上加，等全部材料用完，只留最後半杯乳酪。最上面鋪一層米飯。

烤三十分鐘。

最後灑上僅剩的乳酪，再煮五分鐘。

可供六人食用。

尼克的字彙裡沒有「壞掉」一辭。他什麼都會修；身兼水管工、木匠和電工。他會給房子安裝電線，修汽車、鐘錶和錄放影機。他進城搜尋，總要從垃圾堆救回不少東西，得意洋洋帶回家。

朋友們覺得這樣很不錯，任何一種設備都可以找他借。而且你若主張保護地球，這種立場在道德上是完全正確的。可是我們這些跟他合住的人四周堆滿愈來愈多撿來的廢料，就覺得諸多不便了。不到一年我們的古宅已堆滿尼克的寶藏，氾濫成災，而他仍在收集，這我可以忍受。但等他的救援任務侵入廚房，我們終於發生糾紛。

第一次小衝突是為廚房的水槽。有一天尼克在一家正在拆除的餐館找到一個六呎長的金屬水槽，特意扛回家。他由卡車後面卸下水槽，笑嘻嘻說，「堅固的不鏽鋼，而且不要錢。」

我出來看。住在隔壁古洋房的老太太正顫巍巍坐在圍牆邊的蘋果樹枝椏上，身穿一件及踝的黑衣，九十三歲還自己剪樹。我向她揮揮手，她沒答禮。

「恕我直言，這水槽沒有腳。」

他由卡車上拖出一對精心翻轉的桃花心木桌腳說，「我還找到這個。不是挺美嗎？是一張舊圖書館桌掉下來的。我們只要把水槽架上去就行了。」

「不是需要四隻腳嗎？」我問道。

「噢，我們可以用二乘四的板子另做兩隻腳。」

「看來會很怪。」我抗議說。

他說，「我想不會。更何況我想起一個偉大的主意。」他坐在道格製造的廚房餐檯邊，開始畫他的複合架和碗盤排水管。他飛快在紙上畫著，「看吧，我們把架子釘在水槽上，用一根根板條做底。妳洗了直接堆著。」他得意洋洋俯視紙頭說，「碗盤自己滴乾，妳用不著收起來。已經收妥了！」

「好占地方！」我說。

他不屑地問道，「妳到底要什麼，洗碗機嗎？」

我們當然不贊成洗碗機（小資產階級氣息重，能源效率又低），但我心底暗暗渴望有一架。每天晚上來我們這兒用餐的人愈來愈多。尼克把碰到的人都當做潛在的朋友，不斷嚷道：「來吃飯！」瑪莎和我擺餐桌的時候要數人頭，然後在湯裡加水。

我們沒打算當人民公社，可是房子很大，不利用空間顯得很自私。瑪莎和我都喜歡煮東西，多幾張嘴巴有什麼差別呢？紐約來的朋友說要來一個禮拜，卻住了好幾個月。朱勒斯和女友鬧翻那天晚上過來；他待了一年，我們才瞭解他等於跟我們合住。還有隔壁的研究生包柏，每天晚上我們坐下來吃晚餐的時他就會露面。道格特地做了一張大一點的桌子。

有一天尼克看見兩位靠傅爾布萊特獎學金來留學的威尼斯人法蘭西斯柯和伊蓮娜在校園遊蕩，就說要請他們來暫住，等找到公寓再搬。伊蓮娜贊許道，「這兒的生活好緊湊，充滿活力。」他們也搬進來。我覺得不錯：跟尼克的戰事節節升高，他們全都支持我。

有一天朱勒斯看看排在尼克水槽下的袋子問道，「你真的認為我們需要八個資源回收袋嗎？」一個裝無色玻璃，一個裝綠色玻璃，三個裝不同的金屬，一個裝塑膠，一個裝堆肥，還有一個小袋子裝我們認真回收卻回收不了的東西。

我嘆了一口氣，「別跟我談，找尼克。我覺得這些東西好礙眼，恨不得把它請出廚房。」

可是尼克不為所動。袋子好醜，資源回收很費時，卻是正確的舉動。我們雖發牢騷，還是乖乖回收。我們也同意尼克要我們別買雀巢產品是對的，只是我已想不起理由何在。我們同意禁用威爾區牌（據聞他們支持約翰．柏區協會）和庫爾斯牌（跟工會鬥爭）的產品。葡萄當然也全面禁用，但此論點未成定案：農場工人在柏克萊有人強力撐腰，葡萄根本買不到。可是有一天尼克回來說咖啡不健康，我們該全部喝茶，我們便公然起義了。

法蘭西斯柯和伊蓮娜說，「我們是義大利人，非喝咖啡不可。」道格說，「我是美國人，我也必須喝。」

朱勒斯同樣堅持咖啡是生活必需品。四個人立刻到「全地球」商店買一架新的咖啡研磨機。

尼克在廚房擺滿一小袋一小袋棕色包裝的什錦青草和草藥茶來反擊，不久便氾濫成災，一打開碗櫃腦袋就會灑滿甘菊花。

接下來尼克發現了生物節律。他為家裡的每個人畫圖表，貼在廚房的佈告板上。若有人心情不好，他便意味深長看看圖表說，「看吧？」實在很氣人。不過現在廚房大部分空間都被髒亂的小米和大麥占據，這事更令人惱火。

尼克發現了穀類的價值。他常在早晨下樓，舀一碗小米，淋上布龍納博士的均衡礦物質清湯（標籤慫恿我們把一切食品改為礦物），宣稱很好吃。他常閱讀瓶子上的警語說，「試試看。天文學永恆偉大的一神信仰將人類團結起來！在上帝的太空船地球上，有彈有槍，我們全是一體或者無！」

我發現小米頂上抹足夠的奶油，融化之後還挺迷人的。

我可以忍受穀類。我不介意尼克偷偷把香蜂草花粉和營養酵母菌放進我們的食物。他開始種豆芽，本來櫃台上就擺滿一碗碗裹著毛巾要製成優酪乳的牛奶，如今僅剩的空間也被豆芽占滿，但我覺得無所謂。我甚至支持他關切一本名叫《懶惰的結腸》的新書。但他找糖開刀，我就不答應了。

有一天他嘀嘀咕咕進來說，「白色死神！」說著把糖都扔進垃圾桶。

「我烘焙要用。」我尖叫說。

他傲然說，「可是妳看，我給妳帶來更好的東西。」他舉起一瓶蜂蜜。「這是苜蓿的，這是紫苜蓿的，這是蕎麥的。」他欣然說。

我抓起一瓶，扔在地上吼道，「我討厭蜂蜜！」

尼克倉促撤退。

那天下午他露面講和。他啪地一聲把一架魯布·勾德柏的機械放在櫃台上說，「妳說妳要在廚房放一架收音機。」他誇口道，「這架功能十全十美！」沒有刻度盤，彈簧由後面彈出來，天線是一根掛鉤附在古怪的插座上。他把插頭插進去，本地左翼電台**KPFA**熟悉的聲音便響徹了廚房。他得意洋洋說，「甚至更好，只有一個電台！」

「我若想一面煮菜一面聽音樂呢？」我氣呼呼說。

他答道，「沒辦法。」他似乎認為這反而是優點。

接著感恩節到了，「錢寧道」的良心使得我們的國定假日完全由他個人來企劃。我們不會計劃吃火雞吧？我們怎能考慮這種事呢？火雞不但是食物鏈上位階很高的東西，而且是大農場業垂直整合的惡例。

我抗議說，「這是法蘭西斯柯和伊蓮娜第一次過感恩節，我們必須給他們吃火雞！」

尼克天真無邪說，「為什麼？我有個超偉大的主意。」

「你上一個偉大主意是尿液回收計劃！」

他說，「若不是我用金屬桶，本來可以成功的。反正這個主意真的棒極了。」我們眼睛骨碌碌轉動，但他根本不理我們。「妳知不知道超級市場每天扔掉多少食物？我們若做感恩節素菜大餐，全部由垃圾傾倒箱中取材怎麼樣？」

道格說，「垃圾？你指望我們吃垃圾？」

朱勒斯說，「別算我的份。」瑪莎也不喜歡。可是我們很難捍衛我們的立場；面對尼克的道德正義，我們顯得太像小資產階級。他慫恿我們試一次，看看能在垃圾堆裡找到什麼，我們怎能拒絕呢？

人們扔出來的東西真是非比尋常！一盒盒完好的蛋只因為兩枚有裂縫就全部丟掉。我們找到一袋袋包裝破損的麵粉和紙盒破裂的餅乾。香蕉有點赤褐，但可以做美妙的香蕉麵包，蘋果做蘋果醬也剛剛好。

我們開始每天跑垃圾傾倒箱；我絕不願對尼克承認這一點，不過跑垃圾箱真的很有趣。我們帶回各種我平常不會買的東西，動腦筋廢物利用是一種挑戰，我很喜歡。幾週內我發現了白麵包的幾十種用法。

有一天我發現一塊牛排，包得乾乾淨淨，完全可以使用。我舉著那包東西，想起身在「塞納河餐廳」的羅爾夫。當然也想起了媽媽。

我問道格，「你看使用這塊肉好還是任它浪費好？」

「浪費不好。」他說。

「你看我們該拿來吃嗎？」我問尼克。

「當然。」他說。

沒有經過任何討論，垃圾道德觀改變了我們的食譜。不久我們就拖回袋子破掉的藥蜀葵啦，罐頭凹陷的蘇打啦，還有其他類似的禁忌食品。感恩節也許不會太差喔。

旱災摧毀了提爾登公園的由加利樹，有人鼓勵本地居民砍掉死樹當柴燒。感恩節前一天，道格和尼克拿鏈鋸上山。他們回來後，我們都出去幫忙把木頭堆在屋側。隔壁的老太太默默隔籬觀望，尼克一語不發，走過去把部分木柴也堆在她屋側。她莊重點頭走進室內。尼克目送她，接著衝動地跟過去。

我們看他敲門進屋。他去了好久。回來後說，「她聾得厲害。我花了不少時間，她才明白我要請她來吃感恩節大餐。」

「她來不來？」我問道。

他說。「當然。為什麼不來？」

我們擠進客貨兩用車，最後一次跑垃圾箱，我說，「我打賭你沒告訴她我們沒有火雞。」

店裡有很多人排隊等著付火雞和甜薯貨款；外面不必等。尼克找到一袋十磅的甜薯和一磅奶油。我找到芹菜和蘋果。道格甚至發現幾罐罐頭凹陷的蔓越莓醬。

朱勒斯舉起一包蒙特瑞傑克半軟全脂乳酪說，「看！我打賭我們若在午夜回來，甚至可能找到火雞。」

「做你的春秋大夢吧。」我說。

我們回到家，道格升起火來，屋內瀰漫著由加利樹的新鮮香味。瑪莎到花園去挖甜菜和胡蘿蔔，採最後的萵苣。她烤蔬菜、做沙拉，我做乳酪飯。

我們邊吃瑪莎邊說，「感恩節沒有火雞怪怪的。」

我說，「其他的東西差不多都齊全了。佐料、甜薯、馬鈴薯泥、蔓越莓醬、餡餅，我們甚至有加了奶油的洋蔥。」

她說，「我知道，但沒有火雞就是不一樣。」

「妳真的在乎？」尼克問道。

她說，「也未必，」然後壓低嗓門說，「噢，只有一點點。」

飯後我們用丁香、肉桂和橘皮來燙酒。朱勒斯洗碗，我們其他的人開始削蘋果皮，準備做餡餅。「尼克呢？」我突然問道。

瑪莎說，「噢，他可能在店裡發明更有效率的音叉。」我們都笑了。

裡面很好；廚房擠滿朋友，每一分鐘不斷有人抵達。空氣中充滿熱酒的辛香，南方黑白混血兒的音樂活潑輕快。道格伸手摟著我。「我們來加州妳不高興嗎？」他低語道。

他說這句話，我想起了父母。可憐的父親，孤零零跟媽在屋裡。她心境消沉，屋裡會靜得古怪。她煮不煮大餐？「我該邀他們來的。」我嘆了一口氣。

我說著話，一股涼風吹進廚房。尼克帶個大盒子進屋，擺在地板上，俯身抽出一大團破塑膠袋包裹的東西。他遞給瑪莎，得意地說，「火雞！」

我們都瞪著這隻大鳥。當時廚房裡有十二個人，每個人都很識趣，不盤問是哪裡來的。

15 燕子

「以後你若只想做菜，該到餐館去找工作，至少可以賺點錢。」媽坐在道格用舊三夾板釘的斜板凳邊緣，充斥我們家草坪的矮樹上摘覆盆子來吃，洗好的衣裳掛在她頭頂的曬衣繩上飄動。爸爸躺在尼克由垃圾堆撿來而險象環生的塑膠躺椅上，以報紙遮臉抵禦加州的陽光，正輕輕打呼呢。

我媽吹毛求疵打量凌亂的院子，視線掃過堆滿各種破舊待修車的車道。我設法構思百萬個理由請父母過一段日子再來訪，可是我媽精神亢奮時他倆總會露面。我真怕他們來。

「你們沒有隱私！」我媽抱怨道。

我回答說，「隱私權的重要性被高估了。」

她說，「這種生活不正常。妳沒工作。妳住在這座動物園，整天煮東西給不懂得激賞的人吃。妳沒有野心嗎？」

我得意洋洋，「沒有，我沒有。」我開始長篇大論發表柏克萊的標準說法，說野心是美國的一大問題。我跟他們說我儘量不超額使用我該得的世界資源，大談在地球上該輕輕行走。我把頭髮剪短，買「波肯存貨」，只穿勞動價值村買來的工作罩衫。我退回隱形眼鏡（太假了），改換一副金屬框眼鏡。我爸爸說，「妳看來像新時代修女。」

媽指控道，「妳什麼都不做，整天只煮東西。這不是生活之道。」

我諷刺說，「是啊，沒什麼好向妳的紐約朋友們吹噓的。」

她不理我。「我只是討厭妳浪費潛能。妳想不想到法國上烹飪課？爸和我會出錢。妳可以溫習法文。」

我取笑道，「我的法文還溜得很。」我知道她把我當做奧黛麗赫本，以為我留法回來會改穿比較好的衣服，態度也變好了，甚至抱一隻捲毛獅子狗。

媽受到鼓勵，躍進了一大步。「既然要去巴黎，浪費時間煮東西沒什麼用處。何不去讀巴黎大學？」她說。

顯然該換話題了。我說，「其實我正想找工作。柏克萊這邊有一家餐館，我想去上班。媽，是非常好的餐館，名叫『燕子』。」

現場靜默良久，我媽才非常小聲說，「好吧，至少能讓妳搬出這間房子。」

燕子餐廳的小番茄燉豬肉

【材料】

- 四分之一杯蔬菜油
- 八大瓣蒜頭剝皮
- 兩磅瘦肉切方塊
- 鹽
- 胡椒
- 一瓶黑啤酒
- 十二兩柳橙汁
- 一磅小番茄各切四塊
- 一磅羅馬番茄剝皮切碎
- 兩大顆洋蔥粗切
- 一把芫荽葉
- 兩顆特種辣青椒切碎
- 一罐十四兩重的黑豆
- 一粒萊姆榨成汁
- 一杯酸乳酪

以大燉鍋把油燒熱，加蒜頭瓣。分批加豬肉，勿擠在一起，四面煎至焦黃。焦黃後取出，加鹽和胡椒。

另一鍋放啤酒和柳橙汁。加小番茄和大番茄煮沸，火溫轉小，煮約二十分鐘，等小番茄變軟，暫擱一旁。

豬肉全部焦黃後把油倒掉，鍋裡只留一湯匙左右。加入粗切的洋蔥煮約八分鐘或變軟為止。攪動，刮掉肉末。加切好的芫荽葉、辣椒和鹽調味。

豬肉放回鍋裡。加小番茄糊和切好的辣青椒。煮沸，火溫轉小，半加蓋煮約二小時。

試吃調味。加黑豆再煮十分鐘。

萊姆汁拌入酸乳酪。

將辣椒、米飯、酸乳酪——萊姆汁混合物擺在側面供調味及裝飾。

可供六人食用。

「燕子」餐廳每位員工都是經理，每位經理都有意見。餐廳是集資共有的，這群人每件事意見都不同，現在大家正在爭論我的事情。

一位金色短髮的高個子婦人說，「聽來她是首席紅星，我們何不請她參加這個集團？」她用仇視的眼光看看我，摸摸斜紋棉布長裙然後坐下。

「看看說話的是誰，」一位極瘦的男人用力由椅子上跳起，亂蓬蓬的金色捲髮抖得好厲害，他脫下金屬框眼鏡，慷慨激昂說，「妳好有錢，從來不兌領薪水支票。」

高個子婦人海倫說，「噢，我至少不會煮十六加崙印尼魚丸湯，臭得害我們差一點續租不到店面！」

另一個女人一躍而起，個頭矮小粗壯，說話有明顯的法國腔。她哼一聲說，

「妳根本什麼都不煮。彼得至少還試一試。妳只會站在前面櫃台扮演貴婦人！」

海倫眼露兇光質問道，「昨天晚上地板是誰拖的？」

一位胸脯厚實、黑髮濃密的男人說，「聽著。」他個子高高的，鼻子扁扁的，看來像拳擊手而不像主廚。「你們要為禮拜三晚上的班吵架，好極了。但是請用你們自己的時間，再過不到一小時我就要趕到寇迪店裡朗讀我的詩。」他坐回位子上。兩個女人也坐下了。

這時候一位穿低胸印花服的豐滿美女把椅子往後推，手指指著我。她有一頭紅棕色的頭髮，妝濃得嚇人。她說，「海倫說得對。我們不再需要像她這樣的人。舉昨天為例吧。」她矜持地把雙手疊放在身體前端，聲音提得很高很假。「茱迪絲花三個鐘頭做蛋奶火腿蛋糕，因為非十全十美不可。安東娃奈發明一道烤甜菜和橘子沙拉，包柏突然決定做一鍋新的湯。午餐尖峰時段我和琳達沒法叫他們任何一位來幫忙。更慘的是，魯弟負責管收銀機，你們知道他不會加法。」克莉西忍不住哭起來。「我受夠了你們這些博士、醫學士和理學士。拜託，我們能不能找些普通人來這個集團？」

「看你們幹的好事！」海倫說著，繞過餐桌去擁抱克莉西。她回頭瞪我。

「噢，妳何不到『潘尼絲屋』工作？」

海倫發表這番小演說之後，全體員工好像不可能給我試用的機會了。他們對我有反感，因為我是紐約人（侵略性太強），又是已婚（在柏克萊頗叫人起疑）。

擁有碩士學位更是雪上加霜；集團中多的是未執業的醫生和律師，卻不算好員工。

海倫和克莉西一直說不想用我，我環顧室內，納悶我怎麼會變成人家的眼中釘。我好想好想加入這個怪團體。突然間我想到好辦法了。「我先做一個月，你們集團若不要我，用不著付工錢。你們沒什麼損失。」我說。

克莉西說，「不行，她一定很有錢。別人誰肯免費工作？我們不要再來些有錢人。」

我堅持說，「我沒有錢。我日子過得很便宜。去年我靠一千五百元以下活過來。我們屋裡住八個人，糧食大多自己種。」

克莉西說，「妳住公社？那又另當別論了。」

麥克說，「公社？妳為什麼不早說？我再過二十分鐘要趕到寇迪店裡。我們能不能投票？」

我喜歡在這家餐館工作，幹勁連自己都感到驚訝。這裡沒有階級之分：每個人每一件事都要做，從煮東西到拖地板不一而足，我沒有一件差事不喜歡，把五十磅一袋的麵包由送貨卡車搬下來啦，由洗碗機抓出熱盤子啦，連手都燙到了我也不在乎。我喜歡早晨廚房乾乾淨淨也安安靜靜，我喜歡午餐尖峰時段的熱鬧非凡，但我最喜歡餐館工作用上我每一個身心組織。在餐館我覺得有根基、很充實。肌肉由於辛苦的體力勞動而痠痛，心靈則用心企盼難題。值班過後我常常累得沒有力氣經過六排房舍走回家。頭一天我不得不打電話叫道格來接我。他載我回家的時候，我熱烈地說，「真希望我能被錄取。」

我開始研究其他成員，試想要怎麼說服他們投票支持我。克莉西和琳達最容易；她們是餐館的骨幹，也是年輕的工人階級婦女，只管自己做事，也希望你如此。她們跟大學生眉來眼去，免費送他們幾片我們餐館香濃的蛋奶火腿蛋糕，為他們做蛋沙拉胡桃三明治，填料放很多很多，小伙子們嘴巴都闔不攏，她們還額外偷塞點果仁巧克力小方塊蛋糕給他們。如果值晚班，她們會把收音機開得很大聲，邊聽邊打掃。我只要自願留晚一點讓她們去跳舞就行了。她們說聲「妙啊」，對我就好起來了。

彼得和麥克也不難：他們想幫忙煮湯。湯鍋邊競爭激烈，常客總會先問誰煮的才肯點。麥克的湯直接照檔案上煮，總是結實的蔬菜或菜豆，不必太麻煩就做得出來。我給他一點調味上的忠告，他的湯進步神速。他高興極了。反之，彼得忍不住愛試新奇的調配方式。我說，「我該告訴你印尼魚丸會成禍患。今後你動手前我們先討論。」

不過廚師們顯然是一大問題。法國籍且頗有才華的安東娃奈認為我煮的菜太平凡，無法改善餐館現狀。她從來不考慮成本，總要向自己的屠宰商買骨頭來熬原味汁做洋蔥湯，堅持麵包要自烤，增加成本也在所不惜。她曾用好幾加侖的鮮奶油來做一道非常不尋常的蝦子濃羹，幾年後還有人滿懷希望問道，「有蝦子濃羹嗎？」

教授夫人茱迪絲也不太喜歡我。她是「燕子餐廳」的秘密武器，每年夏天到歐洲向名廚學烹飪。她從薩丁尼亞帶回乾鯡鯉魚卵，從西班牙帶回番紅花。到義大利的那年夏天她從摩登納市帶回真正的陳年醋，讓「燕子餐廳」著名的沙拉更有名了。我試用一個月近尾聲時，走進廚房，茱迪絲正在嘗豬肉小番茄辣醬。她臉色陰森森地說，「妳用罐頭豆子！對一個住在公社的人，我們還能指望什麼？」

另一位大師包柏覺得我不夠喜怒無常，無法當大廚師。他極有天份，但只為絕望和失望而烹調；每次他跟女友鬧翻，就創造傑作來忘卻悲哀。幸虧他們的關係十分狂烈，不過平靜的日子他也能做出引人入勝的東西，例如他為一次外燴所發明的花生醬內餡辣椒就是好例子。我跟他說棒極了，他擺擺手說，「妳只是想叫我投妳一票。」

他們投票時把我支開到室外。我等了十分鐘、十五分鐘、二十分鐘。簡簡單單的投票要得了多久呢？半個鐘頭後我實在受不了，就走回屋內。沒有人抬頭看一眼：他們正在爭論一家雜誌的食譜徵稿。

麥克吼道，「那是菁英份子的刊物！我們不能寄食譜給他們。」

「我們受邀該受寵若驚。」安東娃奈說。

「會是很好的宣傳。」朱迪絲同意道。

我已被接納為集團的一份子了嗎？沒人說半句，於是我坐下來。

彼得說，「宣傳不是重點。我們真的要支持主流刊物？」

朱迪絲說，「是的，我們需要顧客多一點。」

琳達說，「得了！我們現在幾乎管不動這家餐廳。」

克莉西不祥地說，「是啊，而且誰來打字呢？最好不要是輪我這一班的人！」

我問道，「我被錄取了嗎？如果是，我會用我自己的時間打字。」

安東娃奈不耐煩地說，「妳當然錄取了。不過食譜的事不必費心。我已經寄出去了。」

麥克和彼得齊聲叫苦。

能當「燕子餐廳」受完訓練的正式員工，我引以為榮。我尤其喜歡禮拜六早上的班；過了幾個月，我們已像一架上足了油的機械，配合得好極了。我愛那種速度和壓力，那種以頂尖效率運行的感覺。我們每個禮拜設法在更短的時間內做出更多佳肴，多做一個餡餅或一道特別的米沙拉之類的。我們的生產力比別班的員工多一倍，真叫人歡欣鼓舞。但也真累：中午到了我休息的時間，我差一點沒體力拿一片蛋奶火腿蛋糕到花園去吃。

有個禮拜六我坐在地上啜飲檸檬汁，身子靠著一座大青銅雕像。蛋奶火腿蛋糕放在我身邊動都沒動過。

有個聲音說，「妳不吃嗎？」一位體型過胖的中年婦人站在我面前，正以渴望的目光看著白磁盤。

我說，「妳吃吧，我累得吃不下。」她連忙伸手，彷彿怕我改變主意。她放下手中塞滿報紙的草籃，坐在我旁邊，把幾件裙子拉拉好。她吃了一口。

她說，「你們燕子餐廳的蛋奶火腿蛋糕最好吃。」她紅潤的面孔離我太近，我看見她鮮藍的眼睛四周有皺紋，印花頭巾下露出白頭髮。

「多謝。」我說著很希望她稍微退後些。

她挪得更近說，「我是瑞秋．魯賓斯坦。我正在寫電影論文。」

我儘量含糊其詞說，「嗯。」我往後挪，希望我不講話她肯離開。我聽過瑞秋的事，她似乎整天待在隔壁的電影檔案室，盤問前來做特殊試映的導演一些令人難以忍受的問題。她專看別人似乎都不感興趣的神秘電影，兩場的空檔間就躲出去喝咖啡吃三明治。

她繼續說，「我沒上過大學。我太早生小孩。妳可別犯這個錯誤。」

我搖搖頭沒說話。

「妳幾歲？」她問道。

我說，「二十六，」又說聲「媽的！」她聽到了。

「對不起，什麼？」她說。

我答道，「沒什麼。」接著她跟我談從不來探望她的不孝子和她的貓，以及她熱愛電影的理由。

後來她就變成我的顧客，就像帥哥們屬於克莉西和琳達。好像不太公平，但我不知要怎麼叫她走開。

瑞秋研究這個集團——大大方方公然進行，特意坐角落的位子，像貓打量老鼠一般盯著眼前的目標，稍後再把她的感想告訴我。

她以斷裂的指甲指著海倫說，「我知道她那一型。她那種人不瞭解真正的痛苦。她的一切都由人端著銀盤拿給她。她丈夫支持她嗎？」

她稱克莉西和琳達「工作者」，即使她們瞧不起她，她還是尊敬她們。她們客客氣氣為她服務，她想跟她倆交談，她們卻不答腔。真希望我也懂得怎樣對人不客氣。

麥克是「大野獸」。她不肯讓他侍候。她滿懷不屑說，「他自稱為馬克思主義者兼詩人，可是有一天我去聽他讀詩，真蹩腳。」她贊許彼得，因為他很親切，而且她贊成他的政治觀。有一天她在電影院撞見他帶個金髮飄飄的高個兒女人，她的看法突然改觀。她嗤之以鼻說，「沒想到他是會迷上非猶太姑娘的男性。」

她跟管理檔案室的人也合不來，尤其她在一場試映後的討論會上告訴某南斯拉夫前衛導演說他是「沒有才華的法西斯」之後，情況更糟。當時她好激動，我們聽見她在電影院緊閉的門扉內咆哮不休。

她還在吼，脾氣溫和的售票員史蒂夫把她趕出來。她一面揮拳一面尖叫，「你這法西斯冒失鬼！」我屏息希望她經過餐館走開。可是不然，她走進來了。我跑到酥皮點心室，希望她沒看到我。

我躲在後面還聽得見她威嚇的聲音。「我馬上要咖啡！」她吼道。接著她要求油酥甜餅。她說，「太小了，給我大一點的。」

我沒聽見彼得的答覆，但她顯然不滿意，傳來鏗啷聲和張口喘氣聲，接著彼得高聲吼道，「出去，出去，出去。」

我實在忍不住了；我必須查查怎麼回事。我走進餐廳，看見瑞秋把油酥點心扔到房間另一頭。「法西斯冒失鬼，法西斯冒失鬼，法西斯冒失鬼！」她每向彼得扔一塊點心，都要重覆一遍。

彼得看到我，忙吼道，「想想辦法。」我跑過去伸手摟著瑞秋。她身上有電擊味，活像一具短路的烤麵包機。我碰她的時候，她雙手放在兩側哭起來。「是他們逼我的。」她說。

「誰？」我問道。

她說，「他們，那些將電路板放進我腦袋的人。」

我安慰道，「噓，噓」。我領她到外面花園，坐在長凳上，撫摸她鬆軟的大手臂，不斷說，「噓，噓，沒關係沒關係。」

她皮鬆肉垂的臉頰貼著我的面頰說，「有一天妳會知道那種滋味。妳會知道有人將電路板放進妳腦袋、控制妳的一切行動是什麼滋味。」

我儘可能撫慰道，「噓，噓。」

她又說，「等妳的時間到了，妳就會知道。」我一句話也沒說，她用瘋狂的眼神看著我，嘶聲說，「妳也會出這種事的。」

我看著她，突然感到害怕。我試把眼光別開，可是她的臉貼著我，咬牙切齒。安東娃奈穿著紫圍裙露面，像平日一般說，「露絲，妳進來好嗎？電影散場了。」我真感激她。

瑞秋莊重地攏攏裙子說，「我正要走，再看到那個南斯拉夫渾球我可受不了。」她起身意味深長望著我。「想想我跟妳說的話。」她說著跺步而去。我走回餐館，感覺她的腳步在地上隆隆響。

第二天晚上我們為瑞秋．魯賓斯坦召開緊急會議。我們圍坐在大橡木桌四周，安東娃奈發送一塊塊巧克力南瓜蛋糕。她慫恿道，「嘗嘗看，我們該每天烤這個。」

琳達跺腳說，「安東娃奈！我們不是來吃蛋糕的。我們要來決定怎麼對付那個瘋女人。」

安東娃奈以濃重的法國腔說，「拜託，吃吃對妳無害。我們每天可以多賺六十元。」

「很好吃。」朱迪絲說。

「朱迪絲！」琳達說。

朱迪絲舉起雙手。她同意道，「好吧，好吧，我們來討論瑞秋。不過我們需要那筆錢。我們快一年沒加薪了。」

克莉西沒精打采說，「該把她趕走。很簡單。她嚇走了顧客。這邊只有露絲喜歡她。」

我說，「我不喜歡她，我只是為她難過。真希望我從來沒見過她。可是我們要怎麼辦呢？立招牌說『瑞秋．魯賓斯坦勿入』嗎？」

克莉西說，「檔案室不會再讓她自由進門了，所以她沒理由來這裡。」

麥克站起來。他很激動。「我不相信我會聽到這種話，老兄。這是什麼，警察國家嗎？我們正認真討論要驅逐某人？」他說。

「我沒看你跟她說過話。」我指出來。

他說，「嘿，我受不了那個瘋老太婆。不過我主張她有權愛在哪兒吃就在哪兒吃，有什麼感受就說什麼，即使我不喜歡聽。」

我告訴他，「她對你詩作的批評你一定不喜歡。」

他並不驚惶，他說，「她至少去聽朗誦會，這就勝過你們任何人了。」

朱迪絲站起來。「我們能不能不要離題？」她懇求道。

這是「燕子餐廳」典型的會議；人人都有意見，誰也沒有解決辦法。我們談了四個鐘頭，什麼都沒做。唯一的決定是日常菜單加上安東娃奈的新巧克力南瓜蛋糕。

瑞秋開始每天進來，坐在她的角桌，眼睛一直盯著我。她不肯別人為她服務；說怕被毒死。她常坐一下午，懶洋洋慢慢吃蛋奶火腿蛋糕，極小極小口，希望吃久一點。有時候我洗碗，總覺得她正在看我，一回頭就看到她站在廚房門口，仍盯著我瞧。

情況愈來愈怪。瑞秋．魯賓斯坦好像無所不在。我走進柏克萊公立圖書館書庫，會發現她在那邊等我。我若到蒙特利市場，她也會在那兒鬼鬼祟祟靠近桃子攤位。我改變餐館當差時間來躲她，可是不知為什麼，無論我在什麼時段工作，她都找得到我。

她老是不祥地說，「等著吧，那聲音也會降臨妳身上。」

好嚇人。

我放棄餐館的大部分時段，改做外燴：這家餐館替私人聚會包辦酒席，生意興隆，我專門做結婚蛋糕。時間不定，瑞秋・魯賓斯坦不知道什麼時間能找到我。可是有一天晚上我正把最後一層蛋糕拿出烤箱，瑞秋出現了。她在外面敲大觀景窗。我躲在廚房假裝沒聽見，可是敲窗的聲音愈來愈果決。

最後麥克去調查怎麼回事。他打開門，我聽見一陣嘀咕聲。接著他走進廚房。

「瑞秋說妳不跟她談她就不走。」他說。

我說，「別讓她進來！拜託！」

他說，「噢，至少跟她談談嘛，我陪妳去。」我們倆走到門邊，打開一條縫。

夜色清明，月亮很圓。瑞秋傲然站在花園裡。我打開門，她把臉伸過來說，「妳躲不了我。我們是同一個人，我是妳，妳是我。」接著她就轉身走開了。

「老天，真嚇人。」麥克說。

我說，「是啊。你看我該怎麼辦？」

麥克打量我良久，雙腳動來動去，似乎很矛盾。他的雙手激動得抽搐。最後他想通這個女人一定具有危險性。他討厭這種牽連。

他慢慢說，「噢，也許妳該另找工作。」

16 另一場宴會

一九七七年夏天，紐約市發生美國有史以來最嚴重的大停電，全市陷入一片黑暗中。

小鳥姨婆一百歲了。

道格首次獲得大好機會。

他受邀到水牛城的「藝術公園」展出，那兒本是垃圾場，如今已改成戶外博物館。這是很大的榮幸：每年只有一小群藝術家應邀去創作暫時性的作品。為了給民眾助興，那邊還有劇場、歌劇院和陶藝、烹飪等各種工藝坊。後來我以妻子的身份，獲邀陪同參加，成了駐地主廚。

我在設備很差的廚房翻箱倒櫃，道格則逛遍公園，找尋完美的地點樹立雕刻作品。我洗生鏽的茶壺和煎鍋時，他選了河谷邊蜿蜒的陡徑。我寫食譜、上市場，他則造了一座向著尼加拉瓜瀑布柔美彎曲的木拱門。美極了，而且有些取巧：道格在拱弧上繫了弦線，當風吹到水面，弦線會逮住風，採擷空氣中的樂音。先聽到聲音才看到雕塑品，效果簡直神奇，彷彿風在你耳邊廝語，吸引你到河邊。

我的烹飪班開課時，道格剛完成第一件雕塑品，開始做毗鄰的一系列熱熱鬧鬧插在地上的笛子。風若夠強，我從廚房也聽得見那些笛子嘟嘟響，跟微妙的絃音構成美妙的對位，道格的音樂小徑變成藝術公園最受歡迎的地點。

水牛城《信差快報》大肆報導〈雕塑家從風中找到歌曲〉。這種風聲豎琴紅透半邊天，以前不肯看道格作品幻燈片的畫廊老闆開始叫他到紐約會面。畫廊的人向我丈夫獻殷勤，客客氣氣問道，「您本業是什麼？」藝術公園的尊卑順序中，工藝算不了什麼。我噘嘴生悶氣。我討厭自己的行為，但道格愈受注意，我就愈暴躁，我情不自禁。

有一天，一位《信差快報》的記者來找我訪談。

那天一定沒什麼大新聞，訪問稿竟登在頭版，標題是〈吉普賽主廚——藝術公園觀眾眼中的男爵夫人〉。記者寫道，「她看來像美麗的異國吉普賽，黑色長髮在風中飄揚。」我一再讀這句話，擁抱「美麗」一詞，還猛照鏡子。不過記者樣樣都很誇張。她談到我「慣於捏麵糰的強壯手臂」，還提到道格和我雖在客貨兩用車紮營，但我是在不同的生活環境長大的。她說我「無瑕的法語」肇因於家父擔任外交官。噢，這我可以諒解；何必讓真相毀掉一則好故事呢？

記者說我做的菜棒極了，她嘗過的果仁巧克力小方塊蛋糕就數我做的最棒。她說大家吵著要我的食譜。這一部分也是她瞎編的，不過現在已成事實：人們湧進來看我示範。我適得其所：「超級明星」教我如何教授烹飪，如今我好快樂。

要不是父母親掃興，我真的快活如神仙。但我身在東海岸，跟他倆未隔著美國的大片土地，所以沒法設防。我媽決定要慶祝小鳥姨婆的百歲生日。

藝術公園的果仁巧克力小方塊蛋糕

【材料】

- 三分之二杯奶油
- 五兩未加糖的上好法國巧克力
- 兩茶匙香草
- 一杯篩過的麵粉
- 四個蛋
- 半茶匙鹽
- 兩杯糖

烤箱預熱至四百度。

在九吋方烤鍋抹奶油和麵粉。

在雙層鍋上熔化奶油和巧克力，下層放滾水。熔化後加香草擱一旁。

以攪拌器打蛋和鹽。加糖高速打十分鐘左右，或打至雪白。

加入巧克力和奶油糊，低速打到混合。加麵粉飛快拌勻，直到沒有白條紋為止。

將整個牛奶麵糊倒進烤鍋，放進烤箱內。立刻將烤箱調至三百五十度，烤四十分鐘。（這些果仁巧克力方塊小蛋糕用一般牙籤試不出來，你若想用牙籤刺，烤出來的東西會顯得不太乾淨。）不要烤過長的時間；這些蛋糕該軟軟的。

可做十二個果仁巧克力方塊小蛋糕。

我父親說，「妳想像不出這邊是什麼樣子。」

噢，我想像得出來。我站在藝術公園的公共電話亭，想像母親搞出的混亂場面。我記得包柏訂婚前兩個禮拜我們老家的樣子，設法揣摹新居的樣貌。

「她開始清衣櫥了嗎？」我問道。

爸呻吟一聲說，「比這嚴重。妳媽決定用車庫當宴會場所，所以她把車庫完全騰空。車道上堆滿破瓦殘垣——破傢俱啦，老工具啦，備用輪胎啦。看起來當然很可怕，鄰居開始發牢騷。後來她又決定要個新草坪，所以雇了幾個人，把地上的東西都挖起來。」

「你們確實需要新草坪。」我說。

「也許吧。不過園丁敲到一根排水管，兩個浴缸都堵塞倒流。我有沒有提過洗碗機充滿污水？」

「媽服用鋰劑了嗎？」我問道。

他不耐煩地說，「有、有。」我爸爸內心深處並不相信化學療法，他把我媽的病看成他該扛的十字架。「妳媽一直說萬事沒問題，叫我不要擔心。可是萬事並不順利。我不知道怎麼辦才好！宴會再過十二天就到了。妳能不能早點來？」

我說，「不行，我在這邊有責任，我正在教烹飪課。」

爸不耐煩地嘖嘖幾聲。「烹飪課……這很重要。妳該看看妳媽收集的食品。」爸知道我的弱點，特別訴諸於我喜歡守護來賓的本性，我落入了陷阱。

我說，「不可能是向洪哈達公司買的。他們已經歇業了。」

他說，「她在橋港市發現一些批發食品店，每天開車到那兒。她買的食品太多了，包裝盒只得跟廢物一起堆在車道上。」

「我以為是小規模的宴會。」我說。

爸嘆了一口氣，「慢慢擴大。」

「媽能邀請誰呢？小鳥姨婆一百歲了。她的朋友都死了。」

「噢，她交了新朋友。妳也知道小鳥姨婆。就是這樣接著妳媽又開始構思想跟她交朋友的人。」

「報社？」我猶豫不決問道。

爸說，「那還用說，百歲女人獨居是很好的報導題材。」

我答應，「我在宴會前一晚到，那樣就有一整天可以治辦出一餐來。」

「時間不夠。」爸說。他的語氣似乎很絕望。

「不過是一場宴會。」我說。

他低聲說，「我知道。」我腦海中浮現他微駝著背、頭髮變稀疏、鬱鬱凝視窗外水面的樣子。我自覺自私和歉疚，但我想圖個清淨。

可惜我沒那個機會。我媽開始打電話來，經常打。每次主任的秘書都得到浩瀚的公園來找我，每接一通電話她就惱怒幾分。有一天她帶我到權充辦公室的擁擠小拖車說，「三天來已經打十二次了，連偷聽都不再有趣。」

我媽說，「小鳥姨婆不是我的親戚，是妳的奶奶，以為妳會關心，來幫忙辦她的宴會。」

我說，「媽，宴會不是我要辦的，小鳥姨婆可能也不想要。我不懂這件事為什麼突然變成該我負責。」

我媽說，「因為我需要妳。我要求妳為我做的事不多。妳該樂於偶爾替我解解圍。我不知道我幹嘛養個這麼自私的孩子，養個只顧自己的女兒。我的要求不算多！」媽啪的一聲掛斷電話。

「掛斷最好。」我嘴裡這麼說，內心卻動搖了。

秘書說，「妳知道她還會打來。妳能不能留在附近別走遠，免得她來電我得去找妳？」

我說，「我有事要做。」就告退了。

媽再打來，換主任親自來找我。他站著聽我跟家母爭執。等我終於放下電話，他說，「妳在這邊工作績效不錯，我真是再滿意不過了。可是妳若必須提早一個禮拜走，請便。」他完全是好意。「聽起來令堂好像真的很需要妳。」

我對他吼道，「不需要。」我真希望我已回加州。

爸說，「拜託。」

媽說，「妳虧欠我。」

道格也來插嘴，「聽來妳爸爸情況很糟。妳媽一定害他日子很不好過。也許妳該去一趟。」

「噢，真了不起。」我說。可是那時候我已接受了無法避免的事實。我全心投入最後的烹飪課，體驗自由即將終結的滋味。

離開藝術公園的早晨，我照照鏡子。在公共浴室昏暗的燈光下，我發現了第一根白髮。我對自己說，「都怪她。」媽三十歲頭髮就全白了。

而我還有一年才滿三十。

我看到父親的外表，嚇一大跳。他猶豫不定站在火車站，盯著每一個路過的人。他瘦多了，如今顯得又瘦又高，頭皮上冒出的白髮使他看起來活像一隻焦急的白鶴。記憶所及他第一次顯示出年齡。很容易計算：爸是本世紀初生的。

「你還好吧？」我伸手挽住他說。

他說，「噢，是的，我沒什麼大問題。何況我說我不舒服會讓妳媽非常生氣。她說有病的是她。」他帶我到車子旁邊，替我開車門，小心關好，然後繞到另一邊，坐進駕駛座。「她又找理由跟包柏吵架了。」他一面發動引擎一面說。

我問道，「她是不是又削除了他的繼承權？」我媽一發狂就按時改寫遺囑。我想這樣會使她自覺很富有吧。

爸嘆了一口氣。他說，「是的。」還提供我目前哪些話題會惹她發怒。提到父親的健康、我哥哥、媽的朋友艾絲特兒或家裡的髒亂都有危險。我點點頭，知道我說什麼其實不重要：我媽發狂的時候，不可能有安寧可言。

在車上我暗想媽若是正常人，爸和我不知會談些什麼。當然啦，她若正常，首先我就不會在這裡：她以奇怪的方式成為我們大家之間的黏合劑。身為一家人就是同心應付媽媽。

車道比爸形容的更糟。因為沒地方停車，他在車道末端放我下車，掉頭趕往車站搭火車。他要去上班。我不怪他。我小心翼翼穿過包裝盒和破椅子堆，站在門口。隔著玻璃我看見客廳跟草坪差不多。

我推開門，遲疑半晌，怕自己會迷失方向。我跨過門檻，有種墜落的感覺，時間彷彿倒流了。我拼命抓住吉普賽主廚的本色，但主廚不見了，餐館老闆和妻子也不見了。只剩下一個小女孩。

媽伸手摟住我叫道，「小貓咪！妳來了！我們喝杯茶吧！」

她把東西推開，在雜物間清出一條通道，領我來到餐廳。銀器全擺出來了。媽把它推到桌子另一端，嘀嘀咕咕說，「我們必須把它擦亮。」她走進廚房，端回一大盤腐壞程度有輕有重的各色食品。

「這是什麼？」我問道。

媽說，「噢，只是幾樣剩菜，我想我們可以當早餐吃掉，」說著拿起一個上頭泛著可疑藍色的鮮奶油食品。「這是米布丁。吃一點，很好吃。」

我連忙說，「我在火車上吃過了，我想我只喝點茶。妳決定宴會上要出什麼菜沒有？」

媽說，「噢，多的是時間稍後再想。我看今天我帶妳去逛街，我相信妳需要幾件新衣服。」

我說，「媽，宴會再過一個禮拜就到了，我不是回家來逛街的。我們必須擬菜單，我們必須清理房子。」

我媽鬧彆扭說，「現在我不要想那些。我們找點樂子！我們白天逛街，等爸爸回家，我們就出去吃飯。明天還有很多時間想宴會的事。」

我本來該接掌一切，但她個性太強，我實在沒辦法。我沒有精力抗拒。我跟著母親走過去開車，花一整天照鏡子，試穿我不喜歡也不需要的衣服。媽抱著一大堆盒子走出店門，嚷道，「現在妳瘦了，買衣服給妳好開心！我今天痛快極了！」

我們抱著一大堆新購的物品踉踉蹌蹌穿過前門，爸已經到家。他看看我，露出沮喪的表情。我知道我的表現令他失望，但他只說，「我去洗個手，我們可以去吃飯了。」

我媽說，「你帶露絲去。我想我還是留下來開始打掃。我今天不太餓。」老套又開始了，爸說，「噢，親愛的，妳不去就沒意思了。」

「不，親親，你們去別管我。你們會比較愉快。」她回答說。

爸說，「拜託去嘛，親愛的。」就這樣拉拉扯扯十分鐘。我突然受不了了。我伸手搭著父親的手臂，轉向母親說，「妳不想去，我們當然可以理解。這一天活動太多了。」我叮叮噹噹拿著車鑰匙，領著驚愕的父親走上母親在客廳裡清出的通路，穿過車道的雜物堆，走到車子旁邊。

他把手放在車門把上，遲遲不願上車。看來真可憐。「妳真的認為我們——」他說到一半停下來。我媽出現在門口，正匆匆披上一件毛衣。她愉快地說，「我想我還是去好了。」說著小心翼翼穿過破傢俱堆走來。

那天晚上我做了一個夢。我變成留著金色長捲髮的小女孩，穿件藍腰帶白洋裝。太陽很大，我們在草地上宴客。這是什麼地方呢？背後有一棟巨廈，草坪緩緩斜向河邊。一支全身白衣的小管弦樂隊正在演奏優美的樂曲。天空湛藍，草地翠綠，馬車不斷停進來。

我在一座涼亭煮東西，站在火爐前面的椅子上。但我並不孤單：皮威太太和愛麗絲也在場。愛麗絲拿起牡蠣沾沾碗裡的蛋汁，交給皮威太太，皮威太太沾沾麵包粉再遞給我。我把牡蠣放進熱油中，等它浮到表面。一浮出來我立刻從油鍋撈起，遞給身後端著空盤子林立的侍者。

有個女人躲在爐子後面，盯著我的每一個動作。她害我緊張。這時候她站起來，我看出是瑞秋．魯賓斯坦。還是我媽？愛麗絲不屑地看看她，把她當做煩人的小狗說，「滾開！呿！走開！」那女人就不見了。

我伸手去拿另一批炸牡蠣。可是東西從我眼前漂走，一個一個自己跳出油鍋，浮到空中；飛到遠處一個穿燕尾服的男子那兒。金色的小團團繞他轉一圈，然後輕輕落在他戴白手套捧著的銀盤中。

是亨利。他轉身把盤子交給背後穿件皺巴巴燕尾服的侍者。亨利向我走來，我暗想，「伊錫T先生戴黑領帶顯得真可笑。」他莊嚴鞠躬，一手挽愛麗絲一手挽皮威太太，輕輕帶她們走開。

我睡醒的時候，陽光灑在臉上有如愛撫，眼簾後面亮燦燦一片金黃。我奢侈地躺著，全身充滿幸福的感覺。我以冷水拍拍臉，匆匆披衣下樓。

睡眠期間屋裡的髒亂彷彿加重了幾分。爸傷心地說，「她整夜沒睡。她把所有壁櫥都空出來。現在她去叫人將另一個茶炊改製成燈罩。」他悶悶不樂搖搖頭。

我說，「坐下，別擔心。」我弄了咖啡和橙汁，擺出麵包捲當早餐。我舉杯跟他對碰。「宴客不會有問題。乾杯。祝你今天愉快。我開車送你去車站。」

我回來洗碗，坐下來思索菜色。我儘量回想小鳥姨婆的婚宴菜單，思考她最喜歡的菜。首先當然要有炸牡蠣。還有沙拉。然後呢？婚宴有龍蝦醬鮭魚，但媽沒有蒸魚鍋。我突然有個靈感，就打電話到魚市場去。魚販說他們樂於替我把鮭魚蒸熟，要蒸多少就蒸多少，我可以在宴會前去拿。如果我預先烤蛋糕、做沙拉醬，宴客那天只要洗萵苣、做鮭魚配醬、炸牡蠣就行了。這樣不會有問題：媽可能請一千位來賓。

我心情平靜，精神集中，轉而注意最迫切的問題。我打電話叫水管匠來修洗碗機，叫園丁修補草皮破損的地方。我租了桌椅。我訂購香檳。接著我設法解決車道的問題。

我真的自得其樂。若非媽出手破壞，我們的宴會一定很成功。

後來的七天之內，媽五度削除我的繼承權。大部分時候我不在乎。我受那場夢鼓舞，穩定又有條不紊地工作，一個房間一個房間打掃，享受將髒亂回歸條理的滋味。媽氣壞了。

有一天她跟我走到外面車道，那邊有不少我堆起來準備送給慈善機構的東西。她尖叫道，「那不能送掉！那是我媽的桌子。」

我說，「好，妳想放在什麼地方？」她一語不發站著，小心翼翼看著我。

我說，「妳有三種選擇。可以在屋裡找地方放，可以送給慈善機關。可以租儲藏櫃來放每一件妳想留的東西。」

「妳太，太，太……」她結結巴巴。

「什麼？」我說。

她終於說出口，「太冷靜了！怎麼樣都不會驚惶失措。妳沒有感情。妳小時候喜歡橄欖。妳知不知道？還喜歡檸檬。妳嬰兒時代我們走進臥室，發現妳在小床上吸檸檬。當時我若知道妳會變成這樣陰森的人，我早就走了。」

我說，「我相信妳會。幫我擦銀器好不好？我想收起來。」

她說，「妳擦。我有重要的事情要做。」她急急忙忙去打電話。她回頭嚷道，「等著瞧，妳會明白是什麼滋味。躁鬱症會遺傳，妳知道。我像妳這個年紀也不是現在這個樣子。妳的下場說不定跟我差不多。」

我像唸經一般反覆對自己說，「這不是我真正的人生，只要再熬四天。我可以忍受。」我媽想盡辦法製造混亂，但我生平頭一次不肯湊熱鬧。她打電話到魚店去取消鮭魚的訂單（「浪費得可笑！」）我沒有跟她爭。我乾脆拿支票到店裡預先付了帳。

媽發現我這麼做，大吼大叫說，「我想妳自以為是了不起的廚師吧。我猜妳要告訴我蛋糕妳也訂了！」

我答道，「比買一堆新烤鍋便宜多了。」好笨。這一來媽有機會大談我把什麼都送給慈善機關是多麼奢侈浪費的行為。「我相信那些盒子裡有蛋糕鍋。」她說。

可是媽的心情正在轉變中。她靠混亂茁壯，房子整潔了，她就像汽球漸漸洩氣，一天天愈來愈馴良。宴會前三天她甚至問有什麼事要她幫忙。我們擦銀器、洗大盤子，安排花朵的佈置。我以為宴客的下午一定很愉快，但第二天她不肯起床。

爸用手撫摸新刷過的桌子說，「妳的成績好棒。妳好有效率。可是妳能不能讓妳媽多一點參與感？」我替他解了圍，他卻不完全滿意；我想他根本不知道自己多喜歡媽所造成的騷亂。

宴客那天早晨，媽說她身體不舒服，沒法參加，說她只會討人嫌。她在草地上的餐桌間鬱鬱遊盪，看著新洗好的生菜沙拉。她伸手去摸裹過麵包粉等著要炸的牡蠣。爸從魚店回來，她發覺鮭魚裝飾得很漂亮。接著她又回床上。她說我們沒有她也一樣開心。她拉被單蓋頭，可憐兮兮說，「我不在也沒人會想起我。」

爸和我哄她起床。我替她穿好那件漂亮的紫色宴會服，闔上拉鍊，爸替她梳好頭髮，她看來迷人極了。但她只是坐在梳妝檯前，說她恨不得死掉。

這時候小鳥姨婆走上通道，爸出去在她衣服上別一朵緞帶花。來賓開始進場，我雇來照顧吧台的男孩子開始倒香檳。我開始炸牡蠣，第一盤端到客廳，我聽見喃喃的讚美聲，接著是我媽的朗笑。我看她打起精神，鬆了一口氣，便專心在最恰當的時刻把每一粒牡蠣由油鍋撈起來。我拌沙拉，由冰箱取出鮭魚；事情順利進展下去。

我走到客廳，小鳥姨婆正在講她最喜歡的故事，四周圍滿仰慕者。「後來公車司機叫我拿出身份証明來証實我有權享受資深公民票價。他看看証件，轉向公車上的每一個人說：『你們信不信？這女人將近一百歲了！』全車的人一起鼓掌。」

她喜孜孜地微笑。此時她抬頭看見我說，「牡蠣十全十美。愛麗絲一定會引以為榮。」

她說這句話，我腦海中浮現我們三個人——我、小鳥姨婆和愛麗絲——在她溫暖侷促的公寓裡雀躍的情景。我想起我們突然停下步伐，我依稀聽見爸爸的聲音說，「她們沒妥善培養荷丹絲面對真實的世界。」

接著我聽見愛麗絲的聲音說，「他竟娶了兩個。」我看看媽媽，終於懂了。我走到小鳥姨婆身邊，低頭吻她的臉頰。她身上有丁香花味。

「多謝。」我低聲說。

小鳥姨婆顯得很驚訝。她想知道「謝什麼？」

「謝一切的一切。」我說。因為我剛剛體會到：無論愛麗絲和小鳥姨婆曾經怎樣對待荷丹絲，她們對我可極為妥善。她們已妥善培養我面對真實的世界。

第二天父母載我去車站。我媽說，「多謝妳回來，小貓咪。妳真的是好幫手。我不敢確定沒有妳我辦不辦得成宴會。」她笑得很開心，然後突然想到似的，又加上一句，「我想幾乎比得上當年我為包柏辦的訂婚宴了。」

17 不斷品嚐

那年秋天我決定當外燴業者，命運卻另有安排。我回到柏克萊，有人提供我一份新差事。

「燕子餐廳」的一位老主顧當上舊金山一家新雜誌的編輯。他打電話問我，「妳會煮菜，也會寫文章嗎？」我說我不敢確定，但我一向喜歡寫東西。他說，「好，妳想不想試當我們的餐館評鑑人？」

我不敢確定能不能辦到，但我願意試試。沒想到助力還不少，我走進「藍鴿餐廳」，有位侍者站在桌邊剔魚骨，瑪麗兒的形影突然毫無預警在他身邊浮現，以挑剔的目光盯著他的每一個動作。毛里斯就在她身後，正在評估裝潢的價值。克羅瓦先生隨著好湯出現，舉匙到我唇邊，我依稀聽見他在我耳邊低語。等主菜的時間很長——太長了——我突然想起印第安納州不肯為麥克和我服務的咖啡館。接著我想起亨利的餐廳戰爭，心想廚房裡不知是否有一位照例很討厭我們的羅爾夫。我的「燕子餐廳」老友們也在，安東娃奈對店裡買來的麵包嗤之以鼻，茱迪絲總是哀嘆醋的品質不好。尼克更別提了，活生生在那兒用猜疑的眼神看著價碼。有了眾聲齊發，食評不寫自成。

我交稿了，那位編輯說，「妳天生是這塊料。」

我輕聲說，「不是，但我訓練精良。」

突然間我真正賺到錢，遠比我想像的多。道格和我申請了第一張信用卡來慶祝。我想餐廳評鑑的工作一定很好玩。

此事只有一道陰影：每次我挑選酒單，都自覺像騙子。餐館評鑑家不該只懂強勁的勃艮地葡萄酒啊。

有一天為了找一家中國餐廳，我偶然走進柯密．林區的店鋪。我打開門，裡面又涼又黑，有酒灑出來的氣味。地板上堆了幾百個紙箱，後側有位個頭很小的男人留著棕色的捲髮和一把邋遢的鬍鬚，正站在克難書桌旁望著我。我在走道上來來回回打量紙箱內的酒，自己暗記酒名，感覺他的目光盯著我的背部。酒名美極了。我伸手拿起一瓶，撫摸標籤。

那人說，「這不是水果，捏也捏不出名堂來。」

我滿面通紅，拚命想背出有限的葡萄酒字彙。我由空中摘取字彙請教道，「這些葡萄採下時照布里克斯甜度計屬於什麼甜度？」我嘰哩呱啦談到酒香和航程什麼的。柯密認真回答所有問題，但我不想得寸進尺。我買了兩瓶兩塊錢的酒就逃出來了。

到家我發現這酒比我們以前買的好喝得多，這種價碼連尼克都忍著沒說出刻毒的話。次日我回去買，隔天又去。

過些時候柯密熱絡多了，他介紹我認識他認為我可能會喜歡的酒，好像不介意我只買最便宜的貨色，還偷偷給我打折，我從來不問原委。他對酒熱情，也喜歡別人愛酒。

「你怎麼決定買哪一種酒？」有一次我問他。

柯密說，「我有我的方法。我到法國小鎮，坐在小酒館問『這一帶誰釀的酒最好？』我的法語不太靈光，所以很吃力。長程開車更不用提了。可是我找到了別人都沒進口的好酒。」

我從來沒碰過真正把錢全投入嘴巴、賭自己好味覺的人。我想觀察他工作。有一天晚上我請他過來吃飯，用我在店裡買的一瓶渥爾內酒做勃艮地紅酒牛肉，問他下次去法國能不能帶我同行。

柯密露出訝異的表情，隨即聳聳肩說，「有何不可？」

勃艮地紅酒牛肉

【材料】

＊三杯勃艮地紅酒（一七五〇毫米瓶）
＊兩湯匙干邑葡萄酒
＊兩個洋蔥切片
＊兩個胡蘿蔔切片
＊一枝荷蘭片
＊月桂葉
＊一瓣蒜頭剝皮
＊十粒黑胡椒子
＊一茶匙鹽
・一湯匙番茄糊
・三瓣蒜頭壓碎

・兩磅牛肉切成二吋方塊
・四湯匙橄欖油
・鹽
・胡椒
・四分之一磅厚培根切塊
・兩個洋蔥粗剁
・三湯匙麵粉
・一杯牛肉原湯
・一磅蘑菇切片
・荷蘭芹
・四分之一杯奶油

打＊號的材料醃泡成汁。加入牛肉，蓋好放在冰箱兩天。準備做菜時將烤箱預熱至三百度。

由醃泡汁中取出肉和蔬菜放乾，汁液保留。以紙巾擦乾牛肉。以大煎鍋燒熱兩湯匙橄欖油，將牛肉煎黃，一次煎幾塊，四面焦黃後以帶孔湯匙將肉舀至碗裡。加鹽與胡椒調味。

培根煎至微焦。以帶孔湯匙舀起，與牛肉同放。以培根油炒洋蔥至微黃但不脆。取出與肉同放。

將餘油倒掉。鍋裡加半杯醃泡汁煮沸，攪拌取出鍋底的碎渣。倒回原來的醃泡汁中。

以砂鍋燒熱剩餘的二湯匙油，加蓋，加醃泡汁裡的洋蔥和胡蘿蔔，攪至變軟。加麵粉煮，不斷攪拌，煮至焦黃。加入醃泡汁和肉湯，繼續攪拌。肉和蔬菜放回鍋裡，加番茄糊、壓碎的蒜頭、鹽、胡椒煮沸。蓋緊放在三百度的烤箱烤三小時。偶爾攪動，必要時加水。

同時以大煎鍋融化奶油，將蘑菇煮至微微焦黃。

牛肉煮熟後攪入蘑菇，在爐子上慢火燉十五分鐘。試吃調味。灑上切碎的荷蘭芹，與水煮馬鈴薯一起上菜。

可供四人食用。

我下了巴黎的快車，改搭一輛硬木椅的古老有軌小機動車。車子慢慢由迷人的山水間走過，我眺望窗外只在書上讀過名字的小城：梧玖、夜–聖喬治、伯恩。

我下了車，一時感到驚慌：沒看見柯密。這時候我看到一個體型碩大渾圓、留著黑色大鬍子的男人舉著一塊招牌，上面拙劣地印著我的名字。

我鬆了一口氣用法語說，「是我。」

他開心地說，「原來妳會說法語！」他聲音低沉，有種美妙的悠揚腔調。他帶我去開一輛小型車，跟我的富豪車同樣破舊，座位破了，整輛車的氣味活像泡過酒似的。酒瓶在地板上碰來碰去，每次他一觸油門，酒瓶就吭啷吭啷響。

我們駛過狹窄的街道，顛簸過大卵石，行經車道停有閃亮賓士新車的古房舍。他不以為然地對那些討人厭的新車發牢騷，「看看這個。」他伸出一根粗粗短短的手指比劃著。「每年酒價漲一倍。簡直做不下去了。」每次我們經過一輛新車，他就要指一指，表情悶悶不樂。

我問道，「我們要去哪裡？柯密呢？」

「他跟馬堅塔公爵正在等妳。妳知道，法國只剩十四個公爵。」

我深深動容說，「真的？」他點點頭，仔細打量我問道，「妳懂不懂得吃？」

我說我自認為懂。

他答道，「好，妳非懂不行。」

公爵令人失望，滿面皺紋，穿件破高領衫，頭髮直直往上聳，額前一撮翹起來像牛舔的，叫我想起「淘氣阿丹」。柯密跟他在一起；兩個人一本正經跟我握手，大家一起走到又暗又潮的地窖，裡面有發霉的氣味。

有位短小精幹、穿法國農民傳統藍罩衫的男人正等著我們，雙足立在一堆酒瓶間，瓶上的標籤註明「普里尼七八」或「蒙哈榭七八」。燈光金黃微暗，他看來活像布魯戈名畫中走出的人物。公爵說，「給他們喝點普里尼。」

柯密轉一轉葡萄酒，聞一聞，啜一口，咕嚕由牙齒間漱過。我儘量模仿。公爵說，「我認為酒精含量低的葡萄酒比較好，較能感受酒的滋味。」他激賞地啜飲一口他自己的酒，接著我們各自到不同的角落把酒吐在地板上，吐完後再把杯中餘酒倒回桶中，白朗先生小心用木塞追回每一滴酒。

公爵帶我們深入另一個洞窟，那邊的泥地上放有舊電熱器以保存紅酒的甘醇。公爵不苟言笑說，「大體上我認為白酒比紅酒釀得好。」我完全不知道他的話是什麼意思，但我點點頭。在我看來「夏山－蒙哈榭」似乎很濃烈，「奧塞－杜黑斯」令人銷魂，但我最喜歡的是聞起來有覆盆子味的「渥爾內」葡萄酒。

接下來沒有東西可試飲了，我們逐一握手告辭離開。就是這樣進行嗎？我暗自納悶。太客氣了。他們什麼時候談生意呢？

我們在漸暗的秋光下開車穿過葡萄酒，我問柯密，「那些葡萄酒好不好？」他說，「非常好。公爵看重那些酒，儘量不干擾它。美國人的問題是不斷說勃艮地的酒太淡。他們喜歡濃酒。為了討好他們，酒商乾脆加糖。這叫做改善發酵的葡萄汁，使得酒精含量更高。」

他指指在平緩斜坡上攀爬的粗短葡萄藤。他說，「看哪。佳釀葡萄園和別的葡萄園差別是看得出來的。」他正指著山開始隆起的地方，也就是正中央。「那些是了不起的大葡萄。」他說。全都比我預料中小得多嘛。

我們行進間，夜幕降臨了，又黑又清楚。等我們停車吃晚餐，空氣乾冷得微微發亮。我下車深呼吸；寒意聞得出來。我聆聽附近小溪的潺潺水聲。一行人順著礫石車道走三步，身後的車子沒入夜色中。我們朝餐館摸索前進，柯密牽著我的手。接著門一把推開，笑聲向我們湧出來。裡面很暖，爐架內嗶嗶剝剝閃著火光。我們置身在不知名的地方；餐廳擠滿了人。

柯密研究酒單良久良久。最後他放下酒單，對侍者說了幾句話。他說，「我點了以前沒嘗過的克雷皮酒。」

我嘲笑道，「永遠不忘工作。」他臉上沒有笑容。

他品酒之後說，「上帝啊，這真棒。」我也喜歡；很爽口，微微帶苦味。柯密開始喃喃自語，我看出他正迅速計算什麼。我望著他，心想他一頭捲髮邋遢的鬍子，真不像酒商；但他滿腦子生意。

他沉吟道，「餐廳賣三十四法郎，這表示進價八法郎左右。」他停頓片刻，又計算一番說，「棒極了！我可以一瓶賣八美元。跑這一天幾乎值得了。」

「公爵的酒呢？」我問道。

他漫不經心說，「噢，今年我不買。」

「我以為你喜歡。」我嚷道。

他搶白道，「我喜歡，可是妳知不知道他要價多少？普里尼一瓶十三美元。還不包括運費、保險、各種稅捐。我喜歡賣大家買得起的酒；像這種。」他又心滿意足啜飲一口克雷皮。

接著他態度趨緩說，「何況昨天我找到更划算的交易。妳瞧著吧：我要拿一瓶安頗的酒給我們明天要拜訪的孟蒂爾先生。我把標籤拿掉。我想看看他真正的想法。」

孟蒂爾先生搖動酒液，看它晃動的情形。他舉杯對著光線。高貴的鼻子伸入玻璃杯吸取酒香。他啜飲一口；考慮半晌。這個人長得很結實，頭頂光溜溜，具有律師的精明眼光，品酒的時候頭往後仰，讓酒味在喉嚨留連。他的餐廳好像幾百年未曾改變，祖先肖像從餐廳牆上縱情俯視著一切。

他終於說，「玻璃杯裡有陽光，大量陽光，是很好的年份產的酒。」他又啜一口，點點頭，轉向妻子。他們交換意見。一定不是六九年，沒那麼老。那麼是七一年的，他們看法相同。先生說，「這種甘油，還會是什麼？」

柯密告訴他是什麼酒，孟蒂爾先生嚷道，「可是我的地窖就有這種酒！」他熱切轉向柯密問道，「安頗賣給你了嗎？」

柯密沾沾自喜點點頭。

他說，「不妨當做你受到了禮遇，別指望好運再來。他全憑一時興起。」

柯密顯得快快不樂。

孟蒂爾夫人輕聲插嘴說，「別以為是針對個人。他很怪很怪，聽說他即使去望彌撒，也是一面穿衣服一面跑進去。離開教堂已在脫衣，免得浪費時間。他對葡萄情有獨鍾。」

柯密一心想談生意，可是勃艮地永遠把吃飯擺第一。這一頓是用來炫耀美酒的，毫無例外以一瓶濃淡適中的帕瑟托葛蘭酒和攙有藥草和大蒜的沙拉開場。

接著是燉野兔肉。夫人得意洋洋說，「本地區的特別菜色。」她丈夫則繞桌倒出六四年份的魯金斯啜飲一口，滿意地點頭。

濃度稍低的六六年份魯金斯則跟鄰居做的乳酪一起端出來。最後孟蒂爾先生拿出一個長滿黴菌的瓶子盛裝的五七年份渥爾內酒，跟蘋果餡餅一起待客。我啜飲一口，酒味在嘴巴裡飛舞，風味鮮活，跟我嘗過的任何酒都不一樣。我環顧四周，看看有沒有人跟我一樣喜歡。孟蒂爾先生顯得很快樂；連柯密都深深動容。這時候孟蒂爾先生啜飲第二口，笑容漸漸消失。他柔聲說，「真可惜。」

我再啜飲一口，口中的舞動中止了。孟蒂爾先生絕決地說，「死氣沉沉的。」

午餐吃完，我們走進地窖。那是天花板很低的房間，擺滿酒桶；光禿禿的燈泡射出幽暗的金黃燈光。我們試飲單純的勃艮地好酒帕瑟托葛蘭和渥爾內。孟蒂爾先生搖搖頭。他傷心地說，「今年我們犯了錯。我們生產太多，今年大大豐收。酒很好，必定非常對味，非常合宜，可是……」我們進展到七八年份，他點頭讚許，近乎自言自語說，「這是一種有個性的酒。七九年份絕不可能像七八年份。」

我們開車赴下一個約，柯密說，「我希望像孟蒂爾這樣的人多一點。今年好難找到誠實的酒。但我不斷嘗試。」我們穿過綿延直上老石村邊的葡萄園。時髦的新車瘋狂地斜過來斜過去，駛經窄得容不下汽車的街道。一村又一村都是這個樣子，然後我們來到乎利鎮，沿著標幟駛到教堂，彎來彎去抵達小鎮頂端。我們抵達時鐘聲大作，聲音在舊石屋之間前後迴盪著。

出來迎接我們的謙恭老紳士說，「我跟神父有個協議。」他雙頰紅潤，頭髮銀白。「有時候我有客人，就請他不要敲鐘。我出生在這兒，覺得鐘聲美妙極了。可是有些人不喜歡。來，我們嘗嘗酒吧。」

蒙納西爾先生一面走一面聊，帶我們走出他家，穿過庭院，一直往下走進他掘造地窖的丘陵。「目前七九年份的不太討人喜歡。有些正經歷乳酸發酵期。」他拔起一個木桶的塞子，將一根長玻璃管伸進酒液。這酒混濁不清，連我都分辨得出味道很差。我們聞一聞，轉一轉，由齒縫間咯咯吞下空氣，把酒吐在水泥地面。接著我們將餘酒倒回桶裡，繼續試另一種。這種酒很淡，有水果味，很迷人。蒙納西爾先生搖搖頭。他說，「同一個葡萄園，但願我知道為什麼出這種事。」

我們慢慢走過乾淨的水泥地，嘗每一個葡萄園出產的酒。「現在我們上樓，嘗老一點的酒。」他說著帶我們走進暖洋洋擺滿沉重木製傢俱的老房間。中央放著一張布滿密密雕花的餐桌，上置一個酒瓶和幾個玻璃杯，旁邊放著一托盤滿滿乳酪、香腸切片和大塊大塊的硬皮麵包。

生意微妙開始。等我們進行到七一年份，已不再使用喝了吐掉的試用酒，蒙納西爾先生傷心地說酒未醇熟就得出售實在太可惜。他說，「大多數釀酒商沒有財力把酒留到可以喝的時候。我的困難不一樣，我可以等酒好了才賣，但我心太軟。我喜歡的人要酒，我沒法拒絕。」

柯密暗自希望蒙納西爾先生喜歡他，或許肯賣他一點酒。哎呀！不幸蒙納西爾先生告訴他這些酒都是七三毫升瓶裝。

「美國新法律不是要求七五毫升？」

沒錯。

「對不起，你不能指望全法國都為美國政府心血來潮而改瓶子吧。」

我們開車下山，柯密說，「渾球！」

我睡眼惺忪問道，「是不是白費了一下午？」我滿肚子葡萄酒、陽光和香腸。

柯密說，「噢，不。我已做了接觸，明年等他瓶子用完新買，我就可以進口了。但我若能現在買，心情會更好。」他顯得愉快一些，又說，「至少我知道下一個地方不會出這種事。我們要到聖瓦勒林去看瓦謝先生。長久以來我一直買他的蒙塔尼酒。我想妳會喜歡他，這一帶的人說瓦謝先生人如其酒：起先樸實嚴苛，最後卻十分友善。」

我們身在平地，所以遠在我們到達之前就已看見葡萄園中間的房子。他們也看得見我們來。我們抵達的時候，手指像葡萄藤一般節節疤疤的瘦小男子瓦謝先生站在房子前面等我們。

沒有輕鬆的玩笑話。「我們現在去嘗酒。」他說著帶我們走進一個擺滿大混凝土槽的老舊小地窖。

「木桶呢？」我問道。

他說，「我沒有木桶，」並爬上一道貼在水泥大缸上的梯子。「我相信該有酒味，不是木頭味。」我們沿著成排的酒槽一路嘗過去，慢慢往門口走。他自言自語而不像對我們說，「味道會很好。」

他指指牆邊微微發亮的一堆綠瓶子問柯密，「你想不想嘗嘗你上回買的那批酒現在是什麼風味？」柯密點點頭。瓦謝先生遞上一個玻璃杯。他說，「這是你買的。」又遞上另一杯，「我比較喜歡另外一種。」

我覺得兩種酒味道一模一樣。可是專家們不同意。柯密轉一轉、聞一聞、自顧點頭。他堅定地說，「我的看法是對的。這種比較有深度。這批你還剩多少？」

「一百箱左右。」

「我要了。」柯密說。

第二天起霧了，柔柔的霧使得萬物模模糊糊。柯密小聲咒罵；我們要到薄酒萊鎮，開車要很久。

川奈爾先生夫婦正在等我們，臉上笑咪咪的。下車時我說，「去年你一定買很多。」

「沒錯。」柯密說。

「你今年會不會買很多？」

「要看酒而定。」彼此沒什麼客套。薄酒萊新貨正在等我們，柯密啜飲一口。他嘴角往下垂。川奈爾先生去拿另外一瓶，川奈爾大嬸焦急地擰絞雙手。他打開來倒酒，倆夫婦都瞄了瞄柯密的表情。他的表情很強烈：活像他嘗到什麼難吃的東西。最後他終於說，「太烈了。」接著要求借用洗手間。

我跟川奈爾夫婦坐在那兒，感覺很不舒服，視線不知該落在什麼地方才好。

川奈爾大嬸噓聲對丈夫說，「他不喜歡。他說酒精十二點八度太濃了。我想他不會買。」

他安慰道，「會，會，他會買。去年他買了幾百箱。他到哪裡去找更好的？」

川奈爾大嬸轉向我。她說，「我們不年輕了。這一行很辛苦，我們已做了三十年。」

柯密回來，她掃視他的臉，看來不樂觀。柯密顯得很不愉快。最後他說，「我買二十箱。」屋裡一片死寂。

外面霧更濃了，我們順著狹路蜿蜒下山，柯密把一張藍調卡帶放進錄音機座，同時咒罵天氣。

他語氣激烈說，「好！十二點八度！簡直荒唐。薄酒萊新酒酒精度應該很低。他們放了太多糖；他們用不著這樣的。」

「你賣不出去嗎？」

他說，「當然賣得出去。我找到的薄酒萊產品還是數這個最好。但我今年若表明立場，也許明年他們不會加這麼多糖。」他似乎真的很生氣。「妳以為我存心不找到好酒嗎？我靠的就是那個。但我沒法確定酒的品質年年一樣。我若開始進口我看不上的酒，那我還不如改行算了。」

柯密放慢車速，轉頭望著我。他說，「妳看不出來嗎？」活像我沒搞懂整個要點。「所以我必須不斷走這些天殺的路程。我必須不斷品嘗。」

18 橋

「妳什麼時候要用正經點的態度面對人生？」

我有一份可敬的工作。我賺到了紮實的錢。我的名字每個月出現在印刷品中。我甚至開始為紐約的雜誌撰寫食評文章。這有沒有打動父母親？一點都沒有。我媽不屑地說，「食品！妳不過寫點跟吃有關的東西。」

我儘量把她的聲音逐出腦海，但她的嗓音揮之不去。別人愈讚賞我的工作，我媽的聲音變得愈響亮。「妳在浪費生命。」她嘲諷道。

此時恐慌病又回來了。有一天我開車去吃午餐，走到海灣大橋中間忽然透不過氣來。我感到好慚愧好尷尬，沒跟任何人說，甚至沒告訴道格。但我開始找藉口使用大眾運輸工具或者拐別人來開車。

我自問，「為什麼這樣？為什麼在此刻？」我想不出答案。

我變得很怕開車，有人邀我參加以詹姆士．畢爾德為主客的宴會，我差一點沒去：地點在舊金山，道格未受邀。最後我斷定不去太蠢了；宴會在俄羅斯山莊，搭公車很容易嘛。

可是我到那邊覺得很難過。我站在一棟豪宅角落，望著彎來彎去的九曲花街（倫巴德街），心想我穿錯了衣裳。我是宴會上最年輕的人，遠比大家年輕。由於緊張害羞，我吃了很多辣味煮蛋，暗想我不知多早告辭可以不算失禮。

那邊每個人都認識「吉姆」（詹姆士．畢爾德），奴顏卑膝圍著他龐大的身軀，我遠遠旁觀，在腦中構思一篇辛辣的宴會小報導自娛。這時候一位戴眼鏡的嬌小男士手越過我去拿辣味煮蛋，回頭說了聲「嗨」。

他個子很矮，鏡片厚厚的，一副書呆子相。簡短的英國嗓音聽來像一位上過牛津且自命不凡的美國人。我想他可能是教授，只是他來這場老饕聚會幹什麼我實在想不出來。他自我介紹，我忙著想這些，沒聽清他的名字。我不好意思請他說一遍，就問一個平淡無奇的問題：「您從事哪一行？」

「我為一家牛奶公司工作。」他回答說。

我先是吃驚，接著很高興。他顯然不是大偉人的名人朋友之一。我放鬆心情跟他聊天，慶幸不再當沒人理的壁花。他說「我去給妳端杯酒」，我修正了腦中令人不悅的小報導。也許食品界黑幫老大不像人家說的那麼差勁哩。

他帶回兩杯酒和一位非常高大的女人。他們倆看來活像美國動畫中一高一矮的傻蛋默特和傑夫。她有一對水藍色的眼珠，銀髮紮成低低的馬尾，是我所見最美的老人家。我猜她年約六十歲。

她用力握我的手說，「嗨，蜜糖。」男子說，「這是瑪麗昂．康寧漢，我想妳們該見見面。」他遞給我一杯酒就走開了。

高高的銀髮婦人以輕鬆又關切的語氣問話，我過了一會才發覺她短短十分鐘已對我瞭若指掌。最後她說，「妳千萬要見見詹姆士。」她抓著我的手往前飛奔。人群向兩邊閃，突然他已莊嚴坐在我面前。我拼命找話對這位名人說，我試著回想他寫過的書或一些著名食譜的名字，「番茄餡餅」一詞突然躍上心頭。

我說，「外子喜歡閣下美國烹飪書所介紹的番茄美乃滋餡餅，我們經常吃。」

他輕蔑地看我一眼說，「是嗎？」他似乎很厭煩。我沒話找話說，他似乎不太想繼續談下去，我自覺像一隻蒼蠅圍著胖胖的佛像嗡嗡作聲。他焦躁地揮揮手，我就退開了。他坐著，我站著。最後我想起來問道，「我能拿點東西給你吃嗎？」他說他很想吃幾個辣味煮蛋。等我端著盤子回來，新的群眾已擠進來，於是我遞給他就回到宴會人群中。

瑪麗昂發現我，充滿同情說，「他對男孩子客氣多了。我該陪妳留下才對。」

我說，「是啊，我比較喜歡那位牛奶公司的人。」

瑪麗昂面無表情。「牛奶公司的人？」她問道。

我說，「妳知道，那位替我們介紹的男士。」瑪麗昂仰頭大笑，聲音低沉，笑得很開心。我望著她，心想我沒聽過比這更沒有惡意的笑聲；不會讓我難受也不會讓我難為情，我等著她跟我分享這笑話。「他對妳這麼說，一定是要妳自在些。他是傑拉德．艾雪。」

「品酒名作家？妳是不是也是重要人物？」我有點尷尬問道。

她輕鬆自在說，「噢，不，孩子。我是現在僅存的住家廚師。我剛校訂過《芬妮．法默》的十二版。」她伸出手臂拉住一個走過的人說，「我向妳介紹我們的東道主。」

突然間很多人站在我四周，小題大作談我寫的一篇文章，我漸漸覺得這些食品界名人真的很親切，不客氣的小報導就此拋到腦後永遠不寫了。

瑪麗昂開車載我回家。一週後我們碰面吃午餐。再過一週又聚一次。不久我們已定期聚談，她接電話我用不著說是誰她就猜得出是我。

食品界每個人她都認識，她跟我說茱莉亞、詹姆士和克雷格的偉大故事。還有傑拉德。我對這些人都很有興趣。可是沒有一個人勾起的興趣比得上瑪麗昂——她中年重新塑造自己，似乎不覺得有什麼了不起的地方。

瑪麗昂的辣味煮蛋

【材料】

・四個水煮硬蛋　・一茶匙左右的芥末
・四分之一杯美乃滋　・鹽與胡椒
・一茶匙蘋果醋

蛋剝殼，小心縱切成兩半。蛋黃放碗中，以叉子搗至均勻平整。
加入其他材料好好攪拌。混合料必須濃稠似奶油狀。
將蛋黃糊放進切半的蛋白中。磨些胡椒在頂上。冰至需用時。
做成八個辣味煮蛋，或六人份左右。

「有一段時間我擔心製造杜松子酒的人不再製造，我會沒酒喝。為了防止這件事，我在屋裡到處藏杜松子酒。知道酒在那兒使我感覺好一點。」

我認識瑪麗昂不滿一個禮拜，她就出其不意丟出了這枚小炸彈。我們正要去看她的舊金山朋友西西莉亞，她輕輕鬆鬆說出那番話，好像只是閒話天氣家常。我目瞪口呆：無法想像這位雕像般優美的女人曾是無可救藥的酒鬼。

她說，「噢，很嚴重，我出門皮包裡一定帶個酒瓶。」

我問道，「妳怎麼戒的？嗜酒者互誡協會？」

「不，我只是下定了決心。一旦做了決定，最嚴重的不是放棄烈酒，是放棄伴隨酒而來的一切。我丈夫羅勃說我再也沒什麼趣味。」

我想注意聽，不過我正拐上高速公路，海灣大橋浮現在眼前。我自言自語說「鎮定」。但我感覺恐慌浮上心頭。橋太長了。

腦中的聲音說，「妳還來得及逃脫，收費站前還有一個出口。」後來鮑威爾街的路標過去，我不得不投入了。我若真陷入困境，連可以上的路肩都沒有，我覺得喉嚨好悶；嚇得透不過氣來。

瑪麗昂的聲音彷彿遠遠飄來。「我們的人生繞著喝酒打轉，」她說。我拼命設法注意聽。「我戒酒後情況變了，羅勃很生氣。」

我一面禱告「可別讓我在這個時候暈倒」，一面答道，「那一定很難熬。」真希望我帶了口香糖或吃的東西，只要讓我分散注意力不要恐慌就行了。

我伸手到皮包掏回數票錢。「收據，謝謝。」我說，聲音顯得很自然。接著我們過了收費站上了坡道，耳朵內血脈洶湧，我覺得我已忘了怎麼呼吸。車內很暖和，只覺腋下汗水淋漓。我一面伸手開收音機一面自忖道：如果太嚴重可以在金銀島下去。我雙手必須做點事。我想像自己用力將方向盤打向欄杆方向，想像車子瘋狂轉圈子。我把手撤離方向盤，努力抗拒這個衝動，車子有些向右偏。我飛快轉回來。她注意到沒有？

瑪麗昂仍在講話，我儘可能收聽。我聽見她活像在長長的隧道另一頭說，「後來情況就好轉了。我開始教烹飪課，發現我的恐懼症已經不復存在。我有沒有跟妳談過我的恐懼症？」

她注意到了！我滿面愁容轉頭看她，但她對我腦中的雜音似乎一無所知。她繼續說，「噢，妳現在做的事我就辦不到。」

「什麼事？」我問道。

她說，「開車過橋，給我一千萬我都辦不到。我害怕。」

「妳怕什麼？」我又怕什麼？

「怕我會驚慌暈倒。怕我會放掉駕駛盤。怕我突然將車子掉頭。」

她真的說了這些話嗎？我轉頭看她，但她似乎很自然。「我怕一切會動的東西：飛機、火車、汽車甚至電梯。孩子，妳可能不相信，我對電梯好恐慌，要等胡桃澗鎮有家醫院樓下有產房我才敢生孩子。」

我問道，「是真的嗎？」並轉頭看她的臉。她似乎一本正經。我越過她的藍絲綢襯衫看過去，發覺我們正經過金銀島。我發覺有幾秒鐘我居然忘了恐慌。現在一想起來，那種感覺又回來了，且逐漸擴散。我們正在橋上最糟的橋墩距部位。我看看市區，真希望我在那裡。腦中的嗡嗡聲更響了。我摸外套鈕扣，翻錢包找東西，什麼東西都好，只希望分心不去想過橋的事，不去想我正控制一個致命武器，隨時可能失控。

她說，「我幾乎好幾年沒法出門，搭飛機當然更不可能。」我說，「嗯。」我咬嘴唇，在座位上動來動去。我感覺激擾直達指尖。我們只要能到終點就好了！

瑪麗昂輕聲說，「孩子，妳是不是離前車太近了？」我放鬆油門。我一心想過去，所以離我們前面的藍色紳寶車保險槓只相隔幾英寸。腦中的嗡嗡聲更響了。但我們快到了；快要過去了。我舒了一口氣。

「是我兒子馬克幫助了我。」瑪麗昂說。

突然間我想起最糟的還沒來。過完橋是安巴卡德羅高速公路，那是嚇人的有蓋墩距。還有彎道呢。我們由第一個出口下橋時，我幾乎閉著眼睛。我們轉入墩距下的漆黑處，飛駛過開闊的空間，輪胎吱嘎響。

瑪麗昂說話速度加快。「我四十五歲生日馬克送我一張機票，讓我到波特蘭去上詹姆士・畢爾德的課。以前我從來沒離開過加州，我嚇慌了。我從來沒搭過飛機，沒有一個人出過遠門。馬克帶我到機場說，『妳若不搭上那架飛機，妳永遠到不了任何地方，永遠做不了任何事，永遠成不了任何人物。』」

「妳上了那架飛機沒有？」我問道。

她說，「有，我上去了。我一路哭，可是我到了那兒，很值得。課程棒極了。次年我回去上課，再下一年又去。」

「之後就容易些了嗎？」我問道。

她說，「噢，是的，容易多了。我的生活完全改觀：詹姆士要我當他的助手。」

「恐懼感完全消失了？」我問道。

「噢，看哪，蜜糖，那邊有個停車場。」

已經抵達目的地了嗎？我關掉引擎，靜靜坐著一秒鐘。我們辦到了；我沒讓自己出醜。下車時我仍微微發抖呢。

西西莉亞・江一身綠色絲綢，站在滿漢餐廳門口，頭髮又黑又亮，梳成緊緊的髮髻，襯得她的頭型更加嬌小渾圓。光滑美麗的面孔有如面具，完全看不出年齡。她揮動修過指甲的雙手，黃金和鑽石在陽光下閃爍。我想這個女人從來沒有畏懼過什麼。

她帶我們穿過餐館雅緻幽暗的空間，來到一張靠窗的餐檯說，「只是為朋友們做的小午餐。」我眺望惡魔島和舊金山灣，儘量不去想回程的路。

西西莉亞優雅地向我們微笑，「我叫主廚做了幾道菜單上沒有的特別菜色。」

她拿起一雙尖端鑲純金的象牙筷子，各挾一片醉乳鴿給我們。我咬一口：乳鴿泡過酒，酒味香醇，肉好嫩，教我有點飄飄欲仙。

「我不吃。」瑪麗昂說。

西西莉亞輕快地說，「酒含量不多，對妳沒有害處。」聽她的語氣，顯然覺得禁欲很荒唐。不過她拿起另一個盤子，遞給瑪麗昂；盤裡的東西像錯綜複雜鑲著荷葉邊的布塊漂浮在表面。西西莉亞說，「辛香腰子，很難做的。」

我猛嚥一下口水；世上有兩種食物我極不喜歡，腰子就是其中之一。我當場跟上帝討價還價：祂若讓我毫不困難過橋回去，我就吃腰子。

西西莉亞繼續說，「豬腰必須泡在水裡，換很多很多次水才能泡乾淨。」我吃了一小口，接著再吃一口，好像吃芳香的雲霧。西西莉亞對我滿面笑容。

「妳知不知道西西莉亞衣擺縫著黃金逃出中國？」瑪麗昂問道。

「真的？」我問道。

西西莉亞就事論事說，「噢，是的，跟我妹妹，在大革期間。我們幸運逃出來了。」

「然後妳來到這裡？」

她說，「那是後來的事。我們先到台灣，然後我結婚搬到日本。來點醃豬肉。」她倒出一小碟一小碟濃烈的黑醋。「這是在中國買的，肉要這樣沾。」她示範說，「棒極了。」

瑪麗昂說，「妳該進口這種醋來賣，味道像中國香膏。妳可以擺在手提箱裡。」

我是不是覺得她的聲音有點尖？「手提箱？」我問道。

瑪麗昂轉向我。她說，「正好十二個。去年西西莉亞帶我、愛麗絲・瓦特斯和十二個手提箱到中國。」

我腦中生動浮現三個女人在稻田間被一堆大提箱包圍的畫面，想像中全是森松牌的粉紅提箱，全都上了鎖。

瑪麗昂繼續說，「在中國期間愛麗絲和我一直納悶裡面裝了什麼。西西莉亞從來不打開，甚至不談起這些提箱，愛麗絲稱之為幽靈提箱。等我們終於到香港住進旅社，有五個裁縫在等西西莉亞。原來她帶的是布料！」

西西莉亞不徐不疾說道，「我得找地方做衣服呀。」她用不以為然的表情看看餐檯對面說，「瑪麗昂只帶一個小箱子，她堅持自己拿。」

瑪麗昂說，「我旅行不想依賴任何人。我花很長的時間才離開陣地。我喜歡獨立的感覺。」

「來點魚翅吧。」西西莉亞說。

瑪麗昂問道，「這是不是妳裝在手提箱裡帶回來的？」她轉向我。「我們回來，手提箱也是滿的，但我一直不知道裡面裝什麼。」

西西莉亞答道，「這是裝在其中一個箱子裡帶回來的，我去香港總會買魚翅。很貴。我的舊金山公寓和比佛利山莊住宅各有一個特設的壁櫥裝魚翅。」

侍者將一個有蓋大湯碗放在她面前，她拿起一根杓子，徐徐將半透明的波浪形物體舀進細緻的磁碗中。魚翅爽脆帶膠質，輕挨著小魚球，嘴巴一闔上，東西就化掉了。還有袖珍白菜心。湯甘濃味美，我們坐在那兒聞香，一時默默無言。

瑪麗昂終於開口說，「一九六一年西西莉亞開第一家滿漢餐廳時，我們都沒嘗過中國北方的食物。十分驚人；全新的一種餐點。」

西西莉亞笑道，「我說我要羊肉，屠宰商不相信。他說中國餐館不供應羊肉的。」

「妳丈夫有沒有幫妳？」我問道。

西西莉亞鄙夷地說，「噢，沒有，他留在東京。我把小孩留下跟他，自己一個人來。他還在那裡。我初來美國的日子衝擊很大。我以前從來沒離開傭人過日子。但我努力學。妳們看過髮菜沒有？」她拿起一些黑色的捲絲，看來真的很像粗糙的頭髮。「這也是香港帶回來的。」

髮菜纏著草菇、黃瓜、鑲有薑絲蝦泥的小塊豆腐。我任由它留在嘴裡，喜歡豆腐的滑順和煦被髮菜的嚼勁烘托出來。我拿起盤子要求再來一些。

瑪麗昂環顧巨大優雅的餐廳，生意興隆。侍者端著一盤盤佳肴快步走過去，西西莉亞每隔一段時間就會叫總管過來，指出一些只有她看見的問題。瑪麗昂突然問道，「妳可曾希望當初妳留在丈夫身邊？」她問得這麼坦白，我嚇一大跳。「妳可曾後悔來這兒？」

西西莉亞似乎不吃驚也不生氣。她說，「沒有。我既走出中國，就不可能回頭過舊生活了。就像來到另一個世界，我為那些跟我一起長大的女人難過，她們沒機會發現她們可以照顧自己。」

瑪麗昂點點頭。

西西莉亞問道，「妳呢？妳跟著詹姆士做事的時候孩子們很想妳。妳可曾懊悔去那邊？」

瑪麗昂搖搖頭。她堅定地說，「不，我家人也許不喜歡，但我想我終於變成自己註定要當的人物了。」

西西莉亞拿起一盤全白的菜。她說，「很有中國風味。」並指出雞胸肉已切成細條，跟摘好的豆芽一般大小。她一面夾菜一面沉吟道，「有時候我在沒有人的深夜來到餐廳，看看地板，覺得地板沒好好刷過。我硬是跪下來自己動手；那種感覺真棒。我媽不可能做這種事。」

雞肉好嫩，入口即化，豆芽好像滿是汁液。西西莉亞夾起一根說，「這必須完全摘乾淨。大多數中國餐館沒有摘掉根絲就送上桌。現在再也沒有人肯做這個工作了。」

接下來是海鰲湯，肉質像絲絨包著光滑如石的骨頭。西西莉亞說，「海鰲在舊金山很難找。」她滿足地微微一笑。「不過只要努力試，什麼都可以買到。」

瑪麗昂問道，「這是不是最後一道？」我熱烈希望不是；我肚子不餓了，但我還沒準備面對那座橋。

西西莉亞說，「只剩幾個橄欖和一點甜瓜。我跟妳說過只是簡便的午餐。」

她遞上一盤滑溜溜的大橄欖，跟我見過的任何一種橄欖截然不同。「中國橄欖。」西西莉亞得意洋洋地說。

我拿起一個來咬。我說，「勞倫斯．杜瑞爾說橄欖有種跟冷水一樣古老的味道。」我不知道他的姓名我念對了沒有。我將帶霉味的核含在嘴裡滾動，心想我若能想出跟他一樣好的形容字句，我就可以自稱為作家。

瑪麗昂若有所思說，「像冷水一樣古老。恰到好處，不是嗎？」她佩服地看看我，彷彿知道這個辭彙已算是了不起的才華。

侍者端來甜瓜，接著是一水晶瓶的陳年干邑美酒。西西莉亞倒了三杯。

瑪麗昂說，「妳知道我不喝的。」

西西莉亞說，「就像在中國，我來替妳喝。」

瑪麗昂笑咪咪轉向我。「我們在中國不論去哪裡，人家都拿干邑美酒來敬我們，愛麗絲懷孕不能喝，西西莉亞只得喝三人份。」

「我們不能丟臉回絕，」西西莉亞解釋道。

瑪麗昂說，「有一天晚上她喝了三十二小杯干邑居然沒醉。我真搞不懂她怎麼辦到的。」

西西莉亞說，「很容易。只要下定決心不讓它影響妳，自然就不會有影響。乾杯！」她舉杯一飲而盡。

我其實不想喝，但我不知怎麼拒絕。我不想丟臉。「乾杯！」我說著也舉起杯子。

接著我突然想到我其實不想喝也不必喝。我放下酒杯搖搖頭。「我得開車。」我說。西西莉亞莫測高深看我一眼，我永遠不知道那代表敬重還是失望。接著我們謝謝她，走向車子。

我上車關好門，把鑰匙插進發火裝置，一切恐懼剎時又湧上心頭。

我轉動鑰匙，引擎發動了。我慢慢駛進車流中，接近安巴卡德羅高速公路。我駛上坡道，走第一個彎道，看看長橋在面前閃閃發光，美極了。

接著我來到橋上，陽光正烈，瑪麗昂談起我們剛才吃的佳肴。橄欖古老冰冷的味道再度充滿嘴巴。瑪麗昂說，「妳知道中國女人不離開丈夫的。西西莉亞一切全憑意志力。她很了不起吧？」

「當酒鬼是什麼感覺？」我問道。

瑪麗昂思索片刻。「活像全世界的杜松子酒都不夠喝。」她終於說。

「妳也很了不起。」我說。

瑪麗昂彷彿要推開思緒般揮揮長手。她說，「噢，蜜糖，沒人知道為什麼我們有些人會好轉，有些不會。」

我想起我媽。突然間她顯得遠在天邊。橋很堅固，道格在另一端等我。我不害怕。我若願意，可以一直開下去。

我一腳踩上油門。

高寶書版集團
gobooks.com.tw

TN 188

天生嫩骨：餐桌邊的成長紀事

Tender at the Bone: Growing Up at the Table

作　者　露絲・雷舒爾（RUTH REICHL）
譯　者　宋碧雲
編　輯　葉子華
校　對　蘇芳毓、林立文
排　版　趙小芳
美術編輯　徐智勇
出　版　英屬維京群島商高寶國際有限公司台灣分公司
Global Group Holdings, Ltd.
地　址　台北市內湖區洲子街88號3樓
網　址　gobooks.com.tw
電　話　(02) 27992788
電　郵　readers@gobooks.com.tw（讀者服務部）
pr@gobooks.com.tw（公關諮詢部）
傳　真　出版部　(02) 27990909　行銷部 (02) 27993088
郵政劃撥　19394552
戶　名　英屬維京群島商高寶國際有限公司台灣分公司
發　行　希代多媒體書版股份有限公司/Printed in Taiwan
初版日期　2000年9月
三版日期　2011年12月

國家圖書館出版品預行編目(CIP)資料

天生嫩骨 / 露絲.雷舒爾著 ; 宋碧雲譯. --
三版. -- 臺北市 : 高寶國際出版 :
希代多媒體發行, 2011.12
面 ;　公分. -- (文學新象 ; TN188)
譯自 : Tender at the bone : growing up at the table
ISBN 978-986-185-664-3(平裝)
1.雷舒爾(Reichl, Ruth) 2.傳記 3.烹飪 4.通俗作品
874.6　　100021992